IL LORD DELLA PORTA ACCANTO

LE SORELLE DI WILLOW POND
LIBRO UNO

GAYLE CALLEN

OLIVERHEBERBOOKS

Alle persone meravigliose che mi hanno aiutato a scrivere Il lord della porta accanto:
Alla mia editor di Avon, Erika Tsang, che ha sempre fatto osservazioni brillanti sul mio lavoro e mi ha aiutato a renderlo il migliore possibile.
Alla mia agente, Eileen Fallon, che ha sempre visto ciò che io non riuscivo a vedere, e mi ha ispirata ad approfondire.
A mio marito, Jim, che ha accettato diverse sfide dell'ultimo minuto a fare brainstorming per questo libro e mi ha aiutato immensamente.
Grazie a tutti voi.

PROLOGO

Caro Tom,

Questo è il mio Diario Privato; come osi spiarmi e permetterti di scriverci dentro! Avrai anche dieci anni, ma li ho anch'io e non sarei mai così sgarbata!

Cara Victoria,

Hai lasciato il quaderno sotto una panchina nel tuo giardino, dove chiunque poteva trovarlo. Io vivo accanto a te e, dalla mia finestra, ti ho vista per caso mentre lo nascondevi. Non mi sono avvicinato, lo giuro. Il cappello ti nascondeva il viso, per cui non ti ho vista. Mia madre dice sempre che la mia curiosità mi porterà dei guai, e infatti è successo. Non ne so molto di musica (che tu invece sembri apprezzare molto, visto quello che hai scritto delle lezioni che prendi) ma sono certo che scopriremo di avere qualcosa in comune. Mia madre è la cuoca del conte e non ho padre, fratelli o sorelle. A volte mi è permesso ricevere lezioni assieme al figlio del conte. Pensa al mio scriverti come a un modo per me di fare esercizio. Non possiamo essere amici?

Caro Tom,

Non ho mai avuto un amico maschio. Suppongo che scriverti non possa far danno. Ma non possiamo incontrarci. Finiresti nei guai se il conte scoprisse che il suo sguattero ha infastidito i vicini. E mio padre mi toglierebbe il diario se sapesse che corrispondo con un servitore. Dice sempre che dobbiamo associarci con le persone al di sopra di noi, ma dato che noi siamo più in basso di loro, perché loro dovrebbero volersi associare con noi? Non ci capisco niente. Mio padre è un banchiere che investe il denaro di persone ricche. Persino il conte è suo cliente. Io ho una madre e due sorelle, di nome Louisa e Meriel. Louisa ha due anni meno di me, e ha dei capelli rossi che mia madre dice essere poco eleganti, ma che io trovo di una bellezza rara. Meriel ha quattro anni di meno e i suoi capelli sono boccoli d'oro. I miei capelli sono solo di un giallo pallido che non somiglia a granché.

Cara Victoria,

Non preoccuparti dei tuoi capelli: l'aspetto di una ragazza non è importante. La cosa importante sono le cose di cui parla. Un giorno, ti convincerò a incontrarci in modo che possiamo avere una vera conversazione. Sei fortunata ad avere delle sorelle: hai sempre qualcuno con cui giocare. Cosa fai tutto il giorno? Io aiuto mia madre in cucina, ma posso uscire a giocare quando voglio. Ho un nascondiglio segreto in soffitta. È là che tengo tutte le mie cose più importanti, come i sassi speciali che trovo in giardino e la carta che nessuno vuole perché è usata da un lato. Mi piace nascondermi dove nessuno può trovarmi e pensare a cose importanti, come navigare fino all'India o a una di quelle isole vicino alle colonie. Sono cose che non ho mai detto a nessuno. Vedi? Puoi fidarti di me.

Caro Tom,

Non avrei mai il coraggio di fare un lungo e pericoloso viaggio in India. Ma sono felice che tu abbia così tanto tempo per pensare. Le bambine non hanno tutta questa libertà. Mio padre ha assunto un'istitutrice in modo che io possa ricevere l'istruzione di una lady, ma credo che alle mie sorelle piaccia più che a me. Almeno a Louisa. Il francese è molto difficile (e poi, a cosa ci serve se abbiamo appena finito una guerra contro i francesi?). La matematica mi fa girare la testa. Meriel è fortunata: la lasciano ancora giocare per buona parte della giornata. Per fortuna, tra le mie lezioni ci sono anche la musica e il ricamo. Inoltre, devo imparare tutto sul rango, per esempio conti e duchi, e chi deve entrare per primo in sala da pranzo e chi accompagna chi. A cosa mi serve sapere tutto della nobiltà se i nobili non ci invitano mai da nessuna parte? La mamma dice che dobbiamo essere pronte, perché vuole assicurarsi che le mie sorelle e io sposiamo gli uomini giusti. Ma l'uomo giusto non è quello di cui ti innamori? Mi piace che tu abbia un nascondiglio segreto. Ce l'ho anch'io. Lo chiamo Willow Pond, lo Stagno dei Salici, anche se non si chiama davvero così. Ma non posso dirti dove si trova. È un segreto.

1829

Cara Victoria,

Le tue lacrime sporcano e bagnano tutto il quaderno; non piangere! Insisto che dovresti spiegare a tua madre perché non ti piace ballare. Lei capirà e farà smettere quell'istitutrice cattiva. Nessuno dovrebbe essere costretto a ballare. Ma se hai bisogno di qualcuno di cui parlare, potremmo vederci a Willow Pond. So che ci vai solo con le tue sorelle. Parli sempre di quanto quel posto sia magico, ma è un angolo del tuo giardino, Victoria. Perché non lo condividi con me?

Caro Tom,

Io non sono come le mie sorelle. Non sono come nessuna delle altre ragazze e ci sono dei giorni in cui mio padre non mi guarda per questo. Non mi piacciono le cose che dovrebbero piacere alle signore, come i bambini e i mariti e i vestiti. Io vorrei suonare il pianoforte tutto il giorno. Nella mia testa ci sono canzoni che nessuno ha ancora creato. Penso a disegni da ricamo perché le immagini mi affascinano, non perché il ricamo è Cosa da Signore.

1830

Caro Tom,

Sei tornato dalla campagna! Sono stati tre mesi molto lunghi. Che situazione strana che hai vissuto: tua madre che viaggia con un conte. Raccontami tutto quello che hai fatto e non tralasciare nulla... a meno che non riguardi le interiora dei rospi. Parli fin troppo di certe cose e non mi interessa se le chiami "ricerca scientifica". Posso non amare l'idea di viaggiare di persona, ma quando mi racconti le tue storie, riesco a immaginare tutto e a vivere attraverso i tuoi occhi.

Cara Victoria,

Non ascoltare tuo padre. Agli uomini piacciono le donne che pensano. Mia madre legge il giornale e pensa moltissimo. Abbiamo lunghe conversazioni, ma d'altronde sono il suo unico figlio. Lei dice che apprezza le mie opinioni. Hai provato a parlare con i tuoi genitori? Se sono preoccupati della persona che sposerai, di' che ti sposerò io. Non pensi solo a balli e vestiti come certe sciocchine che conosco.

Caro Tom,

Quando ti sposerai, spero che lo farai con una brava donna. Ma quella donna non posso essere io, perché mio padre non lo permetterebbe mai. E questo è molto triste, perché tu mi capisci più di qualunque persona nella mia vita, tranne le mie sorelle. Per cui, pensiamo alla Moglie Perfetta per te. Dovrà essere una grande avventuriera, naturalmente, e non avere paura di viaggiare a dorso di elefante in India. Probabilmente, laggiù farai fortuna e tornerai qui da gentiluomo molto ricco. (Non ridere! So che non ami la nobiltà, ma magari un giorno la buona società farà spazio a un brav'uomo come te.) La Moglie Perfetta dovrà essere molto coraggiosa, naturalmente, e in grado di parlare con trasporto di ciò in cui crede. Leggerà il giornale e saprà tutto del Parlamento, della guerra e degli uomini famosi.

1832

Caro Tom,

Le mie sorelle sono molto preoccupate per me, ma io non sono come loro. Sarò felice di fare compagnia ai nostri genitori nella loro vecchiaia. Non c'è nulla che ami di più dello stare a casa con la mia musica e il mio ricamo. Sai che odio ballare; che uomo vorrebbe una moglie che non sa ballare?

Mio padre è di nuovo in collera. Solo con te posso lamentarmi dell'ingiustizia con cui mi tratta. Mi ha punita di nuovo chiudendo a chiave la porta della sala della musica. Perché non vuole dirci cosa lo rende furioso? Non possiamo mai chiedergli nulla. Temo che la mamma sappia di cosa si tratta. Ma di certo non ci terrebbe un segreto tanto importante.

1834

Carissimo Tom, mio amico segreto

Perché non mi scrivi più? Sono passati dei mesi e so che il conte è in città, per cui anche tu devi esserlo. Ho sentito dire che la contessa è morta; dev'essere stato un colpo terribile per tutti. Mi dispiace tanto. Di certo, tua madre sarà riuscita a conservare la sua posizione. E tuttavia... a sedici anni, sei quasi un uomo. Senti il bisogno di cercare lavoro? Il conte non vuole tenerti al suo servizio? Oppure sono io ad averti offeso? Ripenso alla corrispondenza dell'ultimo anno e forse ho chiesto troppa compassione dopo che mi sono resa ridicola a quelle cene alle quali i nostri genitori insistono che partecipiamo. Hanno degli amici tra i membri della nostra classe, persone ricche che credono di essere pari a qualunque membro del ton. Ma io resto lì impalata come una scema, senza nulla da dire, e sbaglio i nomi ogni volta che apro bocca. Oh, Tom, perché è così facile raccontare tutto a te?

Sono persino disposta a incontrarti di persona, se solo continuerai a scrivermi. Mi manchi.

Dieci anni dopo...

Caro Tom,

Prego che tu sia ancora mio vicino, che per un qualche miracolo verrai a cercare il diario dopo tutto questo tempo. Mio padre è morto e le circostanze della sua morte sconvolgerebbero anche te. Le mie sorelle sono partite per trovare il loro posto nel mondo e aiutare me e la mamma. Ma il poco denaro che mandano a casa non basta, Tom. Mentre scrivo, sto facendo un elenco di ciò che ancora dovremo vendere per sfamarci. Mia madre e io ci ritroveremo per strada nel giro di due mesi. Sono disperata. Oh, Tom, mi sposeresti?

CAPITOLO
UNO

LONDRA, 1844

Victoria Shelby chiuse il suo diario d'infanzia, sentendosi assolutamente sciocca per avervi scritto dopo tanti anni. Come se un servitore potesse aiutarla ora, in una situazione tanto cupa. Aveva pensato a Tom di tanto in tanto, chiedendosi se si fosse trasferito, se si fosse sposato. Ma ormai da giorni si ritrovava a pensare a lui di frequente, e in maniera molto bizzarra. Stava diventando sempre più difficile tenerlo lontano dai suoi pensieri. E il matrimonio? Di sicuro, era la disperazione che la stava facendo impazzire.

Si guardò intorno nella sua spartana camera da letto; a parte i mobili, non c'era quasi nulla di valore. Un tempo, quella era una magnifica casa di città e ora sembrava tanto vuota, proprio come il futuro tranquillo che Victoria un tempo immaginava per sé.

Era stata una ragazzina sciocca e ingenua.

Con un sospiro, Victoria si lisciò l'abito a lutto e lasciò la stanza per l'incertezza della suite padronale, dove ora sua madre viveva da sola. Si soffermò sulla soglia e incrociò lo sguardo della signora Wayneflete, la governante e ultimo membro della servitù rimasto. La donna indossava la consueta uniforme, composta da un vestito di seta nera, colletto di pizzo e cuffietta bianca. Qualunque fosse la situazione, si poteva contare sull'impassibilità della signora Wayneflete. Insieme, le due donne si voltarono a fissare la madre di Victoria, che si stringeva un vaso al petto e dava cocciutamente loro le spalle.

"Victoria, non intendo separarmene," disse la mamma, il cui rifiuto era un suono vuoto e pallido. I suoi occhi erano ora segnati da ombre scure, e perlopiù fissavano il vuoto. La tristezza le curvava le spalle e ciocche grige sfuggivano ai suoi fermacapelli. "Tuo padre me lo donò per il nostro anniversario. Lo ha portato da–"

"Ricordo," la interruppe con gentilezza Victoria. "Ma mio padre capirebbe la nostra necessità di mangiare."

Sua madre aveva la bizzarra tendenza a dimenticare la loro situazione e Victoria si sentiva sempre più spazientita. La mamma non capiva che tutte loro avevano fatto dei sacrifici? Victoria aveva venduto il suo amato pianoforte e la signora Waynefletelefte non percepiva lo stipendio da molti mesi. La mamma attendeva la salvezza, ma non c'era più nessuno che potesse salvarle. Victoria avrebbe voluto riuscire a convincerla che era meglio affrontare il futuro che macerare nel passato. Ma dalla morte di suo padre, dieci mesi prima, il morale della mamma continuava a inabissarsi, anche se le allegre lettere che Victoria scriveva alle sue sorelle non si soffermavano su quel fatto. Non c'era bisogno di preoccupare le altre più del necessario.

Victoria sospirò e rivolse un sorriso breve alla governante. "Signora Waynefletelefte, avete altri oggetti da suggerire la cui vendita possa sfamarci questa settimana? Credo che il signor Tillman sia molto ansioso di contrattare il prezzo con me."

"È facile rispettarvi, signorina Victoria," disse la signora Waynefletelefte con un sorriso affettuoso.

"E poi c'è il signor Billingsly, il commerciante di Cheapside. Potrei metterli l'uno contro l'altro per strappare un prezzo migliore." La risata di Victoria morì quando vide che sua madre la stava fissando.

"Come puoi trarre divertimento da tutto questo?" sussurrò la mamma. "Tuo padre è morto."

"Oh, mamma, lo so benissimo. Ma *noi* non siamo morte e abbiamo il dovere, nei confronti di noi stesse, di continuare a vivere."

Victoria allontanò da sé quei ricordi tristi. Da quel giorno terribile, lei e sua madre sembravano essersi scambiate di posto, con la mamma che era schiacciata dalla consapevolezza che il marito le aveva lasciate in miseria. L'ipoteca da tempo scaduta sulla casa in città, l'ultima proprietà che era loro rimasta, era stata rilevata da un lontano cugino, che aveva accettato di permettere loro di restare fino a quando non sarebbe tornato in Inghilterra con la famiglia... momento al quale ora mancavano due mesi. Il tempo si stava esaurendo.

Le sorelle di Victoria facevano il possibile, ma con i loro guadagni riuscivano a stento a mantenere loro stesse. Meriel aveva usato la sua mente logica e la sua ottima istruzione per trovare un lavoro da istitutrice. La dolcezza e la pazienza di Louise le avevano permesso di diventare la dama di compagnia di una signora anziana. Victoria aveva pensato di star facendo la sua parte tenendo in piedi la loro misera casa, perché non possedeva le doti delle sue sorelle. Negli ultimi tempi, aveva iniziato a sentire il bisogno di fare di più, di dimostrare che non era più quella ragazzina timida che pensava di meritare ben poco dalla vita. Davvero non aveva aspirato ad altro che offrire compagnia e assistenza a sua madre? Sì, un tempo ciò le avrebbe dato la possibilità di immergersi nelle sue amate composizioni musicali. Ma quella ragazzina sciocca aveva imparato in prima persona quanto era dura la vita in assenza di privilegi. Ed era ora di fare qualcosa di più.

"Credo che ci sia un orologio nella stanza di Meriel," disse la signora Waynefletelefte. "Un pezzo molto vecchio ed elegante. Potrebbe andare bene?"

"Certo." Victoria annuì vigorosamente, avendo da tempo accettato il fatto che era lei a prendere le decisioni in famiglia. "Mamma, potrai tenere il vaso ancora per un po'."

"Succederà qualcosa, Victoria," disse sua madre, con uno sguardo di lucida speranza negli occhi spenti. "Vedrai."

I pensieri di Victoria erano tinti da un sarcasmo inopportuno. Era molto facile per lei, di quei tempi, perdere la pazienza con sua madre, anche se la buona educazione le impediva di dire ciò che pensava. Un tempo, la mamma aveva aspirato alle vette più alte della società, come se la ricchezza potesse far dimenticare al *ton* che il signor Shelby era il loro fidato banchiere, non un loro pari. Sua madre era stata molto frustrata dal fatto che la ricchezza le permetteva di vivere nello stesso quartiere esclusivo dei nobili, ma non di mescolarsi con loro.

La speranza irrealistica che brillava negli occhi di sua madre rese Victoria ancora più determinata. Doveva esserci una soluzione.

Victoria ripensò a Tom, il ragazzo che non aveva mai incontrato, ma con il quale aveva condiviso l'intimità di ogni suo pensiero. Doveva smetterla con quegli sciocchi sogni a occhi aperti e procedere con le attività della giornata. Scrisse l'orologio nel registro di casa, dove teneva l'elenco degli oggetti che erano state costrette a vendere.

Da Tillman e Sons, il signor Tillman le offrì un prezzo ragionevole per l'orologio e Victoria se ne andò, provando un trionfo momentaneo, seguito dall'ansia inevitabile che non si allontanava mai davvero. Mentre camminavano lentamente attraverso le affollate strade cittadine, i suoi pensieri si rivolsero verso l'interno, alla ricerca di una soluzione che non riusciva a trovare.

Distrattamente, imboccò un vicolo, una scorciatoia che dal distretto commerciale portava al suo ricco quartiere. La usava tutte le settimane, e tuttavia rimase comunque sorpresa quando si ritrovò da sola. Il cielo era nuvoloso e prometteva pioggia, dando l'impressione che le rimesse delle carrozze e le scuderie che la fiancheggiavano fossero piene di ombre. Udì uno strano scricchiolio alle sue spalle e guardò indietro, ma non c'era nulla. Allungò il passo.

Prima di arrivare a metà del vicolo, aveva la certezza che la stessero seguendo. Aveva lasciato Tillman e Sons con la borsa a tracolla vuota: chiunque poteva dedurne che ora aveva del denaro con sé. Ed era una donna da sola. Perché aveva scelto l'ora di pranzo per imboccare la scorciatoia, quando tutti i cocchieri e gli stallieri erano al chiuso a mangiare? Allungò il passo, chiedendosi se affrontare il ladro lo avrebbe scoraggiato.

Era a soli due isolati da casa!

Per cui, Victoria, si sollevò le gonne e corse. Quasi subito, udì alle sue spalle un rumore di passi martellanti, ma non corse il rischio di guardarsi alle spalle fino a quando non fu uscita in strada. Mentre svoltava per restare sul marciapiedi, vide un bambino sudicio e magrissimo, non più vecchio di otto anni, vestito di stracci. Sembrava ancora più disperato di lei, perché continuò a seguirla. A un isolato più avanti camminavano due uomini, per cui Victoria si sentì abbastanza al sicuro da frugare nella borsetta. Prese la prima moneta che trovò – uno scellino – e se la buttò alle spalle. Con un'occhiata, vide il ragazzino cadere in ginocchio e tuffarsi sul denaro.

Solo dopo aver attraversato la strada e aver perso di vista il ragazzino, Victoria si permise di rallentare e prendere fiato. Un anno prima, non sarebbe mai riuscita a correre in quel modo. Palesemente, aiutare la signora Wayneflete con le pulizie aveva migliorato la sua resistenza.

Il ragazzino era sparito e Victoria sperò che si sarebbe comprato un pasto caldo. Mordendosi il labbro, non riuscì a trattenere un brivido. Presto, anche la sua vita sarebbe stata così?

Oltrepassò la casa del conte di Banstead, suo vicino. La casa viveva sotto la nube di uno scandalo vecchio di molti anni, ma del quale Victoria era stata considerata troppo giovane per essere informata. Aveva rinunciato anni prima a interrogare la governante riguardo ai pettegolezzi della servitù.

Non credeva proprio che Tom vivesse ancora lì; altrimenti, di sicuro avrebbe ricevuto un suo messaggio.

Si fermò e fissò l'enorme casa dalle finestre lucide e l'ingresso maestoso. La risposta ai suoi problemi era lì dentro?

Ma Victoria non era mai stata una donna impulsiva, per cui riprese a camminare per andare ad aiutare la signora Wayneflete a preparare la cena... e si fermò prima di raggiungere la sua proprietà. L'idea che le rimbalzava nella mente era così assurda e impulsiva che lei sentì il bisogno di cedere subito, prima che potesse cambiare idea. Il suo cuore martellava e i suoi guanti erano madidi di sudore. Tom era la risposta alle sue preghiere?

L'avrebbe *davvero* sposata?

Oh, cosa le veniva in mente? Un uomo gentile come lui, a ventisei anni, era sicuramente già sposato. Probabilmente, era per quello che aveva smesso di scriverle. Aveva conosciuto una ragazza e–

Ma, e se invece non era così? Victoria sarebbe potuta benissimo diventare la moglie di un servitore. Era divenuta molto frugale e sapeva che sarebbe stata felice con Tom. Un tempo, non voleva sposarsi. Civettare con gli uomini era troppo difficile. Dato che non amava nulla più che starsene da sola con la sua musica o i suoi ricami, aveva pensato che ciò l'avrebbe fatta felice. Era stato un sollievo quando sua madre aveva rinunciato ai progetti matrimoniali per lei, quando le occhiate di disapprovazione di suo padre si erano tramutate in indifferenza. L'uomo si era sempre assicurato che Victoria sapesse che sarebbe stato difficile trovarle marito.

Ma ora, il matrimonio poteva essere l'unica risposta. Quell'idea poteva davvero funzionare? Victoria poteva salvare sua madre... e se stessa?

Marciò fino alla porta di Banstead e bussò prima di poter cambiare idea. Si rese conto troppo tardi che avrebbe dovuto fare il giro e rivolgersi all'ingresso di servizio. Ma qualcuno stava già aprendo la porta.

Un maggiordomo imponente, che indossava una livrea nera e una parrucca bianca, si inchinò. "Buon pomeriggio."

"Buon pomeriggio. Perdonate l'impertinenza, ma sto cercando un servitore che un tempo lavorava per voi... e che potrebbe farlo tutt'ora, naturalmente."

Il maggiordomo si fece da parte e Victoria entrò nell'atrio a due piani. Un'aggraziata scalinata di marmo risaliva curvandosi una parete, un corridoio conduceva all'interno della casa e diverse porte chiuse celavano altre stanze.

Il maggiordomo la osservò. "Come si chiama il servitore, signorina?"

"Non ho mai conosciuto il suo cognome," disse lei, "ma sua madre era la cuoca di questa casa. Il ragazzo si chiamava Tom e ora dovrebbe avere ventisei anni."

"Signorina, sono al servizio del conte da quasi trent'anni e posso assicurarvi che–"

All'improvviso, una porta si aprì e un uomo alto entrò

nell'atrio, mozzando il fiato di Victoria con il potere della sua presenza. Era vestito di scuro, con abiti dal tessuto e dal taglio costosissimi. Aveva capelli castano scuro, tagliati corti come per nascondere riccioli indomabili. Alcuni avrebbero potuto non definirlo attraente, ma il viso dagli zigomi minacciosi e le sopracciglia scure e folte faceva decisamente colpo. Ma erano gli occhi a devastarla. Erano di un azzurro pallidissimo, di un'intelligenza gelida, un soffio d'inverno in primavera.

L'uomo la osservò più attentamente di quanto un uomo avesse il diritto di fare con una sconosciuta. Victoria sollevò il mento e cercò di ostentare calma, mentre dentro di lei riemergevano tutte le insicurezze.

L'uomo si rivolse al maggiordomo. "Puoi andare, Smith."

"Molto bene, milord." Dopo essersi inchinato, Smith lasciò l'ingresso e fece cenno al lacchè di andarsene con lui.

Quello non poteva essere il conte, che Victoria sapeva essere un uomo anziano; doveva trattarsi di suo figlio. Tom le aveva lasciato intendere che il giovane visconte fosse spesso in collegio, perché sembrava non avere un'influenza visibile sulla casa. A meno che non fosse coinvolto nello scandalo...

"Sono il visconte Thurlow. E voi siete..."

Giunse un'ondata di ricordi di innumerevoli feste durante le quali Victoria aveva balbettato nel rivolgersi a qualunque uomo, ma lei li scacciò. Non era più quella ragazza. "La signorina Victoria Shelby, milord. Vivo qui accanto."

"Conosco quel cognome."

"Davvero?"

"Vivete qui accanto," disse sarcastico il visconte.

Victoria cercò di sorridere. "Oh, ma certo. Milord, sto cercando–"

"Un servitore di nome Tom," la interruppe lui. "Ho sentito."

"Vive ancora qui? In caso contrario, magari potrei chiedere il suo nuovo indirizzo al vostro amministratore."

Lo sguardo attento dell'uomo fece sentire Victoria a disagio, persino infastidita.

"Signorina Shelby, mi vedo costretto a essere diretto. Tom sono io."

DUE

David Thurlow era pronto a qualunque reazione, dall'isteria alla soddisfazione, ma Victoria Shelby si limitò a sbattere lentamente le palpebre mentre il suo viso perdeva ogni colorito. David avvertì un tumulto interiore, una scossa emotiva che sfuggì al suo autocontrollo di ferro. Esitò, per una volta incerto sul da farsi.

E quell'esitazione gli costò, perché all'improvviso la donna fece dietrofront, spalancò la porta e scese di corsa i gradini. David si fermò sulla soglia e la guardò correre nella casa accanto. Con un sospiro, rientrò. Aveva sempre temuto che le sue menzogne sarebbero state interpretate come un tradimento e, a quanto pareva, ci aveva visto giusto.

Quella giornata poteva peggiorare ancora, dopo che la *seconda* governante nel giro di due mesi aveva rassegnato le dimissioni?

David aveva trascorso la maggior parte della sua infanzia cercando di incontrare Victoria Shelby di persona. Era stato un gioco tra di loro e lei si era dimostrata una degna giocatrice, riuscendo sempre a svicolare prima che lui potesse intravederla. Il mistero della giovane lo aveva attirato quanto la gentilezza da lei mostrata nei confronti di un ragazzino solo.

Victoria era… diversa da come David si era aspettato. Era una chioccia paffuta vestita di puro nero. I capelli che facevano capolino da sotto la cuffia erano di un biondo pallido, come se non riuscissero a decidere quale colore vivace assumere. In quei brevi istanti in cui i loro sguardi si erano incrociati, David aveva visto occhi grandi e spalancati, il tratto più lusinghiero della giovane: erano del colore vivido delle ametiste, talmente viola da sembrare irreale. Quegli occhi avevano mostrato per un attimo le forti emozioni della disperazione e dello sconforto prima che la donna fuggisse. Che ne era stato della ragazza ottimista che un tempo lui credeva di conoscere? Da bambina, Victoria Shelby era tranquilla e assennata, le sue parole infuse di pacata gioia. David aveva ammirato la sua vita semplice e le sue sorelle, e aveva letto le voci del diario a lui destinate con una voracità che persino allora aveva riconosciuto come invidia.

Perché mai quella donna stava cercando… Tom? David aveva quasi dimenticato la vita immaginaria che aveva creato per sfuggire ai suoi problemi. Persino a dieci anni sapeva che suo padre si sarebbe infuriato se David avesse incoraggiato una vera amicizia. Una semplice menzogna si era allargata di anno in anno in una ragnatela di menzogne. Tutto a causa di suo padre.

L'intera vita di David era girata attorno ai capricci paterni e il vecchio esercitava ancora il suo controllo sulla casa dal letto di malattia.

Da quando suo padre si era ammalato e lui era tornato nella casa di famiglia in città, la vita ordinata di David era sfuggita al suo controllo. Non avrebbe voluto avere a che fare con suo padre, un uomo con cui per anni aveva parlato solo una volta al mese, di faccende che riguardavano gli affari del patrimonio. Il conte aveva fatto abbastanza danni al buon nome e alla posizione della famiglia; era ora che si ritirasse in campagna e facesse qualunque cosa facessero i vecchi amareggiati.

Eccetto che il conte non voleva saperne. Era come se si pascesse del rendere la vita di David un inferno.

David rientrò nel suo studio, il suo rifugio domestico personale. Ma non riuscì a rilassarsi nemmeno tra i suoi amati profumi di libri vecchi e cera d'api.

Lanciò un'occhiata al mucchietto ordinato di corrispondenza che lo aspettava e se ne pentì. La prima lettera recava la grafia scribacchiata e sbavata di suo cugino, il debosciato che avrebbe ereditato il patrimonio di Banstead se David non si fosse sposato e non avesse generato un erede. Probabilmente, l'uomo piagnucolava per chiedere l'ennesimo aumento della sua diaria. Se solo David fosse riuscito a sbarazzarsi di lui. Non poteva permettere che il suo duro lavoro andasse sprecato. Sembrava proprio che il matrimonio fosse l'unica soluzione possibile.

Scosse la testa, rassegnato. Due volte aveva chiesto la mano di una donna, solo per scoprire che nessuna discendente dei lignaggi giusti lo voleva. Aveva commesso l'errore di credersi follemente innamorato della prima donna e, nonostante la convinzione che lei ricambiasse, la donna non aveva lottato per lui quando la sua famiglia aveva negato il permesso al matrimonio. Era stato allora che David si era reso conto che gli scandali provocati da suo padre avrebbero continuato a tormentare la sua vita.

David aveva approcciato il suo secondo tentativo di matrimonio con un atteggiamento molto più pratico, ben sapendo che non avrebbe mai permesso al suo cuore – visto quanto poco degno di fiducia esso era – di essere di nuovo coinvolto. Aveva creduto di aver progettato bene quella campagna, scegliendo la figlia di una famiglia che di certo non poteva permettersi di rifiutare il figlio di un conte. Nobile, sì, ma dalla stabilità finanziaria compromessa. Eppure, quelli avevano rifiutato lo stesso, lasciando David colmo di rabbia e frustrazione. Dopo quell'ultima debacle, David si era ritirato del tutto dagli affari dell'alta società, per prendersi il tempo di stendere una nuova strategia a fini matrimoniali. Era lieto di evitare il genere di feste dove gli altri lo fissavano, bisbigliavano di lui e ne facevano l'oggetto di occasionali sfide.

Ma restava l'enigma di Victoria e di ciò che voleva da Tom dopo tanti anni. David era un bambino solo con una madre malata quando, dalla finestra della nursery, aveva visto una bambina nascondere qualcosa sotto una panchina nel giardino di famiglia. Aveva trovato il diario e vi aveva scritto dentro, con l'intento di stuzzicare la ragazzina. L'identità di sguattero che si era creato soddisfaceva la costante esigenza, da parte di suo padre, di mantenere le distanze con le classi inferiori. Inoltre, per David, quella era una via di fuga dalla vita. Ciò che era iniziato come una burla aveva portato alla sua unica amicizia d'infanzia, dato che tutti gli altri ragazzi della sua età erano andati in collegio e la salute di sua madre non gli aveva permesso di imitarli.

Troppo tardi si era reso conto di non poter disfare le menzogne senza ferire Victoria.

Ora, dieci anni più tardi, la scoperta dell'identità di David le aveva palesemente fatto del male. La sua curiosità d'infanzia tornò prepotentemente in primo piano; doveva scoprire tutto di lei.

~oOo~

Victoria aprì la porta di casa sua e la chiuse sbattendola mentre il suo cuore batteva all'impazzata e il suo respiro correva troppo in fretta. Non riusciva a dare un senso ai suoi pensieri fuori controllo; sentiva solo "Tom sono io," ripetutamente.

Dio, che sciocca che era stata.

"Signorina Victoria?" La signora Wayneflete raggiunse l'ingresso, pulendosi le mani nel grembiule. "È andato tutto bene al negozio?"

Victoria impiegò un attimo a ricordare il motivo principale per cui era uscita.

"Certo, signora Wayneflete." Victoria non aveva idea di come riuscì a dare un suono tanto normale alla sua voce. "Il signor Tillman mi ha offerto un prezzo onesto. Scenderò a breve per aiutarvi con la cena."

Cominciò a salire frettolosamente le scale e finse di non notare l'espressione confusa della governante.

Nella sua stanza, Victoria chiuse la porta e vi si appoggiò, all'improvviso esausta. Sapeva che nel suo elenco di cose da fare in giornata c'era ben altro che aiutare con la cena, ma in quel preciso istante non riusciva a pensare ad altro che a Tom...

Il visconte Thurlow.

Perché si sentiva tanto tradita? Avevano condiviso la corrispondenza tramite un diario, non un impegno imperituro.

Ma lei si era fidata di lui, si era confidata con lui, aveva creduto in lui.

Ed era tutta una menzogna.

Aveva trascorso sei anni scrivendo i suoi segreti più reconditi... a un visconte. Il suo viso ardeva per l'imbarazzo e lei non riuscì a trattenere l'onda crescente della rabbia e della disperazione.

Il suo ultimo piano per salvare sua madre svanì in un batter d'occhi.

Di certo, era quello il motivo per cui si ritrovò a piangere.

Tirò fuori un fazzoletto da un cassetto e si soffiò il naso, traendo soddisfazione da quel suono ben poco signorile.

Non poteva sprecare altro tempo soffermandosi su quell'errore. Oh, perché aveva permesso all'impulsività di condurla alla porta del visconte?

Era fatta; non c'era bisogno che nessuno sapesse della sua assurda idea di sposare Tom.

Victoria si lavò il viso con acqua fredda, si asciugò, si appiccicò un sorriso fasullo e scese in cucina. Se anche la signora Wayneflete notò qualcosa di inusuale, la cara donna non disse nulla.

Ci volle fino al primo pomeriggio del giorno prima perché la curiosità di David venisse soddisfatta. L'investigatore che aveva ingaggiato presentò il suo rapporto formale all'ora di pranzo e venne pagato generosamente. Era valsa la pensa spendere, perché David non faceva mai nulla senza conoscere tutti i fatti.

Bevve il caffè e aprì la cartella con i fogli. Mentre leggeva, la sua bevanda si raffreddò. La madre di Victoria era rimasta vedova dieci mesi prima; ecco spiegato l'abito a lutto. Lo stolto padre di Victoria, un tempo uomo d'affari di grande successo, aveva permesso a una serie di pessime decisioni di cancellare il suo impero. Aveva lasciato moglie e figlie senza nulla, tranne un'ipoteca che era stata rilevata di recente da un cugino, di ritorno in Inghilterra per prendere possesso della casa. Quell'uomo aveva una famiglia propria e non voleva che delle sconosciute – parenti che fossero – lo infastidissero. Le Shelby non avevano altri parenti che potessero accoglierle e sarebbero state costrette a trovare un modo per mantenersi. David immaginò la timida Victoria far fronte al duro lavoro di un'istitutrice. I bambini l'avrebbero schiacciata.

E ora, la donna era venuta a cercare Tom. Perché?

Forse perché lui era il suo unico amico d'infanzia, con l'eccezione delle sorelle. Quei pensieri lo misero a disagio, perché David doveva ammettere che anche lui l'aveva considerata un'amica. Era difficile ricordare quanto fosse innocente un tempo, prima che suo padre rovinasse il nome della famiglia.

Da bambino, più lui scriveva a Victoria, più la sua vita immaginaria aveva cominciato a stargli stretta. Avrebbe voluto raccontarle di sua madre malata, di tante cose che Tom il figlio della cuoca non poteva sapere. Ma era rimasto intrappolato nelle menzogne. Poi, dopo la morte di sua madre, non era riuscito a esprimere a parole il senso di perdita che provava, non aveva potuto dire la verità a Victoria, per cui aveva smesso di scriverle. Era andato in collegio dopo anni di precettori, lieto di allontanarsi da suo padre, che David incolpava per la morte della mamma.

David e Victoria erano molto legati da bambini. Possibile che la donna fosse venuta in cerca di aiuto per i suoi problemi?

Qualcuno bussò bruscamente alla porta della sala da pranzo e Smith, il maggiordomo, entrò. A una singola occhiata di Smith, entrambi i lacchè si inchinarono e uscirono dalla stanza.

David capì che c'erano brutte notizie in arrivo. "Cosa c'è adesso, Smith?"

"La vecchia governante," (il maggiordomo non ne pronunciava più il nome, come se la donna avesse cessato di esistere) "aveva detto alle cameriere di sopra che rispondono alla cameriera di sotto e non al sottoscritto. Chiedo scusa per avervi disturbato, milord, ma la mia autorità non può essere messa in discussione."

David sospirò. "Vi prego, ditemi che avete pubblicato l'annuncio di ricerca di una nuova governante."

"Santi numi, no, milord. Troverò la dipendente giusta senza ricorrere a un tale pubblico sfoggio dei nostri... problemi. Ora, se foste così gentile da parlare alle cameriere..."

David non aveva bisogno di quel problema. Presto avrebbe dovuto dare un'importante riunione ferroviaria e, dato che le famiglie dei direttori dovevano partecipare per creare una diversione, si sarebbe ritrovato immerso in dettagli che di solito erano dominio femminile. E aveva pensato di poter contare sull'aiuto della governante.

Appoggiata la fronte alla mano, David abbassò lo sguardo sul rapporto riguardante la famiglia Shelby. C'erano una governante da trovare, una festa da organizzare, suo cugino debosciato da sistemare in qualche modo, suo padre da blandire... tutte cose a cui avrebbe dovuto pensare una moglie.

"Tom" non poteva fare nulla per aiutare Victoria, ma con una sola decisione, David avrebbe risolto i problemi di *tutti*.

Avrebbe sposato Victoria Shelby.

Poteva non essere la donna che suo padre avrebbe scelto per lui, ma ciò era quasi un cupo piacere. Victoria non era di nobile nascita, ma era stata formata per i doveri che la attendevano; David ricordava che gli aveva scritto riguardo ai suoi studi nelle arti femminili. E il dovere più importante sarebbe stato fornirgli un'erede per assicurare che la fortuna di famiglia rimanesse nel suo ramo.

Per un attimo, gli parve di essere suo padre, che esigeva eredi dalla moglie anche se David era già nato. Ma quella non era la stessa situazione e lui non poteva permettersi di preoccuparsi per il modo in cui Victoria avrebbe affrontato una gravidanza. Era una donna sana, che non avrebbe potuto rifiutare la sua proposta come avevano fatto altre donne. David non si sentiva nemmeno in colpa all'idea di approfittarsi della sua disperazione. Dopotutto, non sarebbe stato difficile essere la moglie di un futuro conte. Le donne vivevano per organizzare feste, giusto?

Ricordava Victoria come una persona timida e gentile, una ragazza che si preoccupava di non ferire i sentimenti della servitù quanto quelli della sua famiglia. Non aveva chissà quale missione nella vita, a differenza di certe donne che volevano riformare la società o cancellare la povertà. Avrebbe gettato ben poco scandalo su una famiglia che già ne era colma. E Victoria avrebbe potuto occuparsi del padre e della casa di David, lasciando lui libero di perseguire i suoi interessi d'affari.

Ora che tutto era sistemato prima di pranzo, la giornata sembrava proprio in discesa. Ora, David non doveva fare altro che informare la sua sposa.

Victoria doveva ammettere che il salotto aveva un aspetto splendido, con una festosa esplosione di fiori del loro giardino in un raggio di sole. Era un modo semplice per far sentire meglio sua madre. Una stanza nella casa doveva avere un aspetto il più normale possibile. Victoria aveva radunato le loro ultime proprietà decenti: il sofà del salotto della mamma, due tavoli abbinati da una delle stanze degli ospiti, l'ultimo orologio dalla collezione di Louisa, che il loro padre le aveva comprato durante un viaggio sul Continente. C'erano ancora molti quadri appesi al muro. Victoria si concesse di apprezzarli per qualche minuto, poi iniziò a catalogare il loro valore nel registro di casa. Per quanto amasse l'arte, presto avrebbe dovuto venderli.

La signora Wayneflete entrò nella stanza e, in tono formale, disse: "Il visconte Thorlow vi cerca, signorina Shelby."

Prima che Victoria potesse dire che quel giorno non avrebbe ricevuto visite, il visconte in persona comparve con grande maleducazione alle spalle della governante. L'uomo incombeva massiccio sulla soglia, del tutto estraneo in una casa di donne.

Victoria lo aveva visto appena il giorno prima, ma la sua rabbia non si era attenuata; attendeva solo di essere risvegliata.

"Signora Wayneflete, dite a Sua Signoria che oggi sono indisposta." Avrebbe voluto poter lasciare la stanza, ma il visconte bloccava l'unica uscita. Per cui, si limitò a fissarlo, in attesa che le buone maniere dell'uomo prendessero il sopravvento.

Ciò non accadde.

Il visconte consegnò cappello e guanti alla signora Wayneflete. "Lasciateci soli, per cortesia."

"Non sarebbe decoroso, milord," disse la governante in tono rigido. "Non mi ero resa conto che la signorina Victoria si sentisse male."

Victoria si sentì colmare dalla gratitudine.

Lord Thurlow guardò la signora Wayneflete con un rispetto in cui Victoria non aveva troppa fiducia.

"È comprensibile che vogliate proteggere la vostra padrona, ma io e lei siamo amici d'infanzia e c'è qualcosa che devo spiegarle."

Victoria avrebbe voluto sbugiardarlo, ma non poteva. E non poteva mettere la sua cara governante in una situazione tanto imbarazzante. "Signora Wayneflete, potete andare, ma tenete la porta aperta."

La governante riverì, spostò uno sguardo curioso fra il visconte e Victoria, e lasciò la stanza.

Victoria si mise di fronte all'uomo e aspettò. Non aveva alcun obbligo di facilitargli le cose. La presenza del visconte era minacciosa quanto prima, anche se l'uomo la guardava quasi con sospetto.

"Dobbiamo discutere di ciò che è accaduto ieri, signorina Shelby," disse il visconte, "e di ciò che è accaduto tanti anni fa. Non ho giustificazioni per aver mentito riguardo alla mia identità. Avevo solo dieci anni e posso attribuire il mio comportamento soltanto alla mia infelicità di allora. Vi chiedo perdono."

Beh, non lo avrebbe ottenuto.

"Grazie." Victoria fece per oltrepassare l'uomo e accompagnarlo alla porta, ma lui la afferrò per il braccio.

"Non ho ancora finito," disse il visconte con fermezza.

Victoria sentì a malapena le sue parole. Stava fissando la mano del visconte sulla sua manica nera, sentendo la pressione calda di ciascun dito. L'uomo si chinò su di lei, alto e possente, un uomo che non sapeva cosa fosse chiedersi quando sarebbe arrivato il pasto successivo.

"Potete lasciarmi, lord Thurlow. Abbiamo finito."

La mano dell'uomo ricadde e questi incrociò le braccia sul petto. "Ho altre cose da dirvi."

"Cos'altro può esserci?" chiese Victoria, senza curarsi di nascondere l'amarezza. "Avete svelato le vostre menzogne e mi avete mostrato quanto sia stata sciocca."

"Non era mia intenzione–"

"Buona giornata, lord Thurlow. Se non desiderate che io vi accompagni alla porta, immagino che possiate trovarla da solo."

"Signorina Shelby, ho una proposta che potrebbe essere d'aiuto a entrambi."

"Non ho bisogno del vostro aiuto."

"Certo che sì. Vostro padre è morto e voi siete priva di mezzi."

Victoria strinse le labbra tremanti. Non avrebbe mai dovuto

cedere all'impulso e recarsi a Banstead House. "Dunque, sapete già tutto di me."

"Sono certo che non sia tutto. Ma ieri, dopo che ve ne siete andata, ero curioso riguardo alle vostre motivazioni. Ho scoperto la vostra triste situazione."

"Scoperto?" fece eco Victoria.

"Ho ingaggiato un professionista per approfondire."

"Mi avete fatta *spiare*?" Victoria non credeva che sarebbe mai più riuscita a respirare. Si guardò attorno come se si aspettasse di trovare un uomo nascosto dietro le tende.

"Certo che no," disse il visconte. "Il mio uomo ha verificato informazioni di pubblico dominio. Porgo a voi e alla vostra famiglia le condoglianze per la morte di vostro padre. Ero al Nord quando è accaduto."

"Sareste venuto al funerale?" chiese Victoria, sconvolta dall'amarezza che colmava ogni sua parola. Aveva giurato che non avrebbe permesso alle circostanze disperate in cui si trovava di cambiarla più di tanto, e si pentì. "Chiedo scusa, milord. Ho esagerato."

"Non c'è bisogno che vi scusiate," disse l'uomo, nel tono di voce più mite che lei gli aveva sentito usare fino a quel momento. "Avete sofferto molto."

Oddio, lord Thurlow conosceva la verità sulla morte del padre di Victoria? Aveva intenzione di gridare al mondo l'inganno da lei perpetrato? Victoria non avrebbe mai pensato che l'uomo che conosceva come Tom, il figlio della cuoca, fosse capace di un atto del genere. Ma quello era il visconte Thurlow, un uomo la cui famiglia aveva perso il rispetto del *ton*, la loro stessa classe sociale.

"Siete una persona resiliente, signorina Shelby," proseguì il visconte. "Mi ha colpito che abbiate pensato di rivolgervi a me."

"Non mi sono rivolta a *voi*," disse Victoria, ingoiando il

sollievo. Di certo, se lord Thurlow avesse conosciuto il suo segreto, avrebbe già detto qualcosa. "Ero venuta a cercare l'aiuto di Tom."

"Ma Tom sono io e ho una proposta da farvi. Sposiamoci."

Victoria fissò il visconte, sentendo il sangue che defluiva dal viso. Di sicuro, l'uomo le stava facendo uno scherzo terribile. Cercò un sorrisetto infingardo, ma non lo trovò. L'uomo la stava osservando con aria impassibile e nulla suggeriva che fosse anche solo attratto da lei.

Perché, ovviamente, non lo era. Aveva i suoi piani, proprio come ne aveva lei. Facendo un passo indietro, Victoria posò il registro e guardò davvero il visconte: un nobile di successo e attraente che chiedeva a una povera popolana virginale di sposarlo.

Una parte sepolta di lei era talmente debole da voler gridare "Sì!" con uno spaventoso sollievo. Per fortuna, fu un'altra parte di lei, più forte, a prevalere. "Milord, questo è terribilmente presuntuoso da parte vostra. Non ci conosciamo nemmeno."

"Voi dite?"

La voce del visconte si era fatta più profonda, più dolce, e per un attimo lei ripensò ai pigri pomeriggi estivi trascorsi a leggere le parole dell'uomo e a ridere, tanto ansiosa di rispondere. Fissò il visconte negli occhi, cercando l'uomo che aveva creduto di conoscere. Ma costui era uno sconosciuto.

"No, io non vi conosco," rispose con fermezza. "Potete avermi scritto, ma dato che vi siete finto un altro, ogni vostro messaggio è sospetto."

"La mia vera identità era un segreto, ma ciò non significa che ogni cosa fosse una menzogna."

Il visconte pareva a disagio, come se non fosse abituato a dover ricorrere alla persuasione.

"Ma io non sarò mai nelle condizioni di poterlo credere."

Oh, da dove nascevano quelle parole? A conti fatti, cosa avrebbe ottenuto Victoria respingendo un ricco visconte che le aveva chiesto di sposarlo? Come poteva lasciare che l'orgoglio si mettesse sulla strada della pancia vuota di sua madre, della sua salute mentale? Ma se Victoria avesse sposato il visconte Thurlow, anche il suo nome sarebbe stato macchiato?

Con un sospiro pesante, Victoria voltò le spalle all'uomo e si sedette su una sedia dallo schienale dritto. Si massaggiò le braccia come se dentro di lei ci fosse un gelo infinito.

Senza guardare l'uomo, disse: "Ditemi perché desiderate sposarmi... e non dite che lo fate per salvarmi. Sappiamo entrambi che non è questo il motivo."

"È parte del motivo. Avete chiesto il mio aiuto e io ve lo offro."

Se non altro, lord Thurlow non sapeva che lei era arrivata al punto da cercare un marito. "Potete avere qualunque donna desideriate, milord, e a costoro si accompagnerebbero doti cospicue."

"Non ho bisogno di denaro," disse seccamente il visconte.

Victoria lo osservò, cercando di distaccarsi dalle proprie emozioni per capire cosa stesse nascondendo l'uomo. Ma lord Thurlow era troppo bravo a dissimulare. In fondo, quello era l'uomo che aveva mentito riguardo alla propria identità da quando aveva dieci anni.

Victoria doveva accertarsi delle sue motivazioni. "Allora avete bisogno di prestigio; di una donna che possa fornirvi dei contatti."

"Non ho bisogno nemmeno di quello. Ricordo tutto quello che mi avete scritto riguardo alla vostra istruzione come figlia di un gentiluomo. Sarete una buona moglie."

Una buona moglie. Cosa significava? E la maggior parte dei membri della classe di lord Thurlow non avrebbe definito "un gentiluomo" il padre di Victoria. Era il loro banchiere, il loro fidato confidente per quanto riguardava le loro finanze... ma non un gentiluomo, perché accettava denaro in cambio dei propri servigi.

Victoria cercò di ricordare quali riflessioni infantili riguardo alla sua educazione da futura moglie potessero aver fatto colpo su Tom – lord Thurlow – ma i suoi pensieri erano colmi di confusione. Aveva bisogno di capire il *perché* prima di accettare l'offerta di matrimonio del visconte.

Perché, naturalmente, non poteva rifiutare. Poteva anche dirsi che doveva stare in guardia dalla reputazione di quell'uomo, ma a conti fatti, le voci avevano scarsa importanza rispetto a una dura vita in povertà.

"Ho bisogno di spiegazioni più approfondite, milord," si limitò a dire, troppo stanca per i sotterfugi. "Perché io?"

"Perché io ho bisogno di una moglie e voi di un marito," disse seccamente l'uomo, che cominciò a camminare in cerchio come se non volesse davvero vederla. "Siete venuta da Tom perché pensavate che tra voi due ci fosse una discreta intesa, giusto?"

Victoria annuì con riluttanza.

"E io penso la stessa cosa. Certo, potrei scegliere una ragazzetta piacente alla sua prima Stagione e avere un colpo di fortuna... o no. Negli ultimi tempi, sembrano tutte giovanissime. Ma con voi–"

Il visconte fece una pausa e a Victoria parve quasi di percepire un'esitazione nel suo passo.

"Ma con voi," proseguì lord Thurlow senza fare una piega, "ho un'idea migliore della donna che sposerei."

"Voi dite, milord? Non ci eravamo mai rivolti la parola e non ci scriviamo da oltre dieci anni. Pensate di conoscermi così bene?"

"Non darei mai per scontata una cosa del genere, signorina

Shelby. Ma so che tipo di ragazza eravate e questo è sufficiente per me."

Ma Victoria non era più quella ragazza. La vita l'aveva cambiata. Di sicuro aveva cambiato lord Thurlow. Ma in quali modi?

La madre di Victoria scelse proprio quel momento per entrare in salotto, indossando un abito nero che penzolava sul suo corpo smagrito. La mamma fissò sua figlia e il visconte con palese confusione. La rassegnazione di Victoria sfumò in una dolce preoccupazione. Si alzò e prese la mano fredda della donna tra le sue.

"Ciao, mamma. Sono davvero contenta che tu sia venuta. Vorrei presentarti il nostro vicino, lord Thurlow. Lord Thurlow, mia madre, la signora Lavinia Shelby."

La confusione velò gli occhi della madre di Victoria, ma poi un timido sorriso sfiorò le sue labbra pallide. "Siete il ragazzino della casa accanto?"

Victoria soffocò un gemito, fissando sconvolta sua madre. La mamma aveva letto il suo diario, tanti anni prima?

Lord Thorlow si inchinò sulla mano della mamma, osservando la donna matura come se non avesse notato nulla fuori dall'ordinario. "Sono io, signora Shelby. Ci conosciamo?"

"Una volta, in strada, il mio capello è volato via e voi siete corso a riprenderlo."

"Ah, capisco," disse il visconte. "Perdonate la mia dimenticanza."

"Eravate molto giovane, ma molto bene educato."

La donna si guardò attorno e Victoria la vide prendere atto con lo sguardo dei mobili spostati. Si pentì della confusione che aveva causato.

"Non credo che siate mai venuto a trovarci in passato," disse la mamma.

Victoria guardò accigliata il visconte, ammonendolo a non parlare di cose che ancora non erano state stabilite.

"Ed era ora che lo facessi," disse lord Thurlow. "Siamo vicini, dopotutto, e legami del genere hanno... un loro peso."

Victoria non sapeva cosa volesse dire l'uomo ed era palese che sua madre era ancora più confusa di lei. Victoria prese a braccetto la mamma, che quasi si ritrasse. Quel rifiuto le bruciò dentro e Victoria avvertì l'inizio di lacrime sgradevoli. Non aveva intenzione di piangere di fronte a lord Thurlow.

Victoria accompagnò la mamma alla porta. "Perché non vai a cercare la signora Wayneflete, mamma? Mi sembrava che volesse chiedere il tuo parere riguardo al menu della cena."

Senza nemmeno salutare il visconte, la madre di Victoria uscì dalla stanza. Victoria si voltò e guardò lord Thurlow, in attesa di ciò che questi avrebbe detto. L'uomo avrebbe cambiato idea e l'avrebbe abbandonata alla povertà? Oppure sarebbe rimasto, alternativa altrettanto spaventosa?

All'improvviso, Victoria non riusciva a smettere di pensare all'intimità prevista dal matrimonio. Avrebbe dovuto permettere al visconte di... toccarla.

L'uomo si strinse le mani dietro la schiena. "Mi dispiace constatare le difficoltà provocate a vostra madre dalla morte di vostro padre."

La stava osservando troppo attentamente e ciò la innervosiva. Victoria si voltò, in attesa di un rifiuto da parte del visconte.

"Il nostro matrimonio sarebbe d'aiuto anche a vostra madre," disse lord Thurlow.

Victoria sospirò profondamente. "Perché vi state impegnando tanto a convincermi a sposarvi, milord? Sapete quanto sarebbe difficile per me rifiutare. Ditemi cosa mi chiedereste come vostra moglie."

L'uomo aveva ripreso a camminare in cerchio; Victoria lo

sentiva muoversi alle sue spalle. Ciò le rese più facile voltarsi verso di lui.

"Le mie richieste sono molto semplici, signorina Shelby. Voi gestirete la mia servitù e la servitù della mia residenza di famiglia, dove trascorreremo diversi mesi ogni anno. Avrò bisogno di un'erede" – quella parte fu pronunciata molto in fretta – "e, naturalmente, mia moglie non dovrà mai essere toccata dallo scandalo."

Un senso di freddo cominciò a diffondersi in Victoria.

"Scandalo, milord?" disse, cercando di non mostrare alcun turbamento.

"Sì. Ho una carriera nella Camera dei Comuni – e un giorno nella Camera dei Lord – a cui pensare. I parlamentari prestano orecchio all'opinione di un uomo che rispettano."

Lord Thurlow non la stava guardando davvero negli occhi, come se non le stesse dicendo tutto. Perché bramava così tanto il rispetto? Cosa aveva fatto suo padre al nome di Banstead per renderlo infame persino per la generazione successiva?

E tuttavia, Victoria non poteva trovare difetto nell'onestà di lord Thurlow, quando anche la sua era sospetta. Cosa avrebbe fatto il visconte se avesse scoperto che il padre di Victoria, un uomo ben noto tra le cerchie del *ton*, si era suicidato, e che lei e la sua famiglia avevano nascosto la verità?

Ma Victoria avrebbe convissuto con la colpa del suo crimine piuttosto che rovinare quell'occasione di proteggere sua madre.

TRE

David si ritrovò a studiare ogni singola emozione di Victoria, rivelata in maniera palese sul volto della donna. Victoria era preoccupata dai requisiti coniugali da lui espressi, ma David non riusciva a capire se il problema fosse il sesso o il modo in cui la donna avrebbe ricoperto il ruolo di futura contessa. David non sapeva se sentirsi lusingato o infastidito da quell'ansia.

Non era ancora riuscito a dimenticare l'orrore nell'espressione di lei quando si era rivelato come Tom. Victoria sapeva certamente come fargli abbassare la cresta senza nemmeno provarci.

David era costretto a *convincerla* a sposarlo: lei, una povera zitella senza altre prospettive. Aveva pensato di essersi abituato a essere respinto a causa dell'infamia di suo padre, ma le riserve di Victoria sembravano ancora più personali. David si rifiutava di continuare a pensarla in quel modo. Victoria era una donna spaventata che si prendeva cura della madre malata, con poche scelte rimaste nella vita.

"Allora, le mie condizioni al matrimonio incontrano la vostra approvazione?" chiese.

"Lo sapete benissimo, milord. Al vostro posto, non chiederei di meno da mia... da una moglie. Ma se non vi dispiace, anch'io ho delle condizioni."

David inarcò un sopracciglio per riconoscere il coraggio della donna. "Prego, esprimetele liberamente."

"Vi chiedo di trovare un posto in casa vostra per mia madre."

"Ma certo, signorina Shelby."

Victoria si affrettò a proseguire come se non lo avesse sentito. "Prometto che mi prenderò cura di lei e che non recherà alcun–" Si interruppe e posò su di lui lo sguardo di occhi spalancati.

Questa volta, David si sentì offeso. "Pensavate che avrei sbattuto vostra madre in mezzo a una strada?"

"Perdonatemi se ho lasciato intendere una cosa del genere, milord," disse Victoria a bassa voce. "Non era mia intenzione. Ma mia madre non sta bene da quando è morto mio padre , anche se dà segni di miglioramento. Sentivo il bisogno di mettere ogni cosa in chiaro fra di noi."

"Non desiderate nulla per voi stessa?"

"Solo che alle mie sorelle venga concessa l'occasionale... visita prolungata, milord."

"Certo. Siete una donna rara, signorina Shelby. Per amor di 'chiarezza', permettetemi di assicurarvi che vi offrirò una vita agiata, comprensiva di un ampio guardaroba e di denaro da spendere secondo la vostra discrezione."

Mentre David parlava, il viso di Victoria si era imporporato. Era evidente che quella era una donna orgogliosa, poco abituata a chiedere qualunque cosa a chiunque. David si chiese quanto bene avrebbe affrontato lui stesso quella situazione al posto suo, come doveva essere ritrovarsi condannati dalla società a non lavorare. Conosceva in parte quella sensazione, naturalmente, perché i suoi affari sconfinavano nel commercio, cosa che gli altri gentiluomini non avrebbero visto di buon occhio se fosse stata di pubblico dominio. I gentiluomini non si sporcavano le mani con lo scambio di denaro, se non sotto-forma di investimenti e compravendita di terra. David trovava pesante sentirsi dire come gli era consentito guadagnare denaro, ma ciò non avrebbe arrestato la sua attività ferroviaria.

Victoria, in quanto gentildonna, non aveva modo di guadagnare denaro, se non come dama di compagnia o istitutrice, come avevano fatto le sue sorelle: due posizioni che richiedevano molto lavoro e che erano assai umilianti.

"Milord, apprezzo la vostra generosità," disse la donna. "Se desiderate altro da me, vi prego di dirlo, in modo che possiamo finalizzare questo patto."

"Patto," disse David con voce gelida. "Questo non sarà un patto, signorina Shelby, ma un matrimonio, reale sotto ogni punto di vista."

In due falcate, David fu di fronte a lei, e Victoria lo fissò con occhi grandi e bellissimi. Ma non si fece piccola di fronte a lui, e David ne fu grato. Le prese la mano, le sbottonò con destrezza il guanto al polso e sfilò l'accessorio incriminato. Victoria prese bruscamente fiato. La sua mano non era morbida come quelle di tutte le altre signore che lui conosceva. Quella donna aveva lavorato sodo per dare cibo e un tetto a se stessa e a sua madre. E David la ammirava.

Sollevò la mano tremante e si chinò su di essa, senza mai distogliere lo sguardo da quello di Victoria. Per un singolo istante, le permise di intravedere la sensualità nei suoi occhi. Premette le labbra sul dorso della mano della donna, si soffermò, inalò il profumo sfuggente che non riusciva a identificare del tutto. Ah, l'odore della farina e della lievitazione; una donna che aiutava a preparare i pasti. David trovava quasi erotica la natura pratica di Victoria e la propria mancanza di familiarità con essa. Sfiorò con la lingua la pelle della donna per assaggiarla.

Il gemito soffocato di Victoria lo soddisfece in un modo molto primitivo. Quella donna non gli era immune come cercava di far credere. David la lasciò e Victoria lasciò ricadere la mano, ma mantenne coraggiosamente la posizione.

"Milord, noi non ci conosciamo bene." Prima che David potesse dire qualcosa, lei si affrettò ad aggiungere: "Come adulti. Vi chiedo la pazienza di darci il tempo di riprendere confidenza."

"Pazienza?" le fece eco David a bassa voce. Cominciava a capire dove Victoria voleva andare a parare.

"Sì. Il nostro sarà un vero matrimonio, naturalmente, ma non potremmo..."

Il viso della donna si accese di rosso e il suo sguardo si fissò sul petto di David. Si rimise il guanto.

Victoria si morse il labbro. "Insomma, potremmo prendere la nostra... relazione... con calma?"

Stava chiedendo di posticipare la prima notte di nozze. David si rendeva conto che Victoria era vergine e che da parte sua era richiesta una certa delicatezza. Ma più a lungo lei avrebbe negato il suo affetto, maggiore sarebbe stato il rischio che il loro matrimonio fallisse. David non poteva permetterlo. Avrebbe dovuto pensare a una soluzione che soddisfacesse entrambi.

"Comprendo e accetto i vostri termini, signorina Shelby. Mi sposerete?" Era una domanda, non l'affermazione di un fatto che entrambi sapevano essere vero.

Lo sguardo di Victoria non si staccò mai dal suo e le parole della donna, per quanto pronunciate a bassa voce, erano ferme e decise. "Sì, milord. E grazie."

David avrebbe voluto dirle che era presto per ringraziarlo,

che non aveva ancora conosciuto suo padre e visto in che condizioni versava la sua casa, ma quelle realtà potevano attendere un altro giorno.

"Farò leggere le pubblicazioni," disse David. "Il matrimonio si terrà tra un mese a partire da oggi. Avrete il tempo per far confezionare l'abito. Ciò va incontro alla vostra approvazione?"

"Milord, non sono ancora uscita dal lutto, per cui il mio abito sarà–"

"Vi chiedo di non vestirvi di nero, signorina Shelby. Sono certo che vostro padre capirebbe e vorrebbe che voi celebraste il nostro matrimonio."

"Ma milord–"

"Accontentatemi, vi prego. L'abito a lutto non è cosa che vorrei per il giorno del mio matrimonio."

Victoria lo osservò. "Gli uomini hanno dei sogni per il giorno del loro matrimonio?"

David rimase sconcertato. Per la *notte* del loro matrimonio, forse; ma non poteva certo dire una cosa del genere, non dopo ciò che Victoria gli aveva chiesto poco prima.

"Forse io non ne ho avuti, signorina Shelby, ma so che le nozze avvengono solo una volta per una coppia, e dovrebbero avere un significato."

Sulle labbra della donna spuntò un sorrisetto sardonico, ma David non fece commenti. Sapeva che il loro non sarebbe stato un matrimonio normale.

"Andate da vostra madre, signorina Shelby. Vi prego di inviare la signora Wayneflete a discutere dei dettagli del matrimonio con il mio amministratore."

David si chinò nuovamente sulla mano di Victoria, ma questa volta non la baciò. Sperò che quell'omissione le dispiacesse.

Victoria fissò la schiena di lord Thurlow che si allontanava, passandosi distrattamente le dita sulla mano che l'uomo aveva baciato poco prima. La sentiva ancora... scottata. Non come se lui le avesse fatto del male, ma come se, in qualche modo, l'avesse marchiata come sua.

Sua. Ecco cosa sarebbe diventata, affidata alle cure di un uomo che non conosceva davvero. Lord Thurlow aveva una sala della musica? Si sarebbe interessato ai sogni di vittoria dopo il giorno delle nozze?

O la notte delle nozze. Victoria rabbrividì e cercò di dare un senso a ciò che aveva provato quando l'uomo aveva premuto le labbra sulla sua pelle in maniera tanto intima. Quando il visconte aveva aperto la bocca e l'aveva toccata... Victoria serrò le palpebre, sentendo disagio e caldo e confusione. Lord Thurlow voleva un figlio. E lei aveva una vaga idea di come si otteneva tale risultato. E tuttavia, l'uomo aveva accettato di prendere tempo.

Victoria uscì in corridoio. "Signora Wayneflete!" Si fermò di colpo nel vedere la governante che riaccompagnava sua madre in salotto.

La governante sollevò le mani. "Mi dispiace tanto, signorina Victoria! La signora Shelby mi stava aiutando a preparare il tè, poi è sparita e–"

"Non avete di che preoccuparvi, signora Wayneflete," disse Victoria. "Lord Thurlow non si è dispiaciuto per l'interruzione della mamma."

Sua madre infilò la testa nel salotto. "Se n'è andato? Mi dispiace non avere avuto modo di parlare granché con lui."

Quelle sembravano parole della madre che lei conosceva. "Avrai occasioni in abbondanza per conoscerlo, mamma. Il visconte mi ha chiesto di sposarlo."

Victoria non si aspettava grandi festeggiamenti, ma la palese trepidazione della signora Wayneflete la spaventò un po'. Anche sua madre si accigliò. Non capiva che Victoria lo stava facendo per salvare la famiglia?

Si pentì dei suoi pensieri egoisti. Si rivolse a sua madre. "Non mi hai mai permesso di apprendere quale scandalo circonda il conte di Banstead. Forse dovrei saperlo ora, anche se è troppo tardi."

La signora Wayneflete e la madre di Victoria si scambiarono un'occhiata, ma fu la governante a parlare.

"Non conosco i dettagli, signorina Victoria. La servitù spettegola, ma persino le cameriere di Banstead sembravano in imbarazzo per il comportamento del loro padrone. C'erano delle feste a Banstead House, signorina, del genere a cui non partecipa nessun membro rispettabile della società. E sono cominciate dopo un mese dalla morte della contessa."

Victoria sospirò. "È tutto qui quello che sapete? Ho sempre pensato che mi nascondeste qualcosa per via della mia giovane età."

"No, signorina. Ma il silenzio della servitù mi fa pensare che a quelle feste accadessero cose scandalose. Siete sicura che sposare il visconte sia la decisione giusta?"

"Come avrei potuto dire di no, signora Wayneflete? Avremo un posto dove vivere, cibo da mangiare. E io sposerò il visconte, non il conte. Non si può incolpare un uomo per le azioni di suo padre."

"Ma non sappiamo nemmeno *quali* fossero quelle azioni."

"Non preoccupatevi, signora Wayneflete. È il meglio che potessi fare. Vi darebbe fastidio se cercassi di trovarvi una posizione in casa Banstead? Naturalmente, se preferite non lavorare là—"

"Oh, no, signorina, sarebbe un grande sollievo per me potermi prendere cura di voi e della signora Shelby," disse la governante, tamponandosi le lacrime con il grembiule. "Mi solleva sapere che avete trovato un uomo che vuole sposarvi."

"Ha avuto pietà di me," la corresse seccamente Victoria. "E ho la sensazione che anche noi saremo d'aiuto a lui." Non sapeva come esprimere a parole i suoi sospetti.

"Abbiamo tante cose da fare," disse la signora Wayneflete, conducendo Victoria e sua madre in biblioteca. "Facciamo un elenco. Quando si terrà il matrimonio?"

"Tra un mese."

"Santi numi, signorina Victoria, il tempo è appena sufficiente!"

"Il primo matrimonio in famiglia." All'improvviso, la mamma sorrise.

Quando una lacrima scivolò lungo la guancia di sua madre, Victoria avrebbe voluto sparire.

"È quello che tuo padre e io abbiamo sempre voluto per te," mormorò la mamma.

Ma non era quello che Victoria aveva voluto per sé.

Quando David fece ritorno a Banstead House, aveva già deciso di affrontare per primo il compito più difficile: informare suo padre del matrimonio imminente.

Percorse il corridoio al pianterreno che conduceva alla camera da letto di suo padre. Bussò con forza alla porta e suo padre gli diede il permesso di entrare.

Alfred Thurlow, conte di Banstead, era seduto sulla sua sedia a rotelle al solito posto, a fissare fuori dalla finestra che dava sul giardino. C'era un libro sul tavolo accanto a lui, ma David sapeva che il conte leggeva di rado, come di rado faceva qualunque cosa non fosse rimuginare sulla sua malattia e sulla sua infermità sempre più avanzata.

Oltre che sfogare la sua sofferenza sull'intera casa. Spesso, le cameriere piangevano per via dei suoi insulti, dopo che avevano solo cercato di pulire la stanza. Alla fine, David aveva dato ordini severi che nessuno provasse nemmeno a pulire, a meno che suo padre non fosse altrove. Ma ciò capitava sempre meno spesso. Sembrava che la principale fonte di gioia del conte fosse indurre le governanti al licenziamento.

Il conte sollevò su David lo sguardo di tempestosi occhi azzurri, palesemente pronto a gridare contro quell'intrusione. Ma si zittì quando lo riconobbe e si limitò a brontolare qualcosa prima di tornare a guardare fuori dalla finestra. I suoi capelli bianchi erano più lunghi di quanto avrebbero dovuto essere, ma al conte non interessavano più certe cose. Era già abbastanza difficile convincerlo a lasciarsi lavare con regolarità. Il suo volto era segnato più dalla rabbia e dall'amarezza che dall'età, e quelle spalle che un tempo erano larghe e imponenti erano ora ossute e curve. Ma il conte si era assicurato, grazie al suo comportamento intollerabile, che nessuno avesse più compassione di lui.

"Buon pomeriggio, padre."

"Buono per modo di dire," fu tutto ciò che disse il conte.

David strinse un pugno dietro la schiena. "Non vi disturberò a lungo. Volevo dirvi che mi sposerò tra un mese."

Quelle parole fecero ruotare la testa all'uomo. "Hai trattato una cosa del genere senza consultarmi?"

"Ho ventisei anni, padre. Sono perfettamente in grado di procurarmi una sposa."

"*Prima* non ci sei mai riuscito."

E di chi è la colpa? David riuscì a stento a trattenersi in tempo. Troppo spesso si abbassava al livello di suo padre, ma non quel giorno. Quel giorno, avrebbe goduto della soddisfazione del risultato ottenuto.

Dopo un lungo silenzio che David si rifiutò di infrangere, il conte gli lanciò un'occhiata... ovviamente, senza mostrare tracce di rimorso o senso di colpa.

Suo padre disse: "Era ora che fornissi un erede al titolo che non sia quel tuo inutile cugino."

David si irrigidì. Era stata la ricerca incessante di figli da parte di suo padre a uccidere sua madre. La contessa aveva affrontato una gravidanza dopo l'altra, tutte terminate prematuramente o con un figlio nato morto. La casa era stata costantemente drappeggiata di nero e David aveva indossato l'abito a lutto per buona parte di ogni anno.

E, nonostante ciò, il vecchio aveva trascorso l'età adulta di David perseguitandolo perché generasse un erede. Suo padre non si rendeva conto di ciò che aveva fatto?

Ancora una volta, David si ritrovò a provare un momentaneo senso di ansia per Victoria, ma lo scacciò spietatamente. Il titolo aveva bisogno di un erede.

"Hai contrattato i termini con il padre?" domandò il conte.

"Il padre è morto dieci mesi fa. Ho trattato direttamente con la sposa."

"È inaudito!"

"Ma necessario. Domani parlerò con il mio avvocato per quanto riguarda i documenti."

"Chi è la ragazza?"

"La signorina Victoria Shelby."

"Conosco quel nome," disse il conte, aggrottando le sopracciglia in un'espressione di rabbia crescente.

"Com'è normale. La famiglia è nostra vicina da tutta la mia vita." *Sono le persone che voi avete insistito perché ignorassimo a livello sociale, sostenendo che non fossero alla nostra altezza.*

"Una delle figlie di Shelby?" gridò il padre di David.

"Victoria."

"Ma suo padre era un affarista!"

"Era un ricco banchiere, padre. Voi stesso facevate affari con lui."

"Ma non era un gentiluomo!"

"Forse non dal vostro punto di vista. Ma la figlia è stata cresciuta bene. Le ho già chiesto di sposarmi."

"Non porterà nulla a questa famiglia in termini politici o di terre. Se tu mi avessi consultato, avrei potuto dirti–"

"È interessante come voi seguiate i dettami della società solo quando vi fa comodo. Ciò nonostante, non c'è nulla che avreste potuto dire per farmi cambiare ida."

"Dimmi che non sei *innamorato* di questa ragazza!"

David stava per fare un commento sprezzante – le discussioni tra lui e suo padre seguivano uno schema molto prevedibile – ma qualcosa sul volto del conte lo fermò. Non rabbia, ma disperazione, come se l'uomo pensasse che l'amore fosse una tragedia troppo dolorosa per essere vissuta.

Cosa che la madre di David sapeva benissimo.

Ma lui non riuscì a pronunciare le parole che avrebbero ferito il vecchio, non quando questi aveva già un'aria tanto distrutta. Mentre fissava il giardino, il conte ripensava forse a tutti gli errori che aveva commesso, al modo in cui aveva trattato sua moglie?

David non voleva provare compassione per lui.

"Padre, nel giro di un mese la signorina Shelby vivrà qui come nuova padrona di casa. Vi ingiungo di comportarvi come si deve."

"Sono il conte!" tuonò suo padre. "Lei dovrà–"

Ma David era già uscito dalla stanza.

Notte dopo notte, Victoria giacque insonne a letto a fissare le ombre sul soffitto, chiedendosi se Tom esistesse ancora da qualche parte dentro lord Thurlow. O era un pensiero ingenuo? Il suo dolore profondo non accennava a svanire. Con l'eccezione delle sue sorelle, Tom era stato il suo compagno più stretto, il suo alleato fedele, una cassa di risonanza nei momenti difficili. Ma ripensare a quei tempi ora non faceva che rendere il tradimento più doloroso, più triste. Alla fine, Victoria risolse il dibattito nella sua mente su Tom mettendolo momentaneamente da parte, fingendo di essere come qualunque altra donna sul punto di sposare uno sconosciuto.

Due settimane prima del loro matrimonio, il suo futuro marito la sorprese venendo a farle visita senza preavviso. La signora Wayneflete venne a cercare Victoria, impegnata a organizzare i suoi effetti personali in vista del trasloco. Victoria seguì la governante da una parte all'altra della casa, chiedendo due volte se i suoi capelli avessero un aspetto presentabile.

"Di sicuro ci saranno ragnatele o *qualcos'altro* dentro!" disse esasperata Victoria.

La signora Wayneflete le diede un colpetto sulle mani tremanti. "State benissimo, signorina."

E poi furono in salotto e *lui* era lì, così alto e molto estraneo in una stanza tanto femminile. Lo sguardo del visconte passò su di lei, spingendo Victoria a chiedersi cosa pensasse del suo aspetto. Non avrebbe dovuto importargliene nulla, perché l'accordo era già stato stipulato. Ma... lord Thurnlow profumava di aria fresca e colonia, una mistura mascolina, e ciò la fece rabbrividire, anche se lei non aveva freddo. Il fidanzamento, il solo pensiero del matrimonio, le sembrava ancora piuttosto irreale.

L'uomo aveva cappello e guanti in mano e Victoria si chiese perché la signora Wayneflete non glieli avesse presi.

"Buon pomeriggio, signorina Shelby," disse lord Thurlow con quella sua voce profonda.

"Buon pomeriggio, milord."

"Gradireste fare un giro in carrozza con me?"

Il visconte la stava... *corteggiando*, quando ciò non aveva più importanza? Victoria avvertì un ridicolo senso di calore al pensiero di una tale adulazione. "Ehm... certo. Datemi solo qualche minuto per prepararmi."

Poi, lei e la signora Wayneflete si misero alla ricerca di un cappello, uno scialle e i guanti adatti. Presto, Victoria stava scendendo lentamente i gradini che portavano al marciapiedi, la mano posata delicatamente sul braccio piegato di lord Thorlow. A bordo strada attendeva un phaeton elegante con la capotte abbassata, tirato da una coppia di cavalli bianchi abbinati. Se il visconte stava cercando di fare colpo su di lei, stava facendo un ottimo lavoro. Dietro il sedile principale, una cameriera se ne stava appollaiata su una seduta più piccola.

Victoria le sorrise e la ragazza ricambiò timidamente. Victoria era stupida dalla presenza di una chaperon, considerato che lei e lord Thurlow erano una coppia di fidanzati, ma era certa che l'uomo non volesse nemmeno l'ombra di uno scandalo. Cercò di mettere da parte il disagio.

Lord Thurlow le tenne la mano mentre lei saliva a bordo della carrozza, quindi si accomodò accanto a lei e sollevò le redini. L'uomo occupava buona parte del sedile e la sua spalla che sfiorava quella di Victoria le fece provare sensazioni molto bizzarre.

Lei non si stupì di constatare che il visconte era un guidatore eccellente. Era sempre stato il genere di persona che otteneva qualunque risultato si prefiggesse.

Oppure era cambiato? Victoria non sapeva come inquadrarlo, come colmare il vuoto di dieci anni nella sua conoscenza di lui. Le persone potevano cambiare molto al sopraggiungere delle responsabilità dell'età adulta. Conversare sarebbe stato utile, ma lord Thurlow sembrava concentrato sulla guida e sul rivolgere l'occasionale cenno del capo a coloro che lo chiamavano e lo salutavano.

Qualunque cosa avesse fatto suo padre, lord Thurlow aveva ancora un posto in società; aveva ancora degli amici, se non altro nel mondo della politica. Tutte persone che Victoria avrebbe dovuto conoscere. Non aveva mai immaginato se stessa in tale compagnia.

Ma se lord Thurlow non intendeva parlare, lei non poteva starsene seduta in silenzio, con l'imbarazzo che cresceva a ogni minuto. Mentre l'uomo conduceva la carrozza in Hyde Park e lungo la Row, Victoria si umettò le labbra e cercò di pensare a un argomento di conversazione.

"Milord, spero che non vedrete questa domanda come indiscreta," esordì.

L'uomo le lanciò un'occhiata. "Ci sposeremo. Chiedete ciò che desiderate."

"La maggior parte dei ragazzi della vostra classe va in collegio da giovane. Perché voi non lo avete fatto?"

Lord Thurlow si concentrò su un improvviso viavai di carrozze. Victoria pensò quasi che si fosse dimenticato di rispondere, finché l'uomo non disse: "Mia madre era spesso malata. Non voleva separarsi da me, il suo unico figlio. Mio padre ingaggiò dei precettori."

"Capisco." Ciò gli aveva lasciato tempo in abbondanza per punzecchiare la bambina sola della porta accanto. Victoria continuava a ricordare a se stessa che l'uomo era molto giovane quando le aveva mentito, ma ciò non riusciva a cancellare il senso di tradimento che aveva messo radici nella sua anima. Aveva creduto che avessero condiviso... tutto.

Lord Thurlow aveva trovato piacevole scriverle? Guardò di sottecchi il profilo del visconte, così austero, eppure attraente ai suoi occhi in una maniera inusuale. Victoria continuava ad aspettarsi un sorrisetto malizioso, perché era così che lo aveva sempre immaginato. Ma il volto dell'uomo era una maschera che nascondeva ogni verità. Perché Victoria non poteva sapere ciò che lui stava pensando, come un tempo conosceva ogni pensiero di Tom?

Sospirò. "Almeno ora so perché non parlavate mai di voi."

"Chiedo scusa?"

"Del vostro vero io. Sapevo che il conte aveva un figlio, ma dato che voi... che Tom non lo citava mai, ho sempre pensato che fosse... che foste in collegio."

"State facendo sembrare la faccenda più complicata di quello che era. Tranne per il nome diverso, ero sempre io a scrivervi."

"Allora perché avete smesso?" Oh, quella era una domanda troppo personale. Ma Victoria non poteva tirarsi indietro. Voleva che l'uomo le raccontasse tutto, ma lord Thurlow non sembrava più il genere di ragazzo... il genere d'uomo che rivelava dettagli intimi su di sé.

Il visconte continuò a guardare dritto davanti a sé, guidando i suoi cavalli magnifici, un uomo a proprio agio perlomeno in quella parte del suo mondo.

"Eravamo entrambi quasi adulti," disse infine lord Thurlow. "Sono stato mandato in collegio."

"E non avete avuto tempo per una breve spiegazione?"

L'uomo le lanciò un'occhiata con gli occhi stretti e, per quanto lei volesse tirarsi indietro, non poteva. Lo fissò, esigendo in silenzio la verità.

"Mi dispiace avervi ferita," disse lord Thurlow. "Ero un ragazzino stupido preso dall'entusiasmo di poter finalmente fuggire da quella casa."

"Da cosa dovevate fuggire? Mi sembra una casa perfettamente accettabile." Ma il problema non era la casa; Victoria lo sapeva.

"Non sopportavo che non mi fosse permesso di stare con altri ragazzi della mia età. Ero semplicemente felice di avere la sensazione di crescere."

Victoria sapeva che quella era solo una parte della verità. I messaggi di lord Thurlow avrebbero rivelato una sua eventuale necessità di allontanarsi, e così non era stato. Ma Victoria non poteva certo accusare ancora una volta il suo futuro marito di aver mentito. Dopotutto, come poteva fidarsi del suo giudizio nei confronti dell'uomo?

In silenzio, uscirono dal parco, per poi svoltare nella direzione opposta alla strada che li avrebbe condotti a casa. Victoria si accigliò e sollevò lo sguardo sul visconte, ma si sarebbe sentita sciocca a chiedere dove stessero andando. Dopotutto, l'uomo le aveva solo offerto un giro.

Gradualmente, gli edifici si fecero più vicini gli uni agli altri, semplici strutture commerciali di mattoni in luogo dell'architettura piacevole all'occhio del West End di Londra. Alla fine, si fermarono davanti a un edificio con l'insegna "Southern Railway". Un ragazzo uscì di corsa dalla porta per prendere i cavalli, come se stesse aspettando lord Thrulow.

Victoria non riuscì più a tenere a freno la lingua. "Milord?"

L'uomo inserì il freno della carrozza e le lanciò un'occhiata distratta. Si era dimenticato della sua presenza?

"Signorina Shelby, devo consegnare dei documenti importanti. Sarò di ritorno tra un momento."

Victoria aprì la bocca per protestare, ma l'uomo era già sceso in strada con una borsa di cuoio sottobraccio. Salì i gradini due alla volta e svanì nell'edificio.

Victoria lanciò un'occhiata alla cameriera, che si stava guardando attorno con gli occhi spalancati. Victoria le rivolse quello che sperava essere un sorriso rassicurante. La strada non si trovava certo in un quartiere malfamato, ma era palesemente in una zona industriale, dove, a giudicare dalle occhiate dei passanti, si vedevano poche donne. Persino gli eleganti cavalli bianchi di lord Thurlow sembravano usciti da una fiaba rispetto agli animali da tiro che trainavano carri pesanti lungo le strade. Uomini in semplici giacche di tweed e pantaloni si toccarono i cappelli mentre passavano loro accanto. Un uomo, senza una giacca a coprire la camicia e le bretelle, fischiò mentre passava lo sguardo sui cavalli.

"Porco mondo, che belle bestie," disse.

Come rispondere? "Vi ringrazio."

Victoria aveva sempre più la sensazione che lord Thurlow si fosse dimenticato di lei. Avrebbe perlomeno dovuto invitarla ad attendere al chiuso, lontano dalla polvere e dal rumore della strada!

Finalmente, la porta si spalancò e il visconte emerse. Victoria vide la sorpresa sul suo volto prima che l'uomo la nascondesse.

Si era *davvero* dimenticato di lei. A conti fatti, doveva aver programmato quell'incombenza e portare Victoria a fare un giro soddisfaceva due propositi con un viaggio solo. Comodo.

L'ammiratore di cavalli si affrettò a riprendere il cammino e Victoria notò che persino il ragazzino che teneva gli animali sembrava sollevato dalla presenza di Sua Signoria. Lord Thurlow montò in cassetta e, quando la carrozza si inclinò sotto il suo peso, Victoria si aggrappò al corrimano dietro il sedile. Cosa sconvolgente, il bacino del visconte la sfiorò mentre questi si sedeva, bloccandole la mano fra l'uomo e il corrimano. Arrossendo furiosamente, Victoria strattonò per liberarsi. Lord Thurlow cambiò posizione e la guardò da sotto un sopracciglio inarcato.

"Signorina Shelby, avete mai viaggiato in treno?" le chiese mentre schioccava le redini per immettere la carrozza nel traffico.

"No," rispose Victoria a denti stretti.

"È un'esperienza entusiasmante."

"Ho sentito dire che è molto rumoroso e molto sporco."

Lord Thurlow si strinse nelle spalle. "Può darsi. Ma la ferrovia è il futuro dell'Inghilterra. Non avete notato come, negli ultimi anni, il prezzo del carbone sia crollato e il cibo proveniente dalle fattorie in provincia sia diventato più fresco?"

Victoria lo fissò. "No, milord, non l'ho notato."

"Ma certo, ma certo. Di sicuro era vostro padre che si occupava di queste cose."

Victoria sollevò il mento. "I prezzi dovevano essere già calati quando ho iniziato a supervisionare gli acquisti di casa nostra, meno di un anno fa."

L'uomo la osservò attentamente. Victoria avrebbe preferito che guardasse il traffico.

"Non ho dimenticato le vostre recenti imprese," disse il visconte a voce più bassa. "Vi ammiro per questo."

Victoria avrebbe voluto che non fosse così facile distrarsi solo guardandolo. Voleva restare arrabbiata. "Non cercavo ammirazione mentre portavo il cibo in tavola."

"Certo che no. Ma la ferrovia renderà tutto più facile, non solo il viaggio. Siamo entrati in una nuova era, in cui gli uomini che controllano il flusso di merci e servizi controllano l'industria... e il futuro del nostro Paese."

Victoria lo fissò in preda alla confusione. Lord Thurlow sembrava un ragazzino ossessionato dal ruggito di un treno in transito. La sua mente fu invasa dai ricordi delle osservazioni dettagliate che lui le aveva scritto tutte le volte che aveva scoperto un nuovo tipo di rospo o serpente. I treni erano diventati il suo nuovo interesse? Molti pari diventavano azionisti delle ferrovie, naturalmente, o almeno così aveva cercato di spiegarle suo padre una volta. Ma quanti consegnavano i documenti di persona? Lord Thurlow era un enigma per lei.

Viaggiarono in silenzio per diversi isolati, fino a quando le strade non cominciarono ad allargarsi e le carrozze a diventare eleganti.

"Signorina Shelby," disse lord Thurlow, "mi fareste l'onore di accompagnarmi a un pranzo mercoledì prossimo? Verrei da voi all'una. Parteciperanno diverse coppie, per cui non vi sentirete sola nel caso io e altri gentiluomini fossimo chiamati a discutere di affari."

L'ingresso in società di Victoria era cominciato. Ebbe la sensazione che le si rivoltasse lo stomaco mentre ripensava a tutti i pranzi spaventosi a cui aveva partecipato... che erano molti. Ma non era mai stata a un evento del *ton*. Sua madre, un tempo, si risentiva per il fatto di non essere riuscita a far breccia nel *ton* e aveva pensato che ci sarebbe riuscita attraverso le sue figlie. Da Victoria e dalle sue sorelle ci si era aspettato che brillassero alle feste, che alla fine contraessero buoni matrimoni; era stato un peso gravoso.

Victoria non era mai riuscita a mettere in pratica le capacità che sua madre le aveva inculcato. Riusciva a incrociare lo sguardo degli sconosciuti. Dopo aver ballato una volta con un uomo e avergli pestato i piedi innumerevoli volte, nessuno le chiedeva un altro ballo. Non era mai a suo agio nelle conversazioni... se non quando scriveva a Tom. Verso la fine, si era ritrovata sempre più spesso seduta con chaperon e tappezzeria, lieta che sua madre si fosse finalmente data per vinta.

Avrebbe voluto rifiutare l'invito di lord Thurlow, ma farlo le sembrava petulante e infantile, così si limitò a dire: "Ma certo, milord. Vi aspetterò."

Finalmente, oltrepassarono Banstead House, la futura nuova casa di Victoria. Lei la fissò, preoccupata per il futuro, spaventata dai suoi nuovi doveri di viscontessa, ma lasciò che la preoccupazione passasse in secondo piano rispetto al sollievo. Aveva un posto dove vivere.

Lord Thurlow fermò i cavalli fuori da casa sua.

Victoria si voltò indietro; sorrise distrattamente alla cameriera, ma continuò a guardare la casa di lord Thurlow. "Non ho avuto l'occasione di vedere granché di Banstead House durante la mia visita di qualche settimana fa."

Quando si voltò verso lord Thurlow, il visconte le stava tendendo una scatolina piatta e rettangolare. "Permettetemi di offrirvi un dono in onore del nostro fidanzamento."

Victoria prese la scatola e la aprì. Al suo interno c'era una splendida collana di diamanti. Victoria la fissò.

"Per il giorno del matrimonio," disse il visconte.

L'uomo scese dalla carrozza senza aggiungere altro, come se non le avesse appena offerto una fortuna. Victoria strinse le labbra per trattenere una risatina isterica al pensiero di ciò che avrebbe potuto fare per la sua casa con il denaro del costo del gioiello.

"Grazie per la vostra generosità, milord," disse, chiudendo la scatola e infilandosela nella borsetta.

Lord Thurlow la aiutò a scendere. "Per quanto riguarda Banstead House, signorina Shelby, voglio essere onesto: sto cercando una nuova governante e il mio maggiordomo inorridirebbe se invitassi la futura padrona di casa in un momento di simile caos."

Padrona di casa...

Quelle parole quasi distrassero Victoria dalla parte importante del discorso. "Avete bisogno di una nuova governante, milord? Potreste magari prendere in considerazione la signora Wayneflete?" Prima che il visconte potesse rispondere, lei si affrettò a proseguire. "La nostra casa passerà nelle mani di mio cugino, ma so che la signora Wayneflete preferirebbe restare con me e mia madre. È con noi da quando sono nata."

"Sarei lieto di prendere in considerazione la vostra governante, signorina Shelby. Mandatela a parlare con il mio maggiordomo."

Non era una risposta definitiva, ma Victoria avrebbe dovuto accontentarsi. Lord Thurlow la accompagnò alla porta e, una volta lì, si voltò per fronteggiarla sul primo gradino.

Victoria avrebbe voluto allontanarsi, ma si trattenne. Il

visconte le avrebbe preso di nuovo la mano? Il ricordo della bocca dell'uomo sulla pelle continuava a ripresentarsi nei momenti meno opportuni.

Lord Thurlow aveva un sorriso leggerissimo, come se sapesse quello a cui lei stava pensando. Sarebbe sempre stata così, con lui pieno di consapevolezza e lei all'oscuro di tutto ciò che stava pensando?"

"Salve!" giunse all'improvviso dalla porta accanto.

Victoria e lord Thurlow spostarono entrambi lo sguardo verso Banstead House, da cui era appena uscito un uomo. Mentre questi si avvicinava, Victoria vide che era molto biondo e di aspetto piacevole, e che le sorrideva come se si conoscessero. Ventisei anni di verginità e, lo stesso giorno, due uomini diversi si presentavano alla sua porta!

QUATTRO

Solo la buona educazione trattenne David dall'imprecare ad alta voce. Cosa diavolo ci faceva il suo amico Simon sulla soglia della casa di Victoria?

"Salve," disse Simon con quella voce allegra che sfiorava il molesto.

Lo sguardo indagatore di Simon era tutto per Victoria mentre l'uomo li guardava uno alla volta dal fondo dei gradini. Per un qualche motivo sconosciuto, David sentiva il bisogno di stringere i denti. Invece di farlo, posò con delicatezza il braccio attorno alla vita di Victoria. La donna sussultò leggermente, poi assunse un'immobilità innaturale. Era molto calda, molto morbida.

"Signorina Shelby," disse David, "permettetemi di presentarvi Simon, lord Wade."

Il viso di Victoria si colorò di nuovo di un rosso vivo quando Simon le prese la mano in entrambe le proprie.

"Signorina Shelby, è un piacere conoscere finalmente la promessa sposa di David."

"Grazie, lord Wade," disse Victoria, "ma non potete certo aver atteso a lungo."

David provò una soddisfazione incredibile. "Gli ho detto del fidanzamento due giorni fa, signorina Shelby, ma come potete vedere, ha la pazienza di un topolino."

"Era un insulto, Thurlow?" chiese Simon con orrore simulato. "Non mi inviti nemmeno a entrare? Il tuo personale ha fatto l'immenso sforzo di dirmi dove trovarti."

Simon trascorreva palesemente troppo tempo a Banstead House, se il personale era così libero nel parlare con lui. "Stavo andando via. Puoi accompagnarmi."

"Ma potrei approfondire la conoscenza della signorina Shelby. Dopotutto, sarò parte integrante del suo matrimonio."

"Dovete essere il testimone di lord Thurlow," disse Victoria.

"Proprio così," rispose David prima che Simon potesse parlare. "Può darsi che ci sia di meglio, ma dovremo accontentarci. Buona giornata, signorina Shelby."

La giovane rivolse un cenno del capo a entrambi ed entrò in casa, chiudendosi la porta alle spalle. David trascinò via Simon per un braccio.

Simon rise. "Questo è del tutto superfluo. Ti garantisco che non nutro intenzioni malevole nei confronti della tua bella futura sposa. Anche se devono ammettere che sono piuttosto... sorpreso."

David lo trascinò sul marciapiedi e lo voltò verso Banstead House. "E come mai?"

"È solo che, nei brevi momenti che ho trascorso con lei, mi è sembrata piuttosto... giovane."

"Ha ventisei anni." David lasciò andare il suo amico quando due anziane signore lo guardarono con sospetto attraverso monocoli identici.

"Allora mi correggo: ingenua. Timida e ingenua. È una buona sintesi?"

"Certo che no. Ma ha in effetti una natura piuttosto timida, che ammiro." E David ammetteva con se stesso che quell'abito grigio era un grande miglioramento, dando l'impressione che i capelli di Victoria fossero meno slavati.

"Non esattamente come la tua amante, eh?"

"Quello non è un argomento da menzionare in pubblico," tagliò corto David, aprendo la porta di casa e conducendo il suo amico all'interno. "Non intendo recare scandalo alla mia sposa."

"Non è certo scandaloso–" Simon si interruppe quando guardò David in faccia.

David ebbe l'impressione di vedere pietà negli occhi di Simon, e non la voleva. Simon doveva sapere quanto erano costati a David gli scandali del conte, ma in nome dell'amicizia, non avrebbe mai sollevato un argomento di cui David non voleva parlare. Simon era suo amico dai tempi del collegio, uno dei pochi a non averlo abbandonato quando il conte aveva rovinato il nome della famiglia.

"Allora, come l'hai conosciuta?" chiese Simon, seguendolo in biblioteca.

"È mia amica dai tempi dell'infanzia."

"Lo sono anch'io. Com'è che non ne ho mai sentito parlare?"

David sorrise. "Perché la mia amicizia con lei risale a quando avevo dieci anni, quasi mezza vita prima che ti conoscessi."

"Questo non spiega perché non hai mai parlato di lei," lo rimproverò Simon, versando un bicchiere di brandy a ciascuno.

David fissò la sua bevanda. "Forse perché non l'avevo mai incontrata dal vivo. Lei non me lo permetteva."

Simon si lasciò cadere sulla poltrona a vela in pelle di fronte al caminetto e attese con impazienza. David fu costretto a spiegare dei messaggi che lui e Victoria si erano scambiati attraverso il diario e di come lui avesse smesso di scrivere una volta partito per il collegio.

"Dunque, sai già molto di lei," disse Simon. "Non c'è da stupirsi che tu l'abbia scelta come moglie."

"Tutto ciò avviene in un momento propizio. I dirigenti della ferrovia esigono di incontrarci più spesso con l'avvicinarsi della scadenza, ma non possiamo certo incontrarci in pubblico, per cui includeremo le nostre famiglie come scusa per socializzare."

"Perché non potete incontrarvi in pubblico? Lo scandalo di un pari che si spinge oltre il semplice investire nelle ferrovie non sarebbe certo paragonabile alla reputazione infame di tuo padre." Simon osservò David pensieroso. "Ma naturalmente, tu non vuoi attirare alcuna attenzione sulle tue attività. Stai giocando a un gioco pericoloso, David."

"Non è un gioco," disse David mentre si accomodava sulla poltrona opposta. "Molto del mio patrimonio è investito in questa attività; se essa dovesse fallire, lo scandalo sarebbe persino più grande di quello di mio padre. Non permetterò che accada."

"Non cadresti certo in miseria."

"No. Ma guidare l'industrializzazione dell'Inghilterra può significare acquisire molto potere. Gli uomini vengono a chiedermi consiglio, nonostante gli scandali di mio padre. Mi piace la sensazione di tracciare una nuova via per questo Paese, Simon, ma so di non poterne parlare apertamente con il *ton*. Sono già stato ostracizzato a sufficienza; non costringerò i miei figli a subire la stessa sorte. Un giorno, uomini di ogni classe saranno apprezzati per la loro lungimiranza e quando ciò accadrà, io sarò già davanti a tutti, rendendo di nuovo importante il nome di Banstead."

Simon sorrise. "Pensavo che lo stessi facendo in Parlamento."

"È così," rispose David soddisfatto. "Ma si può puntare su più di un cavallo, no?"

Simon scosse la testa con aria amareggiata. "Quindi, ti sposerai solo per ragioni di affari?"

"Certo che no. Ho bisogno di un erede," disse amareggiato David. "E non dimentichiamo che mia moglie dovrà avere a che fare con mio padre."

"Sembra che avrà molto a cui pensare." Simon abbassò la voce. "Sei sicuro di poterla rendere abbastanza felice da far sì che ti voglia aiutare?"

David si acciglò mentre svuotava il bicchiere. "Ci aiuteremo a vicenda. La situazione sarà soddisfacente per entrambi."

Nonostante l'aria dubbiosa, Simon sollevò il bicchiere in un brindisi. "Al tuo successo nel trovare moglie."

David fece tintinnare i bicchieri. "Finalmente."

Una settimana più tardi, Victoria stava aspettando il suo fidanzato all'ingresso. Si sarebbe mordicchiata incessantemente il labbro se la signora Wayneflete non l'avesse colta sul fatto.

"Andrà tutto bene, signorina," disse benevola la governante. "Ve la caverete benissimo."

Victoria trasse un respiro profondo. "Sto cercando di convincermi della stessa cosa. So di non essere più la ragazzina impaurita che ero quando partecipavo a questi eventi, ma... e se lo mettessi in imbarazzo?" concluse in un sussurro. "E se lui si rendesse conto che il fidanzamento è un errore, che io non gli procurerò altro che una serie di scandali?"

La signora Wayneflete le prese le mani tremanti. "Voi siete perfetta così come siete, signorina Victoria. Mi avete trovato un'occupazione, avete salvato vostra madre e avete dato alle vostre sorelle un luogo sicuro da chiamare casa. Tenete alta la testa e mostrate a quell'uomo cosa significa essere una Shelby."

Victoria le rivolse un sorriso flebile.

Lord Thurlow arrivò con una puntualità assoluta, accompagnato dalla solita cameriera seduta dietro il suo sedile. Mentre il visconte saliva i gradini di casa, Victoria attese mentre la signora Wayneflete insisteva per aprire la porta. Il visconte entrò, portando con sé il vento e l'odore della pioggia che gli copriva le ampie spalle e gocciolava dal cappello che aveva infilato sottobraccio.

Nonostante si fosse detta di essere pronta, Victoria rimase comunque sconvolta dai pensieri che si rincorrevano nella sua mente mentre fissava l'uomo.

Quello sarebbe diventato suo marito. E la mamma e la signora Wayneflete, appena la sera prima, avevano improvvisato una pantomima della tipica notte di nozze, che persino ora la fece avvampare mentre immaginava se stessa e lord Thurlow in una tale prossimità.

Ancora una volta, si aspettava indifferenza da parte dell'uomo – che l'aveva lasciata in mezzo a una strada appena la settimana prima! – ma lui la stupì guardandola con un interesse che la rese felice di aver optato per indossare un abito a mezzo lutto color lavanda. Quando lo sguardo del visconte si soffermò brevemente sui suoi seni, le venne subito voglia di avvolgersi nello scialle. Invece, la signora Wayneflete fece per aiutarla, finché lord Thurlow non le tolse lo scialle di mano.

"Permettetemi," disse il visconte, con un tono perfettamente cortese.

Mordendosi il labbro, Victoria voltò le spalle e attese con un'emozione simile alla trepidazione mentre il tessuto le ricadeva attorno. Le mani dell'uomo si allungarono oltre le sue spalle per avvolgerla nello scialle e Victoria si affrettò ad allontanarsi una volta che lui ebbe finito.

"Grazie, milord."

Mentre varcavano la soglia, lord Thurlow estrasse un ombrello e lo tenne sopra di lei finché Victoria non fu al sicuro sotto la capotte della carrozza. Victoria si ricordò di reggersi prima che l'uomo salisse per prendere posto accanto a lei.

Lord Thurlow guidò per pochi isolati prima di fermarsi di fronte a una casa in Belgrave Square: una zona di Londra non più alla moda come un tempo, ma ancora colma delle eleganti dimore cittadine dei ricchi.

"Milord, a chi faremo visita?" chiese Victoria, rendendosi conto che l'uomo non aveva pensato di dirglielo.

Lui le prese la mano per aiutarla a scendere. "Al signor Lionel Hutton e consorte."

Victoria sollevò lo sguardo sulla casa a tre piani. "Conosco quel nome. Credo che mio padre facesse affari con lui."

"Sono certo che vostro padre facesse affari con la maggior parte dei ricchi di Londra, signorina Shelby."

Ma Victoria non riusciva a smettere di corrugare la fronte. Era ancora nervosa all'idea di incontrare qualcuno che conosceva suo padre. Fu quasi sollevata quando la cameriera li seguì con solerzia.

Una volta entrati, furono accolti dal signore e della signora Hutton, che sorridevano entrambi in modo affettuoso, come se lord Thurlow fosse loro figlio.

"Che piacere conoscervi, signorina Shelby," disse la signora Hutton. "Siamo stati molto felici di apprendere del vostro fidanzamento."

"Grazie, signora Hutton," rispose Victoria, cercando di rilassarsi.

Il signor Hutton si schiarì la voce. "Siete la figlia del compianto signor Rutherford Shelby?"

Le viscere di Victoria si strinsero per il panico e ci volle tutto il suo coraggio per evitare di lanciare un'occhiata preoccupata a lord Thurlow.

"Sì, sono io."

"Che peccato che se ne sia andato così," disse il signor Hutton, scuotendo la testa. "Pensare che una caduta da cavallo può portarsi via un uomo come se niente fosse."

Meriel, la pratica sorella di Victoria, aveva pensato a quella menzogna nel caso qualcuno avesse notato il livido sul collo del loro padre durante il funerale. Ma nessuno se n'era accorto... almeno, non che loro sapessero.

"Suvvia, signor Hutton," disse la moglie dell'uomo in tono di rimprovero, "lasciate che la signorina Shelby si goda la giornata senza ricordarle una tragedia simile. Lord Thurlow le sta dando la possibilità di cominciare una vita nuova ed entusiasmante!"

Dopo che la loro cameriera se ne fu andata in cucina, Victoria e lord Thurlow furono condotti al salotto del piano di sopra, dove ogni centimetro di spazio sulle pareti era adornato da un quadro magnifico e ogni tavolo era stracolmo di collezioni di paccottiglia.

Due coppie si alzarono al loro ingresso. Seguirono numerose riverenze e inchini mentre venivano scambiate le presentazioni; finalmente, tutti si sedettero comodamente, rivolti gli uni verso gli altri. Entrambi i divani erano già occupati, per cui Victoria si ritrovò da sola su una poltrona.

Mentre parlavano, gli uomini monopolizzarono la conversazione con la loro discussione riguardante le ferrovie, cosa che stupì Victoria in un contesto come quello di un pranzo elegante. Non le ci volle molto a rendersi conto che gli uomini erano investitori, come palesemente lo era lord Thurlow. La signorina Damaris Lingard, l'unica altra donna nubile presente, conversava liberamente quanto gli uomini e Victoria ammirò la sua conoscenza del settore.

"Lord Thurlow," disse il signor Staplehill, un uomo piuttosto giovane vestito al culmine della moda, "siete davvero convinto che ci sia mercato per una ferrovia nelle profondità recondite della Cornovaglia?"

La deferenza che gli uomini mostravano nei confronti del visconte sembrava andare oltre al suo titolo nobiliare. Forse perché lord Thurlow era un futuro membro della Camera dei Lord e il suo patrocinio avrebbe aiutato i loro interessi commerciali?

"Ai Comuni," disse lord Thurlow, "abbiamo discusso dell'argomento quando rappresentanti di quella stessa contea ci hanno consegnato delle lettere di protesta."

Santi numi, Victoria aveva dimenticato che l'uomo era già un parlamentare.

Si sentì una stupida e rimpianse di non avere nulla da dire. Con l'eccezione della signorina Lingard, nessuna delle signore presenti interrompeva la discussione dei gentiluomini. Victoria si ritrovò pentita di non sapere nulla dell'argomento. Ma tutto ciò che poteva fare era guardare il suo fidanzato, così a suo agio tra uomini d'affari non appartenenti al *ton*, e preoccuparsi. Aveva pensato di essersi lasciata alle spalle l'alta società e ne era stata felice, per via del modo in cui si era messa in imbarazzo in passato e del segreto che pesava sulla sua anima.

Ma con quel coinvolgimento misterioso nelle ferrovie, lord Thurlow stava creando uno scandalo nuovo. E si era preoccupato di quello di *Victoria?*

Quando tutti andarono a pranzo, Victoria si ritrovò seduta fra il giovane signor Staplehill da una parte e un certo signor Blake dall'altra. Il signor Blake si concentrò esclusivamente sul cibo e il signor Staplehill le diede le spalle per ascoltare con attenzione qualcosa che lord Thurlow stava dicendo più in là.

Victoria sospirò e abbassò lo sguardo sulla sua zuppa di carote.

"Può essere molto noioso, vero?" disse cortesemente la signorina Lingard dal lato opposto del signor Blake.

Stupita, Victoria si tirò indietro, in modo da poter incontrare lo sguardo amichevole della signorina Lingard da dietro le spalle del signor Blake. "Chi, signorina Lingard?"

"Ma il signor Staplehill, naturalmente. Non voi, signor Blake," disse l'interessata all'uomo, che continuava a mangiare come se non vedesse cibo da giorni.

La signorina Lingard osservò Victoria. "Pensavate che mi riferissi a lord Thurlow?"

Victoria sorrise lentamente. "Assolutamente no, perché non lo considero noioso."

"Decisamente ammirevole," disse la donna in tono secco.

La signorina Lingard era molto carina, con un'eleganza alta che Victoria aveva sempre ammirato nelle donne.

"D'altra parte, non potete dire altro," proseguì la signorina Lingard.

"Il mio fidanzamento non mi costringe a mentire," disse con mitezza Victoria.

Alle sue spalle, qualcuno rise rumorosamente e lei si voltò a guardarlo. Vide l'attenzione di lord Thurlow posarsi su di lei. L'uomo la osservò con gli occhi stretti, poi si rilassò e si rivolse di nuovo al signor Hutton.

E fu in quel momento che Victoria si rese conto che il visconte non voleva sposarla solo per salvarla o per avere da lei un erede. Aveva bisogno di lei in situazioni come quella, dove non sarebbe stato più costretto a presentarsi come gentiluomo solo. Victoria percepiva in lui dei sottintesi misteriosi, ma come interrogarlo riguardo ai suoi affari?

"Allora, sarete presente alla cena?" chiese la signorina Lingard.

Victoria ebbe un sussulto e si voltò. "Chiedo scusa?"

"Tutti i dirigenti che lord Thurlow ha radunato per la Southern Railway parteciperanno a una cena a casa del signor Bannaster, la settimana prossima."

Victoria sorrise. "Per allora sarò sposata, per cui immagino che accompagnerò mio marito."

Ma sempre più spesso, si sentiva inquieta. Perché lord Thurlow era così immerso nel mondo degli affari? Non lo avrebbe certo chiesto alla signorina Lingard: avrebbe fatto la figura della sciocca con cui il fidanzato non si confidava.

Ma era proprio così che si sentiva. Una donna facile da dimenticare.

Era decisa a prendere la parola e interrogare lord Thurlow... ma non prima del matrimonio.

~oOo~

"Ancora non riesco a crederci," disse Meriel Shelby dopo aver bevuto un sorso di vino. "La nostra Victoria si sposa."

"E con il vicino di casa," aggiunse Louisa con la sua voce mite. Il suo comportamento era sempre in netto contrasto con il rosso fiammante dei suoi capelli. Il suo sguardo si fissò su Victoria. "Anche se un giorno lui sarà conte, non riesco a non preoccuparmi."

Victoria sospirò. Era il giorno prima del matrimonio e stavano festeggiando la riunione della loro piccola famiglia durante un pranzo speciale preparato dalla signora Wayneflete. Le sorelle di Victoria, che lei non vedeva da sei mesi, l'avevano messa al centro dell'attenzione.

Victoria era la sorella maggiore, ma era sempre stata felice di rimanere nell'ombra, permettendo alle altre di affrontare il mondo mentre lei si immergeva nella sua musica e nel suo ricamo. Aveva apprezzato le storie delle amicizie, delle feste e delle avventure delle sue sorelle, e non si era resa conto di quanto le sarebbe mancata la loro compagnia finché non se n'erano andate.

"Nella tua lettera non ci hai spiegato come se riuscita a compiere questa impresa," disse Meriel in tono di rimprovero.

I suoi riccioli d'oro non sembravano abbastanza disciplinati per l'idea che Victoria si era fatta di un'istitutrice.

"A te lo ha detto, Lou?" chiese Meriel.

"Non mi ha detto nulla, Mer. Vic, adesso devi confessare tutto."

Victoria sorrise dal sollievo nell'udire i loro nomignoli d'infanzia e fu lieta di vedere che anche la mamma sorrideva.

Dopo aver finito le mele cotte, Victoria posò la forchetta. "Dovete promettere di mantenere il segreto. Non voglio che il mio promesso sposo venga messo in imbarazzo."

"Signora Wayneflete, forse dovreste dircelo *voi*," insistette Meriel. "Sarete più loquace di Victoria. Non l'avete messa in guardia da–"

La governante sollevò entrambe le mani. "Devo andare a lavare i piatti. Voi giovani parlate pure. Anche voi, signora Shelby."

Victoria scosse la testa. "Non c'è molto da dire. Vi ricordate il ragazzo a cui scrivevo?"

"Cosa c'entra con un conte?" chiese Louisa.

"Visconte," corresse Victoria.

Meriel grugnì. "Futuro conte. Stai cercando di distrarci."

"No, vi giuro che non è così. Perché, strano ma vero..." Victoria trasse un respiro profondo e guardò sua madre, che stava assistendo alla scena con gli occhi sbarrati. "Il visconte Thurlow è sempre stato Tom."

Le sue sorelle gemettero, ma sua madre si limitò ad assumere un'aria sbalordita mentre diceva: "Victoria, hai avuto la presunzione di scrivere lettere alla famiglia di un conte?"

"Non sapevo che suo padre fosse il conte," spiegò Victoria. "Lord Thurlow mi ha mentito. Credevo che fosse il figlio della cuoca. E condividevamo un diario, non delle lettere."

Meriel si acciglió. "Dunque ti ha mentito già allora, rivelandosi infido quanto suo padre."

"Ditemi quello che sapete del conte," disse Victoria. "Ho sempre sentito parlare di scandalo, ma non so nulla di preciso."

Meriel e Louisa si scambiarono delle occhiate, il che non fece altro che rendere Victoria furiosa.

"Perché voi due sapete qualcosa e non me lo dite?"

"Perché in realtà non sappiamo niente," disse Louisa a bassa voce.

Meriel prese la parola. "Tutti i nostri amici sapevano che era accaduto uno scandalo all'interno del *ton*, nella casa di un conte, ma nessuno voleva darci i dettagli. Ne parlavamo a bassa voce, ma per quanto ci riguarda, l'argomento si è spento in fretta."

"Continuo a ripetermi che voci prive di sostanza non sono motivo per condannare una famiglia," disse frustrata Victoria.

Meriel le lanciò un'occhiata guardinga. "Spero tu abbia preso in considerazione il fatto che non ci si può fidare di lui."

"L'ho preso in considerazione, sì. Ma la cosa non ha potuto svolgere un gran ruolo nella mia decisione," osservò Victoria in tono eloquente. "Se lui sapesse tutto, potrebbe dire lo stesso di me."

Le sue sorelle si scambiarono un'occhiata e Victoria capì che nessuna voleva parlare del loro padre di fronte alla mamma.

Louisa sospirò e parlò con la sua voce bassa. "Almeno, le nostre posizioni sono temporanee, ma il matrimonio è permanente."

"Lo so," disse Victoria, cercando di fare un sorriso rassicurante. "Lord Thurlow mi ha spiegato che aveva dieci anni quando ha pensato di mentire sulla sua identità e che in seguito non è riuscito a trovare un modo per dirmi la verità senza mentire."

Louisa guardò la sua famiglia attorno al tavolo. "Forse tiene ai tuoi sentimenti."

Come al solito, Louisa voleva vedere il bene nelle persone e Victoria apprezzava quel conforto.

Meriel era ancora accigliata. "Non abbastanza da raccontare la verità. Devi essere inorridita."

Victoria esitò. "È stata... un'esperienza che mi ha fatto riflettere. Ma è finito tutto bene. Lui mi ha chiesto di sposarlo e accoglierà la mamma nella sua casa."

La loro madre avrebbe dovuto essere sollevata, ma c'era ancora tanta ansia sul suo viso segnato.

Meriel lanciò a Victoria un'occhiata eloquente. "Perché ti ha chiesto di sposarlo?"

Victoria cominciava a risentirsi della natura logica di sua sorella. "Perché aveva bisogno di una moglie. Si ricordava di me per via del diario e pensava che ciò gli desse una buona idea di me come donna."

"Ma tu non hai dote o lignaggio."

"Lui sostiene di avere denaro a sufficienza e di non curarsi del resto. E mi ha già accompagnata a un pranzo dove il mio scopo come sua futura moglie è divenuto palese. Sono una compagna di cena adeguata."

"Ma di certo gli avrai chiesto dello scandalo."

"Meriel, non potevo fare una cosa del genere. Non credi che io mi dica le stesse cose tutte le notti sdraiata a letto?" La voce di Victoria aveva cominciato a tremare.

Gli occhi di Louisa luccicavano di lacrime, mentre Meriel sembrava solo preoccupata.

"Mi rifiuto di pentirmi di questa decisione," disse con fermezza Victoria. "Non vedete? Essa risolve tutti i nostri problemi. Banstead House è talmente grande che sono certa che lord Thurlow permetterebbe a entrambe voi di vivere laggiù.”

All'improvviso calò un silenzio sgradevole e le speranze segrete di Victoria cominciarono a dissolversi. “Non capite? Potreste smettere entrambe di lavorare.”

Meriel cominciò a tagliare con determinazione la carne. “Non posso abbandonare il mio pupillo in questo momento. Non ha una madre e suo padre...” Si interruppe, prendendo un boccone di agnello e masticando vigorosamente. “Suo padre non è di grande aiuto.”

“Ma potresti restare fino a quando non troverai una persona degna di ricoprire la posizione,” insistette Victoria. Non aveva mai immaginato che le sue sorelle non volessero tornare a Londra per vivere con lei.

Meriel scosse la testa, incontrando con rammarico lo sguardo di Victoria. “Non posso fare una cosa del genere a un ragazzino. Ha bisogno di me.” Abbassò la voce, quasi come se temesse che qualcuno potesse sentirla. “C'è qualcosa in suo padre che mi sembra... inusuale. È un duca, ma ha un'inquietudine addosso, anche se non capisco il perché. Quello che è certo è che non posso andarmene senza avere la certezza che il piccolo Stephen sia protetto.”

“Meriel,” disse con fermezza Victoria. “Tu vedi sempre complotti dove non ce ne sono. Avresti dovuto essere tu la scrittrice di famiglia.”

“Quello lo lascio a te, Vic,” disse Meriel.

Il suo sorriso sembrava forzato e la sua espressione era particolarmente chiusa. Nulla le avrebbe fatto cambiare idea. Victoria si rivolse a Louisa, che le donò un sorriso gentile.

“Mi dispiace, Victoria, ma anch'io devo restare dove sono per un po'. Lady Margaret dipende da me. È molto malata e costretta a letto. E io sono l'unica con cui possa parlare.”

"Costantemente, da quello che lasci intendere," disse Meriel, aggrottando le sopracciglia.

Louisa sospirò. "È una cara vecchietta, con dei figli che non le fanno visita abbastanza spesso. Ti prometto che, se il visconte sarà disposto ad accogliermi, ti raggiungerò quando ne avrò la possibilità."

"Ma Louisa, vivere qui ti darebbe la possibilità di frequentare l'alta società," disse Victoria. "Di sicuro troveresti un uomo adatto da sposare. Non è quello che hai sempre voluto?"

Il disagio di Louisa era tangibile. "Ti prego di non rendere tutto ancora più difficile," sussurrò.

Victoria si appoggiò allo schienale della sua sedia, consapevole di dover accettare le decisioni delle sue sorelle. Louisa e Meriel erano persone adulte con delle responsabilità che non potevano abbandonare... e che nemmeno volevano approfondire con lei. Victoria si rese conto che, cercando di convincerle a venire vivere con lei, stava rendendo se stessa un ulteriore responsabilità per loro, e ciò era egoista. Non lo avrebbe più fatto. Stava per diventare padrona di una casa sua, con le responsabilità che ne derivavano.

Ma l'ansia che non era mai lontana dai suoi pensieri si intromise. Victoria doveva concentrarsi sul fatto che la mamma e la signora Wayneflete sarebbero state con lei.

Assieme a lord Thurlow.

Victoria rabbrividì e mostrò alla sua famiglia un sorriso smagliante.

~oOo~

Alla vigilia del matrimonio, Victoria si ritirò nella sua vecchia stanza, dopo aver convinto le sue sorelle che aveva bisogno di riposo. Impilò i suoi quaderni sulla scrivania: un blocco con le sue ultime velleità artistiche, in modo che le idee creative non le sfuggissero dalla mente; un registro domestico, in cui scriveva le incombenze quotidiane; e un diario in cui appuntava i suoi pensieri più privati. Fu quest'ultimo che aprì in quel momento. Non ci scriveva dal giorno in cui lord Thurlow aveva chiesto la sua mano. Era stato troppo impegnata con i vari preparativi.

Ora, mentre fissava la pagina bianca, si rese conto che non voleva vedere le sue paure messe per iscritto. Avrebbe aspettato fino a dopo il matrimonio.

Quindi, aprì l'ultimo cassetto della scrivania ed estrasse il suo diario d'infanzia. Qualcosa la tormentava da tutto il giorno e il motivo di ciò continuava a sfuggirle.

Victoria sfiorò le parole scritte nella grafia giovanile di lord Thurlow.

Ora che conosceva la vera identità dell'uomo, riusciva a cogliere i vuoti nei suoi racconti, il modo in cui aveva evitato di parlare della sua famiglia, con l'eccezione della madre. Victoria aveva sempre pensato che ciò significasse che "Tom" era quasi solo al mondo.

Sentì il disagio crescere e ancora una volta allontanò da sé i pensieri del tradimento. Ora, era colpevole di menzogna quanto il visconte e ciò le pesava sulla coscienza. L'uomo l'avrebbe usata come accompagnatrice agli eventi sociali, come del resto facevano tutte le mogli.

Victoria chiuse il libro e lo mise in una cassa che sarebbe stata trasferita nella sua nuova casa.

Casa. Non riusciva a immaginarne una diversa da quelle in cui si trovava, ma ricordò a se stessa che non era sempre stata felice lì, che quello non era un luogo idilliaco che la facesse sospirare.

Sarebbe riuscita a crearsi una *nuova* casa? Lord Thurlow l'avrebbe accolta, le avrebbe dato una vera occasione, o l'avrebbe trattata come la proprietà che Victoria sarebbe diventata una volta che lo avrebbe sposato?

Naturalmente, per fare un matrimonio ci volevano due persone ed era parimenti responsabilità di Victoria contribuire al successo dell'unione. Lei non sapeva esattamente come fare; aveva trascorso così tanti anni abituandosi al ruolo di zitella che la cerimonia dell'indomani sembrava l'inizio della vita di un'altra persona.

E, a pensarci bene, lei *sarebbe* diventata un'altra persona: lady Thurlow.

Victoria avrebbe reso la vita di lady Thurlow un successo. Non era più quella ragazza ingenua che scriveva nel diario d'infanzia. Aveva sperimentato realtà dure e sapeva quanto era arrivata vicina a guardare la povertà negli occhi.

Ed era sopravvissuta. Aveva sfamato la sua piccola famiglia, l'aveva tenuta al caldo e vestita fin quando aveva potuto. E poi aveva trovato un uomo da sposare... Beh, era stato *lui* a chiederglielo, naturalmente, ma ciò non toglieva che era stata lei a iniziare il processo. Anche solo un anno prima, ciò sarebbe sembrato impossibile.

E ora, Victoria doveva tenere un segreto a un uomo che le aveva dato la fiducia del matrimonio, un uomo il cui padre aveva macchiato il retaggio di famiglia. Victoria aveva promesso a lord Thurlow che non avrebbe causato scandali durante il loro matrimonio. Razionalizzò dicendosi che aveva detto il vero, che non aveva mentito.

Perché come avrebbe potuto rischiare che i resti di suo padre venissero rimossi dal terreno consacrato a causa del suicidio? Come avrebbe potuto rischiare che il *ton* pensasse che le finanze dei suoi membri fossero state mal gestite, dato che il padre di Victoria era stato palesemente squilibrato? Erano buone ragioni per tenere quel segreto terribile.

Ma sull'altro piatto della bilancia c'era la sacralità del matrimonio... che lei stava tradendo.

CINQUE

Nel vestibolo della chiesa, Victoria giocherellò con la collana di diamanti che le aveva regalato lord Thurlow. Fuori, una pioggerella mattutina aumentava costantemente di intensità, negandole la gioia della luce del sole nel giorno del suo matrimonio. Le sue sorelle si erano radunate di fronte a lei, alla porta parzialmente aperta, e sbirciavano in chiesa.

"Lo vedi?" chiese Louisa.

Meriel le diede una gomitata molto poco signorile. "Potrei, se tu levassi di torno quel testone che ti ritrovi."

Alle loro spalle, Victoria attendeva il loro giudizio. All'improvviso, le due caddero in un silenzio profondo, per poi voltarsi a fissarla all'unisono.

Oddio, lo sposo aveva cambiato idea? Si era ricordato che lei non sarebbe mai stata la Moglie Perfetta delle loro fantasticherie infantili?

Victoria stava cercando qualcosa a cui aggrapparsi quando Louisa cominciò ad annuire.

"È molto attraente," mormorò Louisa, allungando una mano alle sue spalle per stringere quella di Victoria.

Victoria trasse un sospiro di sollievo.

Meriel si acciglió. "Sembra imponente. Da vicino è grosso come sembra da qui?"

Non fidandosi ad aprire bocca, Victoria si limitò ad annuire e attese che le passassero le vertigini.

Louisa la circondò con un braccio. "È normale essere nervose, cara."

"Non è normale essere terrorizzate," disse Meriel. "Non devi farlo per forza, Vic. Gli diremo che hai cambiato idea."

"No." Victoria allontanò con delicatezza Louisa e rimase da sola. "Sto bene. Lo conosco; mi fido di lui."

"Conosci le sue menzogne," osservò Meriel."

Victoria la fissò e chiese a bassa voce: "Perché dici queste cose?"

Meriel si morse il labbro, un gesto tanto familiare nella loro famiglia. "Perché mi sento terribilmente in colpa che tu ti sia sentita costretta a fare qualcosa che non volevi. Non è giusto."

"Ma mi sembra giusto," insistette Victoria, più per se stessa che per le sue sorelle. "È come se... Dio lo avesse portato da me per una ragione. Non intendo fuggire. La mamma è già dentro."

"Ma–" cominciò a dire Meriel.

"Zitta," disse Louisa, posando una mano sul braccio di Meriel. "Ha deciso. Sei pronta, Victoria?"

"Sono pronta. Mi trovate presentabile?"

Victoria indossava un abito color crema coperto da uno splendido pizzo nuziale. Il colore dell'abito riusciva a dare ai suoi capelli un aspetto più vivido del normale e a nascondere il pallore della sua pelle.

"Io ti trovo bellissima," sussurrò Louisa.

Victoria strinse le mani delle altre due. "Grazie. Ora, andate."

Aprirono le porte interne della chiesa e percorsero la navata. Lord Thurlow non sorrideva, ma osservò Victoria in un modo che non poteva essere definito sprezzante. Lei aveva notato che all'uomo non sembrava dispiacere la sua vista e ciò la fece sentire piuttosto... bene.

Il testimone al fianco dello sposo, lord Wade, sorrise allegramente alla vista delle sorelle di Victoria e qualcosa dentro di lei si rilassò appena appena. Lord Wade sembrava un uomo che accettava la vita per quella che era e non dava troppo peso a nulla. Se il tipico membro del *ton* era così, Victoria non avrebbe dovuto essere tanto ansiosa. Doveva esserci qualcosa di benevolo in lord Thurlow, se aveva un amico così contento.

E poi venne il suo turno e lei percorse la navata da sola. Era l'oggetto di tutti gli sguardi, per quanto pochi essi fossero. Un tempo, aveva trascorso l'intera vita nascondendosi da attenzioni simili, abbracciando le pareti alle feste di tanti anni prima, ritirandosi per ore da sola nella sala della musica. Ma non più. Stava per diventare la moglie di un visconte e non intendeva metterlo in imbarazzo.

Le sue sorelle avevano un'aria forzatamente allegra; sua madre, ansiosa. C'era un gentiluomo anziano su una sedia a rotelle che la guardava accigliato e lei si rese conto che doveva trattarsi del conte di Banstead, il padre di lord Thurlow. Il conte era sottile, curvo, dal colorito malsano, non certo una buona ispirazione per tanti pettegolezzi.

Ed era palesemente furioso riguardo al matrimonio. La sua disapprovazione era naturale: Victoria non portava nulla con sé, se non se stessa. Cercò di non guardare il vecchio, ma i sentimenti dell'uomo erano palpabili e opprimenti. Lei avrebbe vissuto nella stessa casa con lui.

La cerimonia in sé fu breve e riecheggiò in modo strano nella chiesa vuota. Victoria, in seguito, ricordò ben poco delle parole; non riusciva a fare altro che fissare negli occhi impassibili del suo promesso... di suo marito.

E poi, era fatto. Lord Thurlow la baciò sulla guancia e furono sposati.

Viaggiarono insieme come marito e moglie nella carrozza chiusa di lord Thurlow fino a Banstead House. Victoria tenne in mano le sue rose rosa e fissò ciecamente fuori dal finestrino, pensando a quel semplice bacio e a come inalare il profumo dell'uomo fosse stato effettivamente piacevole.

Lord Thurlow si schiarì la voce. "Sono lieto che le vostre sorelle abbiano avuto modo di partecipare."

"Lo stesso vale per me," disse lei, lanciando un'occhiata all'uomo.

Lord Thurlow la stava guardando con un'espressione che Victoria non riusciva a decifrare. Era... sollievo? Non aveva senso.

"Dovete perdonare mio padre," disse il visconte. "È un vecchio la cui mente è offuscata dal dolore. Ha sbagliato a mostrare quell'ostilità."

Victoria aveva intenzione di iniziare il suo matrimonio nel modo più onesto possibile. "Milord, vostro padre ha tutto il diritto di essere furioso. Sono certa di non essere il genere di donna che avesse in mente come moglie per suo figlio. Mi avete forse tenuta lontana da lui di proposito?"

"La cosa vi turba?"

"Il vostro comportamento è comprensibile. Ma mi sarebbe stato utile conoscere la verità fin dall'inizio." Victoria attese una risposta, ma l'uomo non disse nulla. "Ha cercato di convincervi a cancellare il matrimonio?"

"Sì."

Victoria fece una smorfia. Dopotutto, era stata lei a volere l'onestà.

"Può anche essere il conte, ma sono io a decidere del mio futuro," disse lord Thurlow.

"Allora il vostro è un rapporto inusuale, milord."

L'uomo si limitò a corrugare la fronte.

A Banstead House, la servitù si era radunata in una lunga fila per salutare Victoria e fu un sollievo vedere il volto amichevole della signora Wayneflete. Gli altri servitori erano un po' più riservati, ma Victoria era certa che sarebbe riuscita a conquistarli.

Dopo che la servitù fu uscita in fila indiana dall'ingresso, Victoria si guardò attorno mentre lord Thurlow la conduceva su per le scale e fino al salotto. Tutto era della massima eleganza, con tende damascate, cuscini di velluto e tavoli dal piano di marmo, ma c'era qualcosa di... freddo e impersonale in tutto. Fu allora che Victoria si rese conto che mancava un tocco femminile. Non c'erano ricordi o vasi di fiori da nessuna parte, anche se dozzine di quadri costosi davano alla stanza l'aspetto di un museo. E ovunque, le tende erano solo parzialmente scostate, come se il sole fosse sgradito.

Meriel e Louisa, che già la attendevano, le offrirono sorrisi allegri che sembravano forzati. Lord Wade era seduto di fronte a loro e la mamma fissava Victoria con la solita espressione triste e preoccupata del solito. Come faceva a non capire che ora sarebbe andato tutto bene?

Il conte non era presente e Victoria ammise a se stessa di essere sollevata. Prima o poi avrebbe dovuto affrontare suo suocero, ma non voleva che ciò segnasse il giorno del suo matrimonio.

La colazione fu cordiale, persino allegra, con lord Wade a condurre la maggior parte della conversazione raccontando aneddoti divertenti sul *ton*. Victoria notò che lord Thurlow non contribuiva molto ai pettegolezzi; anzi, sembrava disapprovare.

Eppure, un tempo, quando loro due si scrivevano tramite il diario, il visconte non raccontava forse storie meravigliose? A volte aveva creato fantastici racconti d'avventura e in altre occasioni aveva dato una parvenza di allegria alle realtà della casa di un conte. Ora, mentre lo ascoltava discutere di una corsa di cavalli con lord Wade, Victoria lo studiò attentamente, cercando il ragazzo all'interno dell'uomo; ma non lo vide. Lord Thurlow era cambiato moltissimo.

Certo, ora era un uomo adulto. Victoria non si era resa conto di quanto avrebbe notato quella cosa. Ma la virilità stessa dell'uomo le sembrava estranea e il fascino che esercitava su di lei il suo aspetto fisico la metteva in imbarazzo.

Il visconte si voltò e la sorprese a fissarlo. Victoria arrossì, sorseggiò il vino e cercò di fingere che andasse tutto bene, quando così non era.

"Lord Thurlow," disse Meriel, "sarà necessario trasportare gli effetti personali di Victoria a Banstead House. Dato che non conosciamo la vostra agenda, c'è un momento migliore per farlo? O avete intenzione di viaggiare?"

Victoria fu grata per la praticità di Meriel, dato che non aveva nemmeno chiesto a suo marito cosa sarebbe successo nei primi giorni di matrimonio. Si era concentrata troppo sulla cerimonia in sé!

Lord Thurlow si voltò a guardare Meriel. "Qualunque momento andrà bene, signorina Shelby. Ho troppi impegni a Londra per poter intraprendere un viaggio di nozze."

Affari ferroviari, Victoria ne era sicura. Un altro segno del fatto che lord Thurlow non avrebbe affidato i propri investimenti a terzi.

Dopo la colazione, lord Thurlow si alzò in piedi. "Se volete scusarmi, lady Thurlow..."

Victoria si guardò attorno per un momento e il visconte

attese con un'aria divertita fino a quando Victoria non si rese conto che si riferiva a lei.

"Oh, perdonatemi, milord," disse con voce fioca, mentre ascoltava la risata bonaria di lord Wade.

Suo marito inclinò la testa. "Ho una riunione che mi stato impossibile riprogrammare. Tornerò per cena."

"Oh." Victoria si alzò in piedi, ma non sapeva cosa fare. Doveva accompagnare il visconte alla porta?

Ma l'uomo si voltò e lasciò la stanza.

Fu lord Wade a salvarla dall'imbarazzo. "Lady Thurlow, avete già visto il parco?"

Il pomeriggio volò in un'atmosfera rilassata e tranquilla. Lord Wade fece fare loro un giro dei giardini, poi giocarono tutti assieme a croquet dopo aver pranzato in terrazza. Sul prato profumato di erba e fiori, Victoria dimenticò le sue preoccupazioni fino a quando non sollevò lo sguardo sul sole che calava dietro agli alberi. Suo marito era in terrazza, a guardarli.

A guardare lei.

Santi numi, era quasi notte.

DAVID FECE del suo meglio per incoraggiare Simon e la famiglia Shelby a restare per cena, ma tutti erano decisi a lasciare la coppia di neosposi da sola per la serata. Le sorelle dissero che la loro madre era stanca e aveva bisogno di riposo, per cui la portarono a casa, promettendo di tornare l'indomani.

David osservò dubbioso i saluti. Ci furono numerosi baci sulle guance, abbracci e occhiate preoccupate che le donne cercarono di non fargli notare. A giudicare dal comportamento delle signorine Shelby, era palese che costoro pensassero che lui stesse per trascinare la loro sorella nel suo antro e saltarle addosso. Per Dio, la gente si sposava tutti i giorni.

Ma d'altra parte, di sicuro quelle persone conoscevano le voci che circolavano sulla sua famiglia e ora rimpiangevano che la loro sorella fosse rimasta intrappolata.

Ma era troppo tardi per i rimpianti.

David guardò Simon accompagnare le donne a casa, quindi chiuse la porta e si voltò per guardare la sua sposa novella. Lei lo fissò solennemente prima di ricordarsi di sorridere.

"Entriamo a cenare, milord?"

"Datemi un momento per archiviare i documenti di oggi pomeriggio. Vi raggiungerò fra qualche minuto."

Ma "qualche minuto" si rivelò essere mezz'ora e David si affrettò in sala da pranzo, dove Victoria era seduta tra fiori freschi e candele.

"Chiedo scusa per il ritardo," disse David.

Victoria chiuse il quaderno che stava leggendo. Con soddisfazione di David, non lo rimproverò, ma si limitò a sorridere mentre diceva: "Non mi ha recato disagio. Vostro padre ci raggiungerà?"

"Dato che la tavola è apparecchiata per due, immagino di no. Mio padre non esce più spesso di casa; la cerimonia di questa mattina deve averlo affaticato."

La donna non disse nulla e David si chiese se gli credesse. Avrebbe avuto ragione a non farlo.

Dopo che fu servita la prima portata, David guardò Victoria sorseggiare in silenzio la zuppa di tartaruga, con gli occhi bassi e un atteggiamento dimesso. Era molto stupito di quanto fosse facile rimanere concentrato su di lei, quando di solito i suoi pensieri vagavano su questioni pratiche che lui doveva ancora risolvere quel giorno. Osservò le dita delicate della giovane all'opera e persino i movimenti delle sue labbra. Aveva pensato che fosse ordinaria, con l'eccezione degli occhi viola, ma il modo in cui lei si muoveva lo affascinava: pieno di determinazione, senza l'artifizio che tante dame del *ton* avevano padroneggiato.

"Victoria, so che diventare mia moglie ha portato a grandi cambiamenti per voi–"

Lo sguardo della donna si fissò su di lui.

"Ma prometto che non interferirò in qualunque cosa voi scegliate di fare durante la giornata. Sono spesso fuori, o al lavoro nel mio studio. Tuttavia, cercherò di essere a casa il più possibile per il pasto serale. La casa è in mano vostra. Non ci saranno interferenze da parte mia."

"Ma, milord, voi siete stato scapolo per molti anni: di certo avrete delle preferenze sul modo di condurre le cose."

"Per nulla," disse David, mangiando un boccone del suo fagiano arrosto. "È un sollievo affidarvi la casa."

Victoria si accigliò e lui capì che "sollievo" era la parola sbagliata.

"Se avete domande, chiedete e basta," proseguì David. Non si aspettava che ce ne fossero; dopotutto, Victoria era stata ben istruita.

Dopo che fu servita la portata successiva, la donna lo guardò con aspettativa.

"Milord, di domande ne ho diverse, ma su di *voi* piuttosto che sulla casa."

"Solo diverse?" chiese pacatamente lui, cercando di nascondere il disagio. "Forse ho risposto alla maggior parte delle vostre domande molto tempo fa."

"Sapete che non è così. Potete prendere in prestito il nostro diario e verificare di persona."

David sollevò una mano e scosse la testa. "No, va bene così. Il passato è morto e sepolto. Non ha bisogno di riviverlo."

Victoria lo osservò e lui si chiese cosa le avesse appena rivelato. Non gli piaceva pensare, né tantomeno parlare, di quel periodo della sua vita, segnato da continue perdite.

"Molto bene. Dato che ho il vostro permesso," disse la donna, "cosa fate da solo tutto il giorno?"

Le dita di Victoria toccavano il quaderno come un'ancora nella tempesta.

"La maggior parte del mio tempo è occupato dal Parlamento da gennaio ad agosto. Sono stato eletto alla Camera dei Comuni, anche se un giorno, quando erediterò il titolo, passerò ai Lord. Dato che mio padre è molto malato, mi occupo anche della gestione delle nostre tenute e dei nostri investimenti."

"Avete molte tenute?" chiese Victoria.

"A parte la sede di famiglia nel Kent, possediamo nove tenute sparse per l'Inghilterra e altre due in Scozia. Di dimensioni diverse, naturalmente."

Victoria era rimasta a bocca aperta, ma riuscì a ripetere: "Naturalmente."

Sebbene il padre di lei fosse stato ricco, era palese dalla reazione di Victoria che la sua famiglia non si era espansa molto nell'ambito terriero. Forse era stato quello l'errore principale del signor Shelby: non lasciarsi un'alternativa su cui ricadere.

"Sapete già del mio interesse nella ferrovia, ma vi prego di non parlarne di fronte a mio padre. Secondo lui, e la maggior parte dell'alta società, un gentiluomo non si occupa di certi affari."

Victoria sorrise amaramente. "Lo so già. Mio padre si è arricchito grazie ai suoi soli sforzi. L'ho sempre ammirato per questo."

Sotto quelle parole c'era un'amarezza che David non riusciva a decifrare.

"Non avreste voluto che fosse considerato un gentiluomo?" chiese David.

"In modo che potessi partecipare a feste con persone che si ritenevano migliori di me? No, milord."

"Beh, non dovete temere che le vostre giornate siano colme di eventi del *ton*, Victoria. Io stesso non li amo."

Proseguirono la cena in silenzio. Di nuovo, David si stupiva di quanto spesso il suo sguardo si posava su di lei. Di certo, la spiegazione era che Victoria era una sfaccettatura nuova della sua vita, a cui lui avrebbe dovuto abituarsi.

Dopo che ebbero finito il dolce, David spinse indietro la sedia e si schiarì la voce. "Ho già ingaggiato una cameriera personale per voi. Vi accompagnerà nella suite padronale. Io vi raggiungerò presto."

Victoria impallidì.

CAPITOLO

SEI

Victoria era vicinissima al suo nuovo marito, che incombeva su di lei, molto più alto e robusto degli uomini di sua conoscenza. Lord Thurlow le prese la mano e lei si irrigidì, sapendo quanto fosse umido il suo palmo all'interno del guanto.

Lord Thurlow depose un casto bacio sulle nocche di Victoria, che lei sentì anche attraverso il tessuto.

"A dopo," mormorò l'uomo.

Quando i loro sguardi si incontrarono, quando lui la *vide* davvero, sbocciò un'affinità, un calore tra di loro che Victoria non aveva mai conosciuto. Si sentiva addosso lo sguardo dell'uomo persino mentre seguiva la cameriera al secondo piano.

Prima che lei se ne rendesse conto, la cameriera aprì una porta e la condusse all'interno di una stanza spaziosa, illuminata da candele e decorata in verde, rosso e oro. C'erano un grande letto a baldacchino e una chaise-longue, ma anche, con sollievo di Victoria, una scrivania. Un'altra porta all'estremità opposta della stanza conduceva di sicuro agli alloggi di lord Thurlow.

Beh, Victoria decise di non pensarci, per il momento. Il suo piccolo assortimento di indumenti era già stato riposto nei cassetti e nel guardaroba. C'era una vasca piena d'acqua fumante di fronte al caminetto e lei fu lieta di avere la possibilità di rilassarsi.

Dopo essersi presentata come "Anna," la cameriera se ne andò e Victoria rimase da sola, immersa nella vasca, cercando di dissolvere la tensione della giornata. Ma non riusciva a smettere di guardare la porta della stanza di lord Thurlow. Il visconte aveva tutto il diritto di entrare e sorprenderla nel bagno o mentre si stava vestendo. Lo avrebbe fatto? Dopotutto, cosa sapeva lei dell'uomo in quanto tale?

Ma nessuno la disturbò. Alla fine, uscì dalla vasca, si vestì con una camicia da notte di seta e una vestaglia abbinata e si sedette di fronte al caminetto per spazzolarsi i capelli, asciugandoli al calore del fuoco.

Non riusciva a smettere di pensare a ciò che sua madre e la signora Wayneflete le avevano raccontato della notte di nozze di una donna, anche se lord Thurlow aveva promesso di aspettare. Entrambe le donne avevano inciampato nelle parole per via dell'imbarazzo. Alla fine, la signora Wayneflete le aveva spiegato che un uomo inseriva una parte del proprio corpo dentro di lei e che, anche se ciò sarebbe stato imbarazzante, era necessario per fare un bambino. Con stupore della mamma, la governante aveva insistito che il suo "caro Harold" aveva sempre fatto in modo che anche lei traesse piacere.

Quelle parole avevano migliorato molto l'umore di Victoria.

Come se lei avesse convocato mentalmente suo marito, la porta vibrò per una bussata.

Victoria si schiarì la voce. "Avanti."

La luce bassa delle candele conferiva all'uomo un aspetto più cupo, ancora più estraneo. Le pulsazioni svolazzarono nella gola di Victoria e risuonarono forti nelle sue orecchie mentre fissava lord Thurlow. L'uomo indossava ancora i pantaloni e una camicia aperta sul collo, ma invece della giacca, si era avvolto in una vestaglia. Era strano vedere la sua gola così nuda, strano trovarsi alla presenza di un uomo quando lei stessa era così poco vestita, anche se era coperta come lo sarebbe stata di giorno. Ma senza corsetto e sottogonna, si sentiva molto più leggero.

L'uomo si fermò a fissarla per un momento e lei ricordò che non l'aveva mai vista con i capelli sciolti. Ma lord Thurlow non disse nulla; si limitò a portare una bottiglia di vino e due bicchieri al tavolino vicino al caminetto.

Dopo aver versato da bere a entrambi, l'uomo sollevò il suo bicchiere. "Al nostro matrimonio."

Con gratitudine, Victoria bevve un sorso di vino e cercò di immaginare la bevanda che le riempiva lo stomaco di calore e coraggio, mettendo in secondo piano quella fredda sensazione di ansia che ormai non la abbandonava più. Era sposata; aveva contribuito a salvare la sua famiglia. Se il visconte aveva cambiato idea riguardo alla loro notte di nozze – anche nel caso avesse semplicemente "dimenticato" il loro accordo – lei lo avrebbe accettato.

Lord Thurlow si lasciò cadere nella poltrona di fronte, con le gambe divaricate, il corpo più rilassato e a suo agio di quanto lei lo avesse mai visto. La stava ancora guardando con quegli occhi chiari, valutandola. Cosa avrebbe dovuto fare Victoria? Non avrebbe dovuto essere lui a dirglielo?

Lord Thurlow lanciò un'occhiata alla spazzola che lei aveva in mano. "Non volevo interrompervi. Per favore, continuate."

Victoria spalancò gli occhi e le venne quasi voglia di ridacchiare per il nervosismo. L'uomo sarebbe rimasto lì a guardarla spazzolarsi i capelli?

Ma il visconte lo fece. Victoria si pettinò le ciocche umide, avvicinando i riccioli al calore del caminetto mentre il suo nuovo marito la fissava, bevendo ogni tanto un sorso vino. Le tremavano così tanto le mani che non osò sollevare di nuovo il bicchiere, per timore di versare il vino sui vestiti da notte nuovi che la signora Wayneflete aveva insistito per farle comprare.

"Non c'è bisogno che abbiate così tanta paura di me," disse infine l'uomo.

Lo sguardo di Victoria incrociò quello di lord Thurlow. "Non ho paura di voi, milord, ma ammetto di essere nervosa di fronte all'ignoto."

Con il gomito sul bracciolo della sedia, il visconte appoggiò il mento sulla mano. "Vostra madre vi ha raccontato ciò che accade di solito la prima notte di nozze?"

Victoria sentì il calore risalirle il viso. "In parte, milord. Anche la signora Wayneflete ha contribuito."

"La vostra governante?" chiese lord Thurlow, inarcando un sopracciglio.

"È sempre stata molto di più per me. Non saprete mai quanto apprezzi che le abbiate dato un lavoro."

"Smith dice che è un'ottima dipendente e la casa sembra funzionare già senza intoppi." L'uomo si sporse in avanti. "Non c'è bisogno che continuiate a rivolgervi a me in maniera tanto formale."

Victoria si accigliò. "Come volete che mi rivolga a voi?"

"Mi chiamo David."

E all'improvviso, fu come se il visconte avesse evocato i ricordi di un altro tempo, quando usava un altro nome. L'inganno era sospeso fra di loro e l'amarezza spinse Victoria a chiedersi che razza di vita avrebbero potuto avere insieme. Come dimenticare un tradimento del genere?

Tuttavia, quell'uomo aveva salvato la sua famiglia. E ora era lei quella che mentiva.

Lord Thurlow strinse le labbra in una linea sottile. "Chiamatemi in qualunque modo vi faccia sentire a vostro agio."

"Grazie, milord."

"Ma io ti chiamerò Victoria."

Perché io non ho mai mentito riguardo al mio nome, pensò lei con una tristezza opprimente.

"I tuoi capelli sono asciutti?" chiese lord Thurlow.

Victoria si umettò le labbra e annuì. L'uomo le prese la spazzola dalle mani e la posò, quindi la incoraggiò a bere un altro sorso di vino.

Lord Thurlow fece ruotare il bicchiere fra le dita e lo guardò. "So perché mi hai chiesto di trattarti con delicatezza. La situazione tra di noi è molto imbarazzante, dato che un tempo ci conoscevamo. Ora ci siamo sposati, eppure... Hai avuto davvero poco tempo per abituarti alla realtà di trovarti da sola con un uomo."

"Per voi è lo stesso, milord?"

"Chiedo scusa?" Le sopracciglia folte dell'uomo si abbassarono in una confusione palese.

"I mariti neosposi sono... nervosi?"

L'uomo aprì la bocca come se fosse sbalordito, ma nulla uscì, e alla fine si riempì di nuovo il bicchiere e bevve prima di parlare. "No, non sono nervoso, ma d'altra parte, i mariti tendono a sapere in anticipo cosa accade la prima notte di nozze."

"Perché?"

Lord Thurlow stava arrossendo?

"Victoria, a differenza delle donne, la maggior parte degli uomini ha già..." L'uomo si interruppe e si accigliò. "Io ho già... preso parte all'atto."

L'atto? avrebbe voluto ripetere incredula Victoria. Era così che lord Thurlow chiamava la parte più intima del matrimonio fra marito e moglie?

"Avete avuto un'amante?" chiese. Le sue sorelle le avevano spiegato che gli uomini non erano obbligati ad aspettare la sacralità del matrimonio, che nessuno si aspettava che lo facessero. Victoria aveva sempre pensato che ciò sembrava piuttosto ingiusto.

"Sì, ma vi assicuro che non è più così. Non disonorerei hai mai il nostro matrimonio in quel modo."

Victoria si chiese perché ciò non la rassicurasse. Forse perché dava l'impressione che lord Thurlow fosse più preoccupato per le apparenze del "matrimonio" che di ferire i suoi sentimenti? Ma il visconte era un uomo e lei sapeva che gli uomini non si rapportavano alle emozioni come facevano le donne.

"Dunque, voi..." Victoria fece un gesto vago verso il letto. "L'avete già fatto."

L'uomo inclinò la testa e le sue palpebre si abbassarono mentre la osservava. "Sì."

"La signora Wayneflete dice che l'esperienza potrebbe essere piacevole per me, anche se forse non la prima volta."

"Io mi assicurerei che lo sia."

La voce dell'uomo si era fatta più profonda, più roca, perdendo parte di quel tono civilizzato e pieno di controllo. Questo ebbe un effetto bizzarro sulle interiora di Victoria, facendo schizzare una sensazione strana e calda nel suo stomaco e più in basso, dove si soffermò con un calore che era quasi... umido.

Come faceva l'uomo a farla sentire così?

Lord Thurlow posò il bicchiere e Victoria sussultò leggermente.

"Ma non voglio che tu abbia paura quando ti tocco," disse

bruscamente l'uomo, "per cui ho pensato a un modo per introdurti all'intimità coniugale."

"Oltre al procedere con calma?"

L'uomo le rivolse un piccolo sorriso. "Oltre a quello. Considerato che non ci conosciamo come persone adulte e che non abbiamo avuto molto tempo per un vero corteggiamento, propongo di fare ogni notte un passo avanti nella nostra intimità."

Lord Thurlow stava cercando di modificare il loro patto? "Milord, non capisco cosa volete da me."

"Non voglio molto, Victoria, ma ti sarei grato se imparassi a non sussultare quando ti tocco."

"Ma io non–"

"Sì, lo fai."

Victoria rimase in silenzio, consapevole che l'uomo aveva ragione. Lord Thurlow tese la mano e lei la fissò.

"Tienimi la mano, Victoria. Sono un uomo, non un mostro spaventoso."

Victoria si morse il labbro. Era così che lo faceva sentire? Dentro di lei, qualcosa si ammorbidì. Timidamente, si allungò e mise la mano in quella di lord Thurlow.

Solo una volta aveva sentito la pelle nuda di un uomo, quando lui le aveva baciato la mano diverse settimane prima. Allora, lei era troppo nervosa per pensare a qualcosa che non fossero le labbra del visconte. Ora, si rese conto che la pelle di lord Thurlow era calda e asciutta, più ruvida della sua sul palmo. La mano dell'uomo era molto più grande di quella di Victoria, il che la fece sentire piccola e fragile.

Rimasero fermi di fronte al caminetto per diversi minuti, a fissarsi a vicenda. Victoria avrebbe trascorso il resto della vita con quell'uomo e avrebbe dovuto ricavare il meglio da quella situazione. Doveva imparare a dimenticare i sentimenti feriti, a concentrarsi sul fatto che l'offerta di matrimonio da parte di lord Thurlow l'aveva salvata. L'uomo non era obbligato a farlo; avrebbe potuto semplicemente limitarsi a offrirle un po' di denaro.

Poi, lord Thurlow diede uno strattone e tirò leggermente. Victoria si sporse dalla sedia; lui si protese dalla propria.

"Un semplice bacio," sussurrò il visconte, l'alito che ora scaldava il viso di Victoria, "nel giorno delle nostre nozze."

Victoria avrebbe dovuto opporre resistenza. L'uomo l'aveva già baciata sulla guancia quella mattina. E aveva promesso di non affrettare l'intimità. Ma mentre lei lo guardava negli occhi, così luminosi e quasi feroci nella loro determinazione, la sua resistenza cominciò a dissolversi, anche se lei cercò disperatamente di conservarla. Lord Thurlow era più attraente di qualunque uomo avesse mai guardato nella direzione di Victoria e una tale bellezza poteva essere ipnotica.

Le loro labbra si incontrarono con delicatezza e gli occhi spalancati di Victoria fissarono in quelli di lord Thurlow. Non era mai stata baciata. E poi, tutto finì prima che lei potesse pensare a cosa fare. L'uomo si ritrasse e Victoria fu colta da una delusione tanto ampia da sconvolgerla. Lord Thurlow le lasciò la mano e si alzò in piedi. Lei lo imitò e i due si fronteggiarono con un certo imbarazzo. Lord Thurlow prese il suo bicchiere e la bottiglia di vino e si incamminò verso la porta della sua stanza.

"Buonanotte, Victoria," disse l'uomo, senza voltarsi a guardarla.

"Buonanotte." Victoria si trattenne dal chiamarlo "milord," ma non riuscì a usare il nome di battesimo.

E poi l'uomo se ne andò e lei rimase sola, incerta se ciò che stava provando fosse sollievo o meno. Si sedette alla scrivania e aprì il suo diario personale, perché scrivere la aiutava a dare un senso alle cose.

~

DAVID FATICÒ A TRATTENERSI dallo sbattere la porta. Nulla era andato come avrebbe dovuto. Perché aveva chiesto a Victoria di chiamarlo per nome, quasi volesse riavvicinarsi a lei?

Invece, aveva permesso a sua moglie vergine, che poneva domande intime alla propria *governante*, di interrogare lui riguardo alla sua *amante*, perdio. David non aveva nulla di cui vergognarsi. Era stato più gentile e comprensivo di quanto lo sarebbe stata la maggior parte dei mariti la notte delle nozze.

Ma quando Victoria gli aveva affidato la sua mano, piena di una forza che David non aveva previsto, qualcosa era accaduto dentro di lui, qualcosa che lui non capiva.

E poi, gli era venuta voglia di buttare tutti i suoi piani al vento, di sollevare Victoria, portarla a letto e prenderla subito, come era suo diritto.

Che cos'era, un cavaliere feudale? Non credeva di essere mai arrivato così vicino a perdere il controllo. Quando lei lo aveva guardato come se stesse per ricominciare a fidarsi di lui, ciò lo aveva quasi distrutto. David aveva creduto che sarebbe bastato un bacio casto a soddisfarlo, e persino quello gli aveva fatto ardere il sangue. Le labbra di Victoria erano morbide, setose...

Doveva controllarsi, capacità di cui era sempre stato orgoglioso. Non c'era mai stato un affare o un dibattito ai Comuni che lui non avesse saputo gestire completamente.

Ma la sua sposa novella, la sua amica d'infanzia, aveva paura di lui, e David non desiderava altro che cancellare quell'emozione.

Non aveva intenzione di vivere in quel modo. Victoria era sua partner nel matrimonio, non la sua ragione di vita come in una sciocca poesia romantica. Ciascuno di loro offriva le sue capacità al matrimonio, come in un accordo d'affari. Avrebbero coesistito in modo molto piacevole e nessuno avrebbe sofferto.

David si spogliò e andò a letto, soddisfatto nella mente, ma non nel corpo.

~

VICTORIA SI SVEGLIÒ mentre il sole filtrava dalla finestra e, dopo aver guardato l'orologio, si rese conto con stupore di aver dormito per quasi metà mattinata. Spinse via le coperte, pronta ad aiutare la signora Wayneflete con la colazione, quando ricordò la sua nuova situazione.

Ora era lady Thurlow e aveva dei servitori per svolgere le faccende domestiche. Molto lentamente, si appoggiò sui gomiti, fece un respiro profondo e lasciò andare una parte dell'ansia. Ci sarebbe stato del cibo in tavola che non l'avrebbe costretta a vendere un cimelio di famiglia. Non avrebbe mai più dovuto guardare sua madre smagrirsi.

Prima ancora che se ne rendesse conto, le lacrime le scorrevano lungo le guance. Non sapeva dove trovare un fazzoletto, per cui si asciugò gli occhi con dita tremanti e si lasciò invadere dal sollievo. Era riuscita a fare qualcosa che aveva sempre creduto impossibile.

Si alzò dal letto e andò alla finestra, da dove ebbe modo di vedere i giardini che avevano percorso il giorno prima e, in lontananza, il retro di un'altra grande casa. Quel giorno si sentiva tranquilla. Forse era la consapevolezza che suo marito era disposto a posticipare l'intimità fino a quando non si sarebbero conosciuti meglio. Di certo, la maggior parte dei mariti non avrebbe avuto tanta pazienza. Un tempo, lord Thurlow era un ragazzino gentile, giusto? Victoria ricordava quando le aveva scritto in preda alla disperazione dopo che il suo cagnolino era stato investito e ucciso da una carrozza.

Victoria aveva creduto che quel ragazzino fosse scomparso da tempo, ma la sera prima lui le aveva fatto capire che poteva essersi sbagliata. Forse, quando avevano cominciato a scriversi, lord Thurlow non era altro che un ragazzino solo che non poteva rivelare la verità su se stesso.

Nelle ultime settimane, Victoria aveva temuto che avrebbe sposato un uomo come suo padre, freddo e distaccato. Ma non osava sperare che lord Thurlow volesse un vero matrimonio, del genere in cui c'erano affetto e premura fra marito e moglie. No, era troppo concentrato sulla sua attività ferroviaria e su come lei poteva rivelarsi utile per lui.

Dopo essersi vestita per la giornata con il suo nuovo vestito blu – che meraviglia indossare di nuovo qualcosa di colorato! – Victoria scese in sala da pranzo, pronta a raggiungere suo marito il primo giorno del loro matrimonio.

Ma trovò solo due lacchè in parrucche incipriate e livree, che attendevano con pazienza accanto alla credenza con i piatti coperti pieni di cibo. I servitori la informarono che Sua Signoria aveva già mangiato ed era uscito da tempo.

Ma certo che lord Thurlow si svegliava presto, si rimproverò Victoria mentre si serviva uova e prosciutto. Anche lei, di solito, lo faceva, ma dopo lo stress delle ultime settimane, aveva dormito a lungo e profondamente nel suo comodo letto nuovo. Da quel momento in poi, si sarebbe svegliata tutte le mattine per mangiare con suo marito. Gli doveva almeno quel segno di rispetto.

Pur essendo cresciuta in una famiglia ricca con diversi servitori, Victoria non era mai stata guardata dai lacchè mentre mangiava. Era abituata a consultare gli appunti e a progettare la giornata. Ma quella mattina era in forte imbarazzo, per cui finì di mangiare alla svelta.

Sentì qualcuno schiarirsi la voce e, sollevato lo sguardo, vide la signora Wayneflete sulla soglia. La governante la guardò con aria preoccupata, ma parve rilassarsi quando Victoria sorrise.

"Venite a parlare con me," disse Victoria. "Non ne abbiamo avuto molte possibilità ieri."

La signora Wayneflete sorrise. "Volevo dirvi che ho inviato un cesto con la colazione alla vostra famiglia questa mattina, per cui non dovete preoccuparvi che siano tutte sole in quella casa quasi vuota."

"Oh, signora Wayneflete, siete una gioia. Grazie!"

La governante deviò i ringraziamenti con un gesto. "Le ragazze hanno inviato un biglietto dicendo che verranno a trovarvi più tardi in mattinata."

"Meraviglioso. Voglio vederle il più possibile prima che partano, domani." Victoria esitò. "Allora, come sono andati i vostri primi giorni?" La sua curiosità era duplice: com'era lavorare per lord Thurlow? Di certo, il resto della servitù parlava.

La governante si guardò alle spalle, quindi abbassò la voce. "C'era un certo caos in casa, ma era prevedibile, considerato che per un mese non c'è stata una governante. Ora tutto sembra essersi tranquillizzato, ma è quasi come se stessero aspettando qualcosa, se capite quello che intendo."

"Aspettando cosa?"

"Non lo so. Ho sentito qualche voce di corridoio sul vecchio conte, ma Sua Signoria non è ancora uscito dalla sua stanza."

"Niente sugli scandali?" sussurrò Victoria.

"Niente."

"Beh, questo è un bene. Vi prego di informarmi nel caso ci fosse qualcosa di cui dovrei occuparmi."

"Ma certo, milady."

"Potreste organizzarmi ogni mattina un incontro con un servitore diverso? Mi sentirò meglio quando avrò conosciuto tutti."

La signora Wayneflete annuì con aria di comprensione.

"Vorrei passare in rassegna con voi i menu e vedere i conti di casa, ma per il momento, vi dispiacerebbe accompagnarmi a visitare la mia nuova casa?"

La governante si illuminò. "Ne sarei lieta."

Il tour rivelò a Victoria quanto grande fosse davvero la casa. C'era persino un secondo salotto, più grande, dietro al primo. "Per i balli," aggiunse la signora Wayneflete, e Victoria avvertì una piccola fitta allo stomaco il solo pensiero.

Sopra il secondo piano di camere da letto si trovava un piano riservato ai bambini, e poi un altro piano per la servitù.

La suite del conte si trovava al pianterreno, nella zona posteriore della casa, in modo da rendergli più agevole muoversi sulla sedia a rotelle.

La signora Wayneflete parlò a bassa voce mentre lei e Victoria sostavano in corridoio. "Milady, solo questa mattina il conte ha lanciato il vassoio della colazione alla cameriera, dicendo che il cibo non era stato cotto come da sue indicazioni."

"Molto sgarbato da parte sua." Victoria si chiese se un uomo dalla nomea tanto famigerata si curasse ancora di quello che pensavano gli altri. "D'altra parte, sta morendo," fu quello che disse ad alta voce.

"Tutti dobbiamo morire, milady," disse la governante, lanciando un'occhiata irritata alla porta chiusa. "Alcuni di noi lo fanno con grazia. Il conte lascia di rado la sua stanza, ma quando lo fa, trova difetti in tutti i servitori che incontra. Ho sentito parlare di cameriere in lacrime, di lacchè che si sono licenziati e di governanti che a un certo punto si sono rifiutate di svolgere questo lavoro aggiuntivo. Quelle donne avevano referenze tali da sapere di poter trovare comode posizioni in case migliori, indipendentemente da quanto il visconte le avrebbe pagate per restare."

Victoria fissò preoccupata la porta. "Dobbiamo fare qualcosa, signora Wayneflete. Negli ultimi mesi, mia madre ha mostrato una tendenza inquietante a dormire troppo tutti i giorni. Non intendo guardare due persone anziane confinarsi nelle loro stanze e concludere le loro vite nella tristezza. Deve esserci un modo per aiutare entrambi."

La signora Wayneflete annuì, anche se la sua espressione tradiva scetticismo.

Victoria tornò alla sala della musica al primo piano, che dava sul giardino. Al centro della stanza si trovava un pianoforte, affiancato da armadietti colmi di spartiti musicali. Un'arpa coperta era posata seminascosta in un angolo e, su uno scaffale, erano riposti una cornetta e un violino nelle loro custodie. Vicino alla finestra c'era una grande scrivania e Victoria riusciva a immaginarsi seduta lì, a lavorare sulla sua musica.

Trovò le sue composizioni preferite fra gli spartiti: melodie basse, pacate, che non avrebbero dovuto infastidire nessuno in casa. A un certo punto, si fece ardita e suonò sempre più forte, fino a quando la stanza non rimbombò di musica e le sue orecchie iniziarono a fischiare a ogni eco. Come sempre, riversò le sue preoccupazioni e le sue paure nella musica, sfogandole in suono glorioso. Aveva dimenticato come la musica la facesse sempre stare meglio.

Con un sospiro soddisfatto, lasciò ricadere le mani in grembo. Nel silenzio pacifico, le parve di sentire la porta d'ingresso chiudersi. Nessuno venne a cercarla, ma un senso di disagio crebbe dentro di lei, sottoforma di un formicolio alla base del collo.

Magari lord Thurlow era tornato a casa per pranzo. Victoria uscì in corridoio e guardò l'ingresso da oltre la ringhiera. Le voci erano più forti ora; provenivano dalla biblioteca. Erano una voce di donna... e quella di lord Thurlow.

Victoria si aggrappò alla ringhiera e pensò al da farsi. Dopotutto, era possibile che il visconte stesse parlando con una delle cameriere. Victoria decise che sarebbe andata in cucina – passando, fatalità, proprio di fronte alla biblioteca – perché doveva ancora discutere del menù del giorno con la signora Wayneflete. Raggiunto il pianterreno, si fermò. La porta della biblioteca era socchiusa, anche se lei non poteva vedere all'interno. La voce della donna non apparteneva a una delle cameriere, anche se Victoria aveva la sensazione di conoscerla.

Il tono di lord Thurlow era solenne. "Chiedo scusa. Sono stato scortese a non dirti subito di Victoria. Tutto è accaduto molto in fretta."

"Ti capita spesso di usare la dimenticanza come scusa, David," disse la donna con voce triste. "Quante notti ti ho aspettato, posticipando i miei programmi, perché avevi detto che saresti venuto da me?"

Victoria si sentì ricoprire di pelle d'oca e rabbrividì. Quella era l'amante di lord Thurlow! Che aveva avuto l'ardire di venire a Banstead House alla luce del giorno!

"Hai ragione. Ti ho trattato ingiustamente," disse lord Thurlow.

"No, sei sempre stato un brav'uomo, ed è questo che mi rende tutto più difficile. Perché non potevo essere io?"

"Chiedo scusa?" chiese il visconte.

Victoria trattenne il respiro. Il senso di colpa era svanito da tempo: aveva *bisogno* di ascoltare.

"Ho sempre pensato che avresti sposato una donna della tua classe, per cui non mi sono mai fatta illusioni." La voce della donna si ruppe. "Ma hai sposato una popolana come me."

"Damaris, devi capire–"

Victoria gemette e si allontanò dalla porta della biblioteca.

L'amante di suo marito era la signorina Damaris Lingard? E lui aveva permesso alle due donne di partecipare allo stesso pranzo, ferendo la signorina Lingard e mettendo in ridicolo la sua fidanzata?

SETTE

Le sorelle e la madre di Victoria arrivarono mezz'ora più tardi e Victoria le fece accompagnare in salotto dal maggiordomo. Si era asciugata le lacrime e lavata il viso, decisa a parlare con suo marito dell'amante di lui prima della fine della giornata. Fino ad allora, non avrebbe potuto fare nulla riguardo al terribile senso di freddo che sentiva nel profondo dello stomaco. Lord Thurlow aveva già cominciato a mentirle? Non aveva intenzione di concludere la sua relazione?

Una volta che il maggiordomo le ebbe lasciate sole, l'espressione delle sue sorelle mostrò perplessità mentre fissavano Victoria, seguita da una preoccupazione crescente. Per quanto Victoria avesse cercato di mantenere un'espressione del tutto piacevole, le sue sorelle avevano già capito che qualcosa non andava.

Victoria *non* voleva parlarne.

"Buongiorno, mamma," disse, baciando sua madre sulla guancia. "È tutto pronto perché tu ti trasferisca qui?"

Era palese che aveva detto la cosa sbagliata, perché le sue sorelle sussultarono e sua madre assunse un'aria contrariata.

"Qualcosa mi sfugge?" chiese Victoria mentre tutte si sedevano.

Meriel sospirò. "La mamma è triste all'idea di lasciare casa nostra."

La loro madre levò gli occhi al cielo. "Secondo voi dovrebbe essere facile lasciare il luogo in cui ho costruito una vita con vostro padre?"

Louisa scivolò vicino alla mamma sul divano e la circondò con un braccio. "Non è questo ciò che pensiamo, mamma. Ma non sarai lontana. Sono sicura che nostro cugino sarebbe felicissimo di averti in visita ogni tanto."

Meriel le rivolse un'occhiata di avvertimento da sopra la testa della mamma e persino Victoria si rese conto che quella era una cosa che non potevano dare per certa.

"Mamma," disse Victoria, "pensavo che saresti stata felice di non vedermi fare tanta fatica in casa."

La mamma sospirò. "Ma certo, tesoro. Il tuo matrimonio è qualcosa che ho sognato per tanti anni. È solo che... Vorrei sapere cosa c'è che non va in me." Verso la fine, la sua voce si ridusse a un sussurro.

Victoria percepì il ritorno delle onnipresenti lacrime. "Abbiamo avuto un anno terribile, mamma, e dobbiamo ancora riprenderci."

"Ringraziamo il cielo per il visconte Thurlow," disse sua madre.

Per poco Victoria non si alterò. Sua madre non si rendeva conto che *lei* aveva sacrificato la sua libertà per la sicurezza di tutti?

All'improvviso, i suoi stessi pensieri la sbalordirono. Come poteva risentirsi nei confronti della sua povera madre, che aveva subito un colpo terribile?

La mamma la guardò con tristezza. "Mi dispiace che tutto

questo accada così all'improvviso, Victoria. So che avresti voluto più tempo per prepararti al matrimonio."

Stupita, Victoria non riuscì a dire altro che: "Va tutto bene, mamma."

La signora Wayneflete entrò in salotto, sorridendo mentre si avvicinava alla madre delle ragazze. "La vostra nuova stanza è bella che pronta, signora Shelby. Perché non venite a vederla con me?"

Le sorelle guardarono con tristezza la loro madre allontanarsi, con le spalle ancora curve.

Victoria sospirò, per poi pentirsene quando entrambe le sue sorelle si voltarono a guardarla accigliate dall'ansia.

Victoria sollevò le mani. "Sto bene, sto bene. Sono solo preoccupata per la mamma."

Louisa si accigliò, quindi si voltò per fissare verso la porta attraverso cui era appena scomparsa la loro madre. "Non mi sembra che stia migliorando."

"Ma lo farà," insistette Victoria. "Grazie al nostro operato."

"Soprattutto al tuo," disse Meriel. "Vic, non sei prigioniera in questa casa, vero?"

"Certo che no."

"Allora facciamo un'ultima passeggiata a Willow Pond."

Victoria era sollevata. Dava per scontato che lord Thurlow fosse ancora in casa e non voleva incontrarlo. Avrebbe rischiato di scoppiare in lacrime davanti alle sue sorelle.

I giardini delle Shelby non erano vasti come quelli della proprietà di Banstead, ma le erano familiari quanto camera sua. Passò lo sguardo sul parco, lasciando che ricordi agrodolci la travolgessero. Evitò deliberatamente di guardare le scuderie in fondo ai giardini. Suo padre era morto lì e lei non aveva bisogno di vederselo ricordare.

Tenendosi per mano come bambine, si recarono nell'angolo

più remoto del giardino, che, senza un giardiniere a domarlo, si era inselvatichito ancora di più nel corso dell'ultimo anno. Si chinarono sotto i rami bassi del salice e trovarono il piccolo laghetto. Nessuno aveva mantenuto la popolazione dei pesci, nessuno aveva pulito la vegetazione infestante che si era diffusa sulla superficie dell'acqua, ma c'era ancora qualcosa di magico in quel luogo. Con un muro alto da una parte e alberi e cespugli in tutto il resto, il laghetto aveva dato loro la sensazione di essere in campagna, tutte sole. Rose di vari colori crescevano ancora in abbondanza, ora più selvatiche e più intricate che mai.

Laggiù, le sorelle si erano raccontate i loro segreti più profondi, erano uscite di notte per sfuggire al caldo della mezza estate, si erano nascoste quando il loro padre era furioso con loro. E l'avevano sempre considerato un luogo molto romantico, perché papà aveva chiesto alla mamma di sposarlo proprio lì, seduti su quella panchina.

Ma ora, da adulta, Victoria vedeva il matrimonio dei suoi genitori alla luce fredda della realtà. E non c'era nulla di romantico in esso. Il suo stesso matrimonio era vecchio solo di un giorno e già sembrava seguire il sentiero tracciato dai suoi genitori. Si stava ancora soffermando sulla tristezza della cosa quando Meriel la tirò per una mano.

"Va tutto bene tra te e lord Thurlow?" chiese sua sorella.

Victoria sorrise. "Ma certo. Perché me lo chiedi?"

Louisa le prese l'altra mano. "È andato tutto...?" La sua voce si spense e lei rivolse a Meriel un appello con lo sguardo.

"Quello che Louisa sta cercando di dire," disse schiettamente Meriel, "è: la tua notte di nozze è stata... accettabile?"

Victoria sospirò. Sapeva, prima ancora di venire lì, che le sue sorelle le avrebbero posto quella domanda. Per la prima volta, ebbe la sensazione che ci fossero cose che non poteva confidare loro. Il fatto che lord Thurlow aveva un'amante era una questione che loro due avrebbero dovuto risolvere in privato. E Victoria non voleva che le sue sorelle si preoccupassero più di quanto già non facessero. Avrebbe parlato dell'accordo nuziale, perché ciò avrebbe fatto sì che le altre tornassero alle loro vite pensando alla situazione di Victoria con maggiore serenità.

"La notte di nozze è andata bene," disse Victoria. "Ho chiesto a lord Thurlow più tempo per conoscerci. Lui ha accettato."

Louisa prese bruscamente fiato. "Vuoi dire che lui non ha... Che voi due non avete–"

"È quello che vuole dire," interruppe Meriel. "Non è ancora una vera moglie. Perché un uomo dovrebbe accettare una cosa del genere?"

Louisa prese la mano di Victoria. "Meriel, non sapevo che fossi così cinica. Il marito di Victoria la sta trattando con gentilezza. Cosa ti è successo da quando ci hai lasciate?"

Meriel scosse la testa, guardando con un'espressione distratta nella direzione del laghetto. "Hai ragione. Mi dispiace. Immagino che sia più facile vedere il peggio nelle persone."

La preoccupazione di vittoria la spinse ad attenuare il tono della voce. "È così terribile fare l'istitutrice alla tenuta di Ramsgate, Meriel?"

"No, no, davvero, è tollerabile. È solo che non sono abituata a sentirmi così... incapace, così inutile."

"Non è inutile provvedere all'istruzione di un ragazzo," disse Louisa. "La tua è una vocazione nobile."

Meriel la guardò con aria sconvolta, poi cominciò a ridere. "Oh, Louisa, quanto mi è mancato il tuo ottimismo. Hai ragione: devo ricordare chi è la persona che sto aiutando davvero." Si rivolse quindi a Victoria e le prese entrambe le mani. "Perdona il mio pessimismo, cara. Tuo marito è gentile con te, e sono certa che ciò sia molto raro. Sembrerebbe un uomo d'onore."

DAVID ENTRÒ nella sala da pranzo per cenare e trovò sua moglie che lo aspettava. Victoria annuì con grazia e lui le rivolse un breve inchino. Per merito di lei – e della governante – non una singola lamentela lo aveva accolto quando era entrato dalla porta. Era un cambiamento rinfrancante, benvenuto. Sposato da un giorno e già tutto filava liscio.

Perlomeno in casa, pensò con un sospiro.

Mentre si sedeva a capotavola, si ritrovò a osservare Victoria, che ora indossava un colore diverso dal nero. David avrebbe pensato che quel colore avrebbe migliorato la carnagione della donna, ma Victoria sembrava pallida. Aveva già incontrato suo padre?

L'onnipresente quaderno era vicino alla mano destra di Victoria e David avrebbe quasi voluto sapere perché lei ritenesse necessario averlo sempre con sé. Ma una domanda tanto personale avrebbe potuto condurre lungo sentieri che lui non voleva imboccare.

Victoria ringraziò il lacchè che li aveva serviti e il servitore si ritirò lungo la parete.

"Indossi un vestito nuovo," disse David.

"Sì, milord."

"Di certo non hai avuto abbastanza tempo per acquistare un numero sufficiente di abiti."

L'espressione cortese della donna svanì. David avrebbe fatto meglio a farle un complimento.

"Non che questo non ti doni moltissimo, Victoria," disse David.

"Grazie, milord."

Naturale che lei si fosse resa conto che quella lode era un ripensamento. Ma pensare al guardaroba di sua moglie spinse David a rendersi conto che presto Victoria avrebbe dovuto fare acquisti. L'abito che indossava in quel momento era adatto per frequentare i suoi contatti d'affari, ma... e se per conto suo – e con più denaro a disposizione – lei avesse scelto indumenti che avrebbero fatto sentire inferiori le mogli dei direttori?

"Victoria, domani sono libero dopo metà mattina. Ti accompagnerò a un negozio di abbigliamento."

La donna strinse gli occhi. "È troppo disturbo."

"No, insisto. Così avremmo l'opportunità di stare insieme."

In un negozio di vestiti? Quella scusa non poteva aver senso per Victoria, che tuttavia annuì distrattamente.

"Milord, la vostra generosità è incredibile," disse la donna a bassa voce.

"Generosità? Sei mia moglie. Ti ho promesso un guardaroba e lo avrai. Spero che non ti dispiacerà non avere nulla di nuovo per la cena da Bannaster."

Victoria smise di mangiare. "La cena di Bannaster? Abbiamo un impegno?"

"Domani sera."

"Ne ho sentito parlare al pranzo di Hutton, anche se non conoscevo la data precisa. Se non vi dispiace, milord, gradirei avere quanto più preavviso possibile quando accettate un invito."

David strinse i denti e ricordò a se stesso che, in quanto sua moglie, Victoria meritava maggiore considerazione. "Mi assicurerò che il mio segretario discuta di tutto con te."

"Non potete dirmelo di persona?"

"Certo."

"Grazie."

Victoria abbassò lo sguardo e continuò a mangiare; non era nemmeno infastidita per la trascuratezza da lui mostrata. David si rese conto che gli piaceva trascorrere del tempo con lei, che la conversazione con Victoria non era mai noiosa. Ma d'altra parte, non era rimasto ammaliato persino dalle parole che le aveva scritto in un quaderno? Ora era libero di guardarla liberamente e si ritrovò a osservare le sue labbra. Aveva baciato quelle labbra la sera prima, anche se solo per un brevissimo istante. Erano tanto morbide e il respiro di Victoria era tanto dolce. Come il suo carattere. Di certo, la donna sapeva che la famiglia di David non era ben vista, eppure non sembrava giudicarlo.

"Milord, perdonate mia madre per non averci raggiunto a cena," disse Victoria. "Trovarsi in una casa nuova l'ha molto scossa."

"Capisco."

"Dov'è vostro padre?"

"Spesso, la malattia gli impedisce di lasciare la sua stanza." David non poteva guardare Victoria troppo a lungo negli occhi, perché sapeva che il suo sollievo sarebbe stato visibile. Presto, lei si sarebbe resa conto che l'assenza del conte rendeva tutto più semplice.

"In cosa consiste il suo male, milord?"

"Il suo cuore è sempre più debole. Ha perso l'uso delle gambe tempo fa. Non è un uomo in salute, anche se i medici non riescono a dirci quanto tempo potrebbe restargli da vivere. Non stupirti se non lo vedrai spesso. Ha un'infermiera che si prende cura delle sue necessità."

"Ma io sono sua nuora. Mi piacerebbe conoscerlo."

"Victoria, permettimi di essere onesto: mio padre è scontento del declino della sua salute e ha fatto in modo che fosse la casa intera a pagarne le spese."

"Oh, di certo—"

"È il motivo per cui due governanti si sono licenziate. Non è un uomo facile con cui avere a che fare."

"Capisco, milord, ma non posso vivere in casa sua senza rivolgergli la parola."

Victoria smosse il cibo nel piatto per diversi minuti, ma

non mangiò. David sapeva che non aveva concluso l'argomento, ma prima che potesse venirgliene in mente un altro – anche solo il tempo – Victoria parlò.

"Wilfred," disse al lacchè, "per ora è tutto."

David inarcò un sopracciglio e attese che il servitore si allontanasse.

"Milord, quando fingevate di essere Tom, mi avete detto di non avere un padre."

David si irrigidì. "Come hai detto tu stessa, stavo fingendo."

"Avreste potuto darvi un padre – il maggiordomo, per esempio – ma non l'avete fatto."

David sospirò. "Immagino sia evidente che io e mio padre non andiamo molto d'accordo, Victoria. Io disapprovo il modo in cui lui ha vissuto la sua vita e lui disapprova me."

Negli occhi della donna c'era una comprensione che mise David disagio.

"Milord, se ricordate qualcosa di me, sapete che mio padre e io eravamo spesso in disaccordo."

"Lui ha cercato di costringerti a essere ciò che non eri," disse David. "Ma non è necessario che tu veda parallelismi fra te e me, perché per quanto riguarda i nostri padri, non ce ne sono. A mio padre importa solo di se stesso e il modo in cui tratta la servitù ne è la prova principale. E, quando sarà crudele con te, ti prego di non prenderlo sul personale."

"Non credete che la motivazione di mio padre fosse egoista?" chiese Victoria.

Per quella che era solo la seconda volta, Victoria gli permise di vedere l'angoscia nei suoi occhi e David non seppe cosa fare, cosa lei volesse da lui.

"Verso la fine," proseguì Victoria, "era un uomo molto egoista. È difficile quando i vostri genitori sembrano ignorarvi. Mi dico sempre che, forse, io vedevo solo il mio lato dei nostri problemi."

"O forse vedevate la verità. Dovete fare quello che ho fatto io e dimenticare."

Victoria si irrigidì. "Dimenticare?"

"Sì. Se vi impegnerete a sufficienza, la cosa non vi darà più fastidio."

"Ma vostro padre è ancora vivo. Come potete dimenticarvi di lui? Perché volete farlo?"

Lo stomaco di David si serrò. "A volte bisogna provare a dimenticare le azioni degli altri." *Per evitare che ti divorino dentro*. Ma lui stesso non seguiva il suo consiglio. "Non pensi che la quaglia sia troppo asciutta?"

Victoria posò la forchetta. "Milord, oggi è accaduto qualcosa che non riesco a dimenticare."

"Cosa ha fatto mio padre?"

"Si tratta di qualcosa che avete fatto *voi*. Questa mattina sono passata davanti alla biblioteca e, dato che non avevate chiuso la porta, ho udito parte della vostra conversazione."

David si raddrizzò sulla sedia e guardò Victoria. "La mia conversazione con la signorina Lingard, la modista?"

"La signorina Lingard, la vostra amante." Il viso di Victoria era pallido, ma il suo sguardo era risoluto.

A bassa voce, David disse: "Non ho fatto mistero di essere stato con un'altra donna prima di te, Victoria."

"Ma avevate detto che era tutto finito."

"Ed è vero. Ho giurato, come tuo marito, di onorarti." E David aveva guardato negli occhi tristi di Damaris senza sentire il bisogno di un'ultima notte tra le sue braccia. Victoria esercitava già su di lui un potere imprevisto.

"Quello a cui ho assistito oggi era un segno di *onore*?" chiese Victoria.

"Non so quanto tu sia rimasta lì, ma nel caso tu non abbia

udito l'intera conversazione, la signorina Lingard sa che la mia relazione con lei è conclusa."

Victoria trasse un respiro profondo. "Avete avuto un mese per concluderla; invece, avete *dimenticato* di farlo, e quella povera donna è stata costretta a venire a parlare con voi in casa vostra, mettendo a rischio la sua reputazione pubblica... o ciò che ne resta."

"È azionista della Southern Railways; è così che ci siamo conosciuti. I nostri affari in comune non hanno messo a rischio la sua reputazione. Pensa ciò che vuoi di me, Victoria, ma non farei mai del male a una donna in maniera tanto crudele."

"Non credete di averle fatto del male?" chiese Victoria.

La donna aveva gli occhi sbarrati per l'incredulità. David non apprezzava che stesse cercando di farlo sentire in colpa.

"Victoria—"

"Avete permesso che io e lei ci incontrassimo a un pranzo, quando non le avevate ancora detto ufficialmente che la vostra relazione si era conclusa. Avete permesso che io, la vostra promessa sposa, conversassi con lei all'oscuro di tutto, facendomi fare la figura dell'idiota."

"Ma nessuno sapeva," disse David, la cui rabbia cominciava a trasparire nella voce.

"*Lei* sapeva. E ora *io* so." La delusione di Victoria era palpabile. "Come avete risposto alla sua domanda?"

"Quale domanda?"

"Vi ha chiesto perché non avete sposato lei, una popolana come me. Mi sono allontanata prima di udire la vostra risposta."

"Non eravamo compatibili," rispose David con voce controllata.

"Palesemente, eravate compatibili in modi che io non vi ho ancora concesso."

David la fissò sbalordito. Victoria stava forse minacciando

di lasciarlo, di far annullare il matrimonio prima ancora che esso iniziasse? Mio Dio, David avrebbe fatto la figura dell'imbecille. "Victoria," disse a bassa voce, "cosa vuoi da me?"

"Le avete detto che ero indigente, che avete avuto pietà di me? È questo che raccontate a tutti?"

Le lacrime luccicavano negli occhi della donna.

"Non lo farei mai. Eravamo amici."

"Ma vi ascoltate?" mormorò Victoria. "'*Eravamo* amici.' E ora cosa siamo?"

"Siamo marito e moglie... e la nostra può essere più di un'amicizia, se voi le darete tempo."

Victoria lo fissò, con le spalle curve e gli occhi tristi. "È questo che volete davvero?"

"Se così non fosse, non ti avrei sposata. Ammetto di aver gestito male la situazione. Ma posso migliorarla. Me ne darai la possibilità?"

L'esitazione di Victoria parve durare per sempre. Rimasero immobili, gli sguardi intrappolati a vicenda, nel tentativo di leggere la verità dalla sola espressione dell'altro.

"Sì, milord," disse infine Victoria. "Sono vostra moglie e non prendo la cosa alla leggera. Vi chiedo di trattarmi con rispetto, d'ora in poi."

"Così sarà," disse David.

Guardò Victoria lasciare la stanza con la postura rigida e il volto inespressivo. Una volta che lei se ne fu andata, David si appoggiò allo schienale e chiuse gli occhi. Aveva quasi rovinato il loro matrimonio con la sua stupidità. Era orgoglioso del fatto che rifletteva a fondo su ogni decisione, ma da quando Victoria era rientrata nella sua vita, tutto sembrava accadere in maniera spontanea. E lui non gestiva bene la cosa.

～

VICTORIA TROVÒ un bagno che già la aspettava e vi si immerse con gratitudine. Ogni muscolo della sua schiena e delle sue spalle doleva come se avesse battuto tappeti per tutto il giorno invece di discutere con suo marito.

Aveva *discusso* con suo marito.

Appena un anno prima, non avrebbe mai immaginato di affrontare un uomo in quel modo. Ma lo aveva fatto per necessità. Non intendeva cominciare il loro matrimonio all'insegna dei segreti. Continuava a non sapere se potesse fidarsi di lord Thurlow, ma almeno lui sapeva che lei aveva serie intenzioni di fare un tentativo. Per quanto riguardava Victoria, l'amante di suo marito apparteneva al passato. L'uomo aborriva lo scandalo a sufficienza da garantirlo.

Ma dopo la discussione che avevano avuto riguardo al conte, Victoria trovava molto triste che lord Thurlow non avesse alcun rapporto con il padre. Lei si riconosceva in suo marito e ciò mitigava i suoi sentimenti nei confronti del visconte. Avrebbe dovuto fare del suo meglio per fare in modo che padre e figlio si riavvicinassero nel poco tempo che restava al conte. Per Victoria e suo padre era ormai troppo tardi, e lei lo rimpiangeva amaramente. Si sarebbe sempre chiesta se avrebbe potuto fare qualcosa per salvare l'uomo della sorte che questi aveva scelto per sé.

L'acqua cominciava a raffreddarsi, per cui Victoria concluse rapidamente il bagno. Molto probabilmente, sarebbe andata a letto da sola, dopo la "discussione". Sollievo e delusione si mescolavano dentro di lei.

Era seduta davanti al caminetto, con i capelli quasi asciutti, quando udì il delicato bussare alla porta fra le due stanze. Si immobilizzò con la mano sulla spazzola, quindi la posò lentamente.

"Avanti."

Quando lord Thurlow entrò, Victoria si rese conto che

erano entrambi vestiti proprio come la sera prima, con le vestaglie chiuse da cinture. L'uomo la guardò con aria seria mentre il silenzio si prolungava.

Lord Thurlow si sedette di fronte a lei; le loro ginocchia quasi si sfioravano. La gola di Victoria si asciugò. Come sempre, non aveva alcun controllo sulla sua pelle: essa si scaldò per un rossore che lei sapeva essere visibile alla luce delle candele. Avrebbe voluto parlare di tutto, ma non credeva che fossero necessarie delle scuse. E tuttavia, come sistemare le cose?

"Milord–"

"Victoria abbiamo detto tutto quello che c'era da dire. Ora che sono qui a guardarti, a sentire il tuo profumo–"

Victoria sussultò per il suono sensuale di quelle parole.

"Scopro di non pensare alla giornata, a discussioni e accordi e affari. Penso solo a noi due da soli insieme."

L'uomo si sporse di nuovo in avanti e questa volta le loro ginocchia si toccarono. Lord Thurlow non si ritrasse: invece, tese la mano con il palmo sollevato.

"Dammi la mano, Victoria."

La sua voce era profonda e roca e la fece pensare a un movimento nell'oscurità, a cose che era meglio provare piuttosto che descrivere a parole. Gli diede la mano e questa volta lui la circondò con entrambe le sue.

"Baciami, Victoria," sussurrò lord Thurlow.

Lo sguardo di Victoria corse a quello dell'uomo per lo stupore. Continuando a tenerle la mano, lord Thurlow si tirò indietro sulla sedia. Il braccio di Victoria fu costretto a raddrizzarsi. Lei capì che l'uomo la stava sfidando e si rese conto di voler accettare quella sfida. Tirò le mani di lord Thurlow, ma lui rimase dov'era, con un sorriso pigro che gli increspava un angolo delle labbra. Aveva un aspetto molto... affascinante.

Lentamente, Victoria si alzò e si chinò su di lui, appoggiando la mano libera sul bracciolo della poltrona. La testa dell'uomo era inclinata all'indietro e i due si fissarono come se stessero avendo un silenzioso scontro di volontà. E, con sommo stupore di Victoria, a lei non dispiaceva che stesse vincendo lui.

C'era qualcosa di diverso nel sovrastare lord Thurlow, nel vederlo sotto di lei. La faceva sentire... potente, in controllo, sensazione che provava di rado nella vita di tutti i giorni. Ma lì, nel buio illuminato dalle candele, l'uomo le stava permettendo di viverla in un contesto molto intimo.

Victoria si chinò ancora di più, passando lo sguardo sulla bocca dell'uomo. Le loro labbra si toccarono e Victoria cominciò a sentirsi incerta. Cosa doveva fare? Restare ferma?

Poi le dita di lord Thurlow cominciarono ad accarezzarle lentamente la mano, con il pollice dell'uomo che le sfiorava il palmo. Gli occhi di Victoria si chiusero. Non avrebbe mai immaginato che il tocco di un uomo potesse farla sentire... tremante, scossa da un fremito, tanto consapevole dell'incontro delle loro pelli.

La sua attenzione era sballottata fra la pressione delicata della bocca di lord Thurlow e il movimento delle mani dell'uomo. Nel prendere fiato a quella sensazione, le labbra di Victoria si schiusero. Quella di lord Thurlow fecero lo stesso, prendendo la pienezza del labbro inferiore di lei con immensa delicatezza. Victoria rabbrividì alla squisita ondata di piacere nuovissimo.

I suoi timori riguardo alla propria desiderabilità svanirono. Le dita esplorative di lord Thurlow le scivolarono su per il polso, sotto il polsino della camicia da notte. L'uomo la accarezzò con delicatezza e il gemito sommesso di Victoria rieccheggiò nella bocca di lui.

Lord Thurlow ruppe il bacio. "È stato piacevole?" chiese con voce bassa e rimbombante.

Raddrizzandosi, Victoria ritrovò la ragione. "Sì."

"Allora ti saluto così."

Lord Thurlow la lasciò andare e si alzò in piedi, così alto e così vicino che Victoria avrebbe voluto fare un passo indietro, ma non lo fece. Gli abiti di lord Thurlow le sfiorarono il corpo, provocando in lei un fremito di desiderio. Desiderava toccarlo, desiderava baciarlo. E quando lui abbassò lo sguardo sul suo viso, Victoria capì che lo sapeva benissimo.

"Buonanotte, Victoria."

"Buonanotte."

Poi l'uomo se ne andò e lei rimase accasciata senza forze sulla poltrona, delusa dall'assenza di lui, ma sollevata all'idea di non dover scoprire quella notte quanto egli potesse controllarla con un tocco. Era quello il vero scopo di lord Thurlow? Mostrarle chi comandava nella loro relazione, dopo che lei lo aveva sfidato durante la cena?

OTTO

Il mattino dopo, Victoria convinse sua madre a lasciare la sua stanza. Dovevano incontrare la signora Wayneflete in cucina e poi andare insieme nella casa accanto per salutare Louisa e Meriel. Mentre percorrevano la scala a chiocciola sopra l'ingresso, Victoria abbassò lo sguardo e notò un vassoio d'argento sul tavolo con la posta della giornata.

"Un attimo solo," disse, scendendo frettolosamente le scale in preda alla curiosità.

Prese un paio di buste; tutte, naturalmente, erano indirizzate al conte o a suo figlio. Molti degli indirizzi sembravano scritti in fluide grafie femminili. Erano inviti? Diverse lettere avevano sigilli di cera con stemmi che ne proclamavano la provenienza dalle famiglie più in vista dell'alta società.

Victoria sentì la bocca che si asciugava. Si trattava di feste molto diverse da quelle organizzate in precedenza da lord Thurlow con i dirigenti della ferrovia.

"Non sono per voi," disse una voce fredda.

Victoria ebbe un piccolo sussulto, che rovesciò la pila di inviti. Sentì sua madre gemere e scendere in fretta le scale. In ginocchio, Victoria sollevò lo sguardo. Il famigerato conte di Banstead era seduto sulla sua sedia a rotelle vicino alle finestre della biblioteca, che davano su quella strada che l'uomo visitava di rado. Il valletto del conte era in piedi contro la parete.

Lord Banstead osservò Victoria e lei riconobbe qualcosa di suo figlio in quegli occhi privi di espressione. Con lord Thurlow, lei percepiva un'attenzione cordiale – almeno quando l'uomo sceglieva di vederla – ma con lord Banstead, l'amarezza colorava i bordi di ciò che aveva appena detto.

Prima che Victoria potesse rispondere, il conte lanciò un'occhiata di disapprovazione a sua madre, che ora era accanto a lei in atteggiamento protettivo. Victoria si alzò in piedi e prese il braccio della mamma.

Abbassò lo sguardo sugli inviti che ancora teneva in mano, rimpiangendo che ciò non fosse accaduto dopo che lei fosse stata formalmente presentata.

"Milord, so che questa posta appartiene a voi e a vostro figlio."

"Allora perché la state toccando?"

"Perché ho visto diversi indirizzi scritti in una grafia femminile."

"E in che modo ciò vi riguarda? Non potete certo accusare mio figlio di tradimento due giorni dopo il matrimonio."

"Tradimento?" ripeté Victoria con voce bassa e stupita. Buon Dio, persino il padre di lord Thurlow sapeva della sua amante? "Non lo farei mai, milord." Non aveva bisogno.

Il valletto teneva lo sguardo fisso sul pavimento e, dentro di sé, Victoria fece una smorfia al pensiero che un servitore fosse costretto ad ascoltare un bisticcio tanto personale.

"Allora che vi importa di chi corrisponde con lui?" domandò il conte.

Come spiegargli che lei era ancora terrorizzata da semplici

inviti a feste, che il pensiero di provare a ballare le provocava la nausea?

"Ho dato per scontato che uno dei miei ruoli in quanto sua moglie fosse occuparmi dell'aspetto sociale del nostro matrimonio. Pensavo che le lettere fossero inviti a feste."

"È assai probabile, ma mio figlio non vi partecipa più. Se lo avete sposato per ascendere dal punto di vista sociale, rimarrete molto delusa," aggiunse con soddisfazione il conte.

Victoria non poteva incollerirsi con lord Banstead. In fondo, aveva sposato suo figlio per una ragione ben peggiore: la sicurezza garantita dal denaro del visconte. Non aveva alcun diritto di sentirsi offesa perché il conte non la apprezzava. Tuttavia, non le veniva in mente un modo per modificare l'atteggiamento dell'uomo.

Invece, si concesse di pensare a lord Thurlow. Dunque, il padre del visconte non sapeva che suo figlio aveva cominciato a frequentare dei popolani. Eppure, lord Thurlow non partecipava mai agli eventi del *ton*? Victoria non si stupiva, per via delle voci di scandalo legate al nome della famiglia del visconte. Doveva essere più facile per lord Thurlow avere a che fare con ricchi dirigenti ferroviari, più interessati al suo denaro che ai pettegolezzi. Non c'era da stupirsi che il visconte non avesse trovato una sposa all'interno del *ton*. Il rapporto dell'uomo con la propria classe sociale sembrava molto enigmatico. Tuttavia, Victoria non si sentiva a suo agio all'idea di chiedergli spiegazioni in merito. Aveva la sensazione che l'uomo fosse troppo orgoglioso.

"Milord, l'ascesa sociale non è il motivo per cui ho sposato vostro figlio," disse Victoria. "E dato che siete a conoscenza del mio passato, di certo saprete che non sono abituata all'alta società. Non posso sentire la mancanza di ciò che non ho mai conosciuto." E a se stessa, Victoria ammise un senso di sollievo all'idea di non doverlo scoprire. Se lord Thurlow non voleva socializzare con il *ton*, a lei andava benissimo.

"Questo lo dite voi," disse il conte, lanciando un'occhiata al valletto alle sue spalle. L'uomo si fece avanti per spingere lentamente la sedia a rotelle verso Victoria.

Victoria rimase ferma. Sua madre stava fissando intensamente il conte, mentre un'espressione severa le si allargava sul viso. Victoria non poteva permettere che la mamma dicesse qualcosa di cui entrambe si sarebbero pentite.

"Milord, farò del mio meglio per essere la moglie di cui vostro figlio ha bisogno."

Il lento rollio della sedia portò il conte oltre le due donne.

"Questo non sarà mai possibile," disse con freddezza l'uomo.

Il valletto spinse il conte lungo il corridoio e attraverso la porta della camera di lord Banstead, che chiuse alle sue spalle.

"Che uomo terribile a parlarti in modo tanto abominevole!" esclamò la madre di Victoria.

"Lo so. È anziano e malato. Ci vorrà del tempo per... per..."

"Sei troppo gentile, Victoria." Sua madre la scrutò negli occhi. "E di questo sono orgogliosa."

Victoria scacciò lacrime di gratitudine. "Vieni, mamma. Andiamo a salutare Louisa e Meriel."

QUANDO DAVID TORNÒ, a metà mattina, trovò Victoria ad aspettarlo in salotto. Sua moglie era sola, cosa di cui lui fu grato. Aveva pensato che sarebbe stato più facile orientare le scelte della donna in materia di abbigliamento in assenza della madre di lei.

Victoria si alzò quando lo vide; la sua espressione era cortese ma riservata. "Sono pronta, milord."

Aveva un'aria molto compita ed elegante; ben vestita, ma senza ostentazione.

Ed era sua. Per la prima volta, David la guardò davvero e si rese conto che, finalmente, una persona gli apparteneva. Quelle emozioni lo lasciarono sconvolto e lui decise che ciò era dovuto soltanto alla frustrazione fisica generata dal procedere lento della loro intimità.

O forse si sentiva ancora in colpa per aver accolto in casa la sua amante, cosa che non aveva mai fatto in passato.

David sospirò. "Spero di non essere invadente."

Victoria sbatté le palpebre. "Ehm... No, milord. Prometto di non scoppiare in un pianto fragoroso nel caso doveste guardarmi storto."

David trattenne un sorriso. Apprezzava lo spirito di Victoria... ma d'altra parte, non lo aveva sempre fatto?

Al negozio di abbigliamento in Bond Street, David scese per primo e aiutò Victoria a scendere. All'interno, diverse clienti erano oggetto delle attenzioni della sarta e della sua assistente. Armadietti di vetro mettevano in mostra pizzi, nastri e giarrettiere. Dato che David era l'unico gentiluomo presente, si ritrovò oggetto di sguardi e risatine da parte di due giovani, palesemente sorelle a giudicare dalla somiglianza. Poi la madre delle due si voltò, avendo notato il comportamento delle figlie, e lo vide.

David percepì il momento esatto in cui la donna lo riconobbe.

"Lord Thurlow, che bello rivedervi," disse la dama, che riverì; subito dopo, le sue figlie la imitarono. Le tre donne erano colorate come pavoni, coperte di raso rosa, blu e giallo.

"Lady Augusta, che piacere," disse David, inchinandosi. Si rivolse alle figlie. "Lady Alicia, lady Athelina."

Tre sguardi identici si fissarono su Victoria.

"E questa dev'essere la vostra novella sposa," disse lady Augusta, che trasudava gentilezza e una fascinazione sottile.

"Permettetemi di presentarvi mia moglie, lady Thurlow. Costei è lady Augusta Clifford con le sue figlie, lady Alice e lady Athelina."

Le tre donne riferirono contemporaneamente e Victoria fece lo stesso con grazia semplice.

"Che astuzia coglierci tutti di sorpresa con il vostro matrimonio," disse lady Augusta. "Non avete mai dato una possibilità alle altre signore, giovinastro."

David interpretò l'affermazione come l'insulto indiretto che era.

Sorrise. "Il cuore ci conduce sempre nella direzione giusta, lady Augusta."

Victoria assistette alla scena con una sorta di fascinazione malata, nonostante si stesse sforzando di trovare qualcosa da dire. *Il cuore?*

"Anche il bene della famiglia andrebbe considerato nel prendere decisioni matrimoniali," disse lady Augusta.

Fu allora che Victoria capì che Sua Signoria voleva insinuare che *quel* matrimonio non era un bene per la famiglia Banstead. *Lo è stato per la mia*, pensò Victoria, che tuttavia non poteva certo ammetterlo. Di sicuro, tutti sapevano già che lei non aveva portato nulla al matrimonio. Persino il conte era stato pronto a farlo notare.

Suo marito guardò la dama e le sue figlie, senza dire nulla, lasciando quell'affermazione sgradevole sospesa nell'aria.

Lady Augusta fu la prima a fare un passo indietro. Si rivolse a Victoria con un sorriso stucchevole: "Lady Thurlow, come siete fortunata ad avere un marito che si interessa ai vostri vestiti. Oppure non riuscite a separarvi dal conte così presto nel vostro matrimonio?"

"Sono davvero fortunata, milady," disse Victoria. "Ho

cercato di dire a lord Thurlow che non era necessario che mi accompagnasse–"

Sentì il braccio di suo marito scivolarle attorno alla vita e tenne il sorriso appiccicato al volto, come se ciò accadesse costantemente. Ma persino lady Augusta parve sorpresa di fronte a quel gesto così intimo.

"E io ho detto a mia moglie," interruppe il visconte senza fare una piega, "che stare con lei è il momento migliore della giornata."

Quella *sì* che era una menzogna, pensò preoccupata Victoria. Perché il visconte mentiva? Non faceva altro che rafforzare in lei l'idea che le apparenze fossero più importanti della verità. E se lei non si fosse dimostrata all'altezza delle "apparenze", cosa sarebbe successo? Le "apparenze" avrebbero avuto ben poca importanza se lord Thurlow avesse scoperto la verità riguardo alla morte del padre di Victoria.

Lady Augusta la squadrò, continuando a sorridere. "In tal caso, lady Thurlow, dovreste farvi accompagnare alla modisteria più in là. Dite pure alla proprietaria che vi mando io."

Lord Thurlow tolse il braccio.

Victoria diede per scontato che lady Augusta volesse solo insultare il suo cappello, ma qualunque menzione di una modista le ricordava la signorina Lingard. Victoria era davvero gelosa di qualcosa che era accaduto prima del suo matrimonio con lord Thurlow? Cosa diceva questo riguardo ai suoi sentimenti nei confronti dell'uomo?

"Grazie per l'interesse, milady," disse, rimpiangendo di non poter usare sarcasmo.

La donna matura annuì. "Buona giornata a voi, lord Thurlow. E voi, lady Thurlow, prendete in considerazione l'idea di partecipare alla colazione che darò sabato. Sareste il centro dell'attenzione, in quanto nuova sposa. Venite, ragazze."

Victoria sospirò mentre guardava le donne uscire dal negozio. Conosceva esattamente il vero motivo per cui avrebbe attirato l'attenzione a un evento simile.

"E si chiede perché non partecipo mai," disse lord Thurlow.

Victoria lo guardò e capì che quello era un argomento di cui avrebbero dovuto discutere in privato.

Madame Dupuy li raggiunse, salivando palesemente al pensiero del denaro di lord Thurlow.

E della palese mancanza, da parte di Victoria, di un guardaroba di lusso.

Furono accompagnati nella stanza accanto, dove diverse sedie erano disposte attorno a un tavolo coperto di schizzi. Per l'ora che seguì, Victoria sedette al fianco di suo marito mentre la sarta mostrava loro schizzi di abiti e discuteva dei vari tessuti. Si era aspettata che lord Thurlow si annoiasse, ma era palese che il visconte seguiva con attenzione la discussione. Dato che era la sua generosità quella che sarebbe stata sfruttata, Victoria non poté negargli una o due piccole concessioni, anche quando pensò che i colori sarebbero stati troppo vistosi per una donna semplice come lei.

Madame Dupuy si alzò con una pila di schizzi in mano. "Lady Thurlow, ho diversi abiti della vostra taglia già pronti, nel caso gradiste averli subito a disposizione."

"Per il momento ho vestiti a sufficienza, madame," disse Victoria, alzandosi in piedi.

Lord Thurlow non si mosse ed entrambe le donne lo guardarono. "Dovresti provarli," disse.

Era esitazione quella che Victoria udiva nella sua voce?

Victoria fissò stupita il visconte. "Adesso?"

L'uomo si strinse nelle spalle. "Perché no? Potrebbero piacerti."

Ma all'improvviso, lord Thurlow sembrava a disagio, come se si fosse pentito. Perché?

Suo marito non la stava guardando negli occhi. Victoria si ritrovò a essere decisamente troppo curiosa per il proprio bene.

"D'accordo, madame Dupuy," disse lentamente, osservando suo marito.

Poco dopo, la sarta fece ritorno con le braccia cariche di abiti e spinse Victoria dietro il paravento. Victoria rimase immobile mentre la donna la aiutava a sganciarsi l'abito e lo sostituiva con uno solo imbastito. L'indumento era largo in alcuni punti, stretto in altri.

La sarta la fece voltare verso lo specchio e Victoria cercò di guardarsi in maniera obiettiva. Vide una donna arrossita, ma si rese conto che il rossore non era dovuto all'imbarazzo.

Invece, era... entusiasta all'idea di mostrarsi a lord Thurlow con indosso dei vestiti nuovi. L'idea che l'uomo guardasse il suo corpo le piaceva.

Poi venne condotta dall'altra parte del paravento. Rimase immobile mentre lo sguardo di lord Thurlow si soffermava su ogni parte di lei. Un tempo, Victoria si era sentita raggelare sotto lo sguardo fisso di quei pallidi occhi azzurri; ma ora, un tepore nacque nel suo petto, dove lui la fissò più a lungo, e si diffuse verso l'esterno a un ritmo lento e languido. Aveva trascorso gran parte della sua vita sentendosi invisibile agli occhi degli uomini. Ma ora suo marito non stava guardando attraverso di là di lei o pensando distrattamente a un impegno che lo attendeva. L'attenzione del visconte era tutta concentrata su Victoria.

E la cosa le piaceva.

Victoria si sentiva attraente, persino... sensuale. Pur essendo sempre stata considerata paffuta, quella sua caratteristica le tornava decisamente comoda quando si trattava di riempire il corpetto del vestito.

All'improvviso, fu come se una donna più ardita avesse preso il controllo della sua lingua.

"Madame Dupuy, questo è un abito da ballo," disse Victoria. "La scollatura è adeguata?"

Gli occhi sconcertati di suo marito incrociarono il suo sguardo, poi tornarono a concentrarsi dove lei li voleva.

E quello era tutto ciò che Victoria avrebbe voluto; ma madame disse: "Ah, dimenticavo. Le scollature sono più basse questa Stagione."

Sotto lo sguardo sconvolto di Victoria, la sarta si mise di fronte a lei, piegò il corpetto verso il basso e lo fermò con delle spille. Aveva un'aria divertita mentre si faceva da parte. L'aria spostata dal movimento provocò una sensazione di freddo sulla parte superiore dei seni di Victoria. Era più scoperta di quanto lo fosse mai stata.

E suo marito non riusciva a smettere di guardarla.

Forse non era poi così male essere "paffuta".

Finalmente, lord Thurlow cambiò posizione e distolse lo sguardo.

Madame Dupuy cominciò a ridacchiare. "Ah, gli sposini. E abbiamo ancora diversi abiti da provare. Questo incontra la vostra approvazione, *oui*, milord?"

"*Oui*, madame," rispose lord Thurlow, lanciando un'ultima occhiata a Victoria, con uno sguardo così caldo che lei si sentì bruciare.

Victoria provò altri quattro vestiti, tutti i quali andarono incontro all'approvazione di lord Thurlow, anche se ora l'uomo cominciava a tradire una cortese impazienza di andarsene. Victoria dovette fare un grande sforzo per trattenere un sorriso. Prese accordi per farsi consegnare i vestiti in settimana; il resto sarebbe stato spedito dopo un'ultima prova.

David ascoltò a stento le ultime istruzioni della sarta, desideroso com'era di andarsene. Sentiva un caldo terribile; gli pareva quasi soffocare all'interno dei confini chiusi del negozio. A peggiorare la situazione, dovettero oltrepassare delle nuove clienti per uscire in strada e lui risaltò in quanto unico uomo presente.

Come gli era venuto in mente di venire? Senza di lui, probabilmente, Victoria avrebbe speso molto meno del suo denaro e se la sarebbe cavata benissimo. David non aveva trovato alcun difetto nel suo gusto in fatto di abbigliamento. Ma era difficilissimo fidarsi di qualcuno, quando tutto ciò che riguardava i suoi progetti ferroviari doveva essere perfetto.

Dopo essersi accomodato nella carrozza accanto a sua moglie, cercò di non osservarla in maniera palese, ma scoprì che Victoria non voleva saperne di abbandonare i suoi pensieri. C'era una grande calma in lei, un senso di competenza. David sapeva che era stata lei a sostenere la sua famiglia durante le tribolazioni dell'anno passato.

Chi si era preso cura di lei?

David aveva denaro in abbondanza da spendere per sua moglie. Qualcun altro lo aveva mai fatto? Perdiana, Victoria aveva obbedito ed era andata in sartoria, ma non aveva nemmeno guardato i nastri esposti nelle teche. David decise che avrebbe parlato con il suo amministratore dello spillatico da destinare a Victoria.

Inalò un'ombra di profumo, un tepore di donna, e come se niente fosse, dimenticò il resto dei progetti per la giornata. Abbassò lo sguardo su quelle mani giunte con disinvoltura e si chiese cosa avrebbe fatto Victoria se lui le avesse preso la mano alla luce del giorno, invece di aspettare la sera.

Victoria inclinò la testa e lo guardò, lasciandogli intravedere i suoi magnifici occhi.

"Com'è che siete così informato sull'ultima moda, milord?" chiese.

David si ritrovò a volerle sorridere. C'era una ciocca di capelli sulla fronte della donna che aveva bisogno di essere

ravviata. Invece, lui resistette. "Ammetto che è trascorso un po'
di tempo dall'ultima volta che l'ho studiata."

"Avete un'altra occasione. Potremmo accettare l'invito a
colazione di lady Augusta."

"Conosci già la mia risposta," disse sarcastico David.

"Milord, in quanto parlamentare, di certo dovrete pur
partecipare a certe funzioni sociali."

"Non vale la pena di subire individui come quella donna."

"Dunque non si tratta solo di lady Augusta?"

David le rivolse uno sguardo accigliato. "In che senso?"

"Ho visto la pila di inviti e vostro padre mi ha detto che voi
non partecipate mai a nessun evento del *ton*."

"E così, mio padre ha deciso di lasciare la sua stanza per
importunarti?"

"La casa è sua. Può andare ovunque gli aggradi. Ma voi
state cercando di distrarmi con la scusa di vostro padre."

"Se stessi cercando di distrarti," disse David a bassa voce,
"te ne accorgeresti."

Si fissarono negli occhi a vicenda. Quelli di Victoria erano
del profondissimo colore delle violette e gli ricordavano il suo
profumo di fiori. In lei, David vedeva coraggio e determinazione. Capiva che Victoria avrebbe voluto che lui le parlasse
come faceva un tempo. Ma David non voleva che qualcuno
conoscesse dettagli simili su di lui. Condividere sentimenti
personali rendeva vulnerabili e lui non era più quel ragazzo
fiducioso.

"Milord, stavamo parlando dei vostri impegni sociali." La
voce della donna era quasi un sussurro.

E David non avrebbe voluto far altro che baciarla di nuovo.
Invece, le voltò le spalle e schioccò le redini. "Non c'è bisogno
che qualcuno si preoccupi per me, Victoria," disse vagamente.

〜

Durante il pranzo con suo marito e sua madre, Victoria guardò lord Thurlow mangiare e rifletté sulla conversazione che avevano avuto quella mattina. Ammise tra sé che avrebbe voluto conoscere di nuovo l'uomo, comprenderlo. Sapeva che la macchia sul nome di famiglia lo turbava, ma il visconte si era ritirato dalla società piuttosto che affrontarla. E dato che lei non sapeva quale fosse lo scandalo, non sapeva cosa fare per aiutare.

E David aveva bisogno del suo aiuto.

"Mamma, sono davvero contenta che tu ci abbia raggiunti oggi," disse Victoria. "Sento la tua mancanza quando mangi così spesso in camera tua."

"Ti sei appena sposata, mia cara," disse la mamma, senza guardare il visconte. "Non hai bisogno delle interferenze di tua madre."

Con sorpresa di Victoria, lord Thurlow sollevò lo sguardo su di loro. "Signora Shelby, è raro che io riesca a tornare a casa per pranzo. Sono certo che Victoria apprezzerebbe la vostra compagnia."

La madre di Victoria si chinò sul piatto, ma le parole che mormorò in seguito si udirono chiaramente. "Se volete che mia figlia si senta a proprio agio, forse dovreste parlare con vostro padre."

Victoria tossì e bevve un abbondante sorso di vino, che non fece altro che farla tossire di più. I due lacchè lasciarono la stanza, chiudendosi la porta alle spalle.

Lord Thurlow posò lentamente la forchetta e dedicò tutta la propria attenzione alla madre di Victoria. "Che cosa ha detto mio padre a Victoria?"

"Nulla," si affrettò a dire lei.

"Ha insultato mia figlia," proseguì sua madre con calma determinazione.

Victoria spostò lo sguardo tra i due, quindi si concentrò sul lord Thurlow, il cui volto mostrò per un attimo rabbia prima che lui intrappolasse il sentimento sotto la maschera di cordialità che indossava sempre. Quella piccola esplosione di emotività la lasciò ammutolita, spingendola a chiedersi cosa lui le nascondesse. Da bambino, il visconte si era celato dietro la fantasia che era Tom, e ora lei cominciava a pensare che avesse padroneggiato fin troppo bene l'arte dell'inganno.

Lord Thurlow si rivolse a Victoria. "Che cosa ha fatto mio padre?"

"Milord, davvero, lui non mi conosce."

"Un motivo in più per comportarsi in maniera civile."

Victoria non poté fare altro che mordersi il labbro, incerta se fosse il caso di mettersi fra suo marito e il padre di lui.

Ma sua madre, un tempo tanto schietta, sembrava impegnata nel tentativo di tornare quella di un tempo. "Milord, vostro padre ha insultato mia figlia, quasi che passare in rassegna la posta non fosse suo diritto in quanto padrona di casa."

Santi numi, pensò Victoria, speriamo che mia madre non menzioni le parole del conte riguardo alla relazione clandestina di lord Thurlow.

Ma sua madre si limitò a concludere con: "E l'ha accusata di essersi sposata per ascendere dal punto di vista sociale, come se ciò fosse peccato invece di qualcosa che la maggior parte delle ragazze dovrebbe fare per il bene della sua famiglia."

"Mamma, per favore, basta. Sappiamo tutti esattamente perché ho sposato lord Thurlow."

Lord Thurlow sospirò. "Signore, permettetemi di chiedere scusa per il comportamento di mio padre. La malattia non lo giustifica."

E Victoria aveva sperato di portare l'armonia fra padre e

figlio? Avrebbe dovuto mettere in chiaro a sua madre che non aveva bisogno di essere difesa.

Lord Thurlow posò con cura il fazzoletto e si alzò in piedi. "Victoria, ho diverse faccende da sbrigare nel mio studio. Buon pomeriggio."

Victoria lo fissò mentre si allontanava, quindi tornò a guardare sua madre, che continuò a mangiare in tutta calma con rinnovato appetito.

"Mamma, sai che lord Thurlow e suo padre sono in contrasto. Non c'era bisogno che gli raccontassi del nostro battibecco con il conte. Lo hai costretto ad allontanarsi dalla sua stessa tavola."

"Tu hai bisogno di essere protetta, cara, e io sono lieta di poterlo fare."

Victoria sentì freddo al ricordo degli ultimi anni. "Ma mamma–"

"Ti prometto che tutto si risolverà, Victoria. Anche lui imparerà a proteggerti. Aspetta e vedrai."

NOVE

David cercò di concentrarsi sulla lettera che stava scrivendo al ministro degli Esteri, ma fu interrotto dallo spalancarsi inatteso della porta.

L'infermiera Carter, una donna alta e robusta, spinse la sedia a rotelle di suo padre nella stanza, senza incrociare lo sguardo di David.

David raddrizzò la schiena e cercò di dedurre l'umore di suo padre. Il conte aveva un'aria soddisfatta che lo lasciò confuso.

"Padre, ancora una volta non avete pranzato con noi. Piuttosto sgarbato, non credete?"

Il conte si guardò alle spalle. "Infermiera Carter, potete lasciarci. Aspettate fuori dalla porta. Vi chiamerò io."

Una volta che furono soli, il conte trascorse un momento a osservare David, come se stesse aspettando qualcosa. David tacque, per quanto gli sarebbe piaciuto molto dire al conte cosa pensava del modo in cui questi aveva trattato Victoria. Ma ciò non avrebbe fatto altro che aggravare l'ostilità del vecchio.

L'incontro con lady Augusta aveva fatto sì che David si

rendesse conto che ora anche Victoria avrebbe pagato per i peccati di suo padre. Non era giusto.

"Immagino che la ragazza sia corsa a raccontarti ciò che è successo," disse il conte.

David rise senza la minima allegria. "Victoria è troppo buona per quello. È stata sua madre a fare la cosa giusta, riferendomi del vostro comportamento offensivo."

"E così, la vecchia arpia ha un po' di spirito combattivo. L'ho vista aggirarsi per casa come uno spettro. Ha ottenuto esattamente ciò che voleva, vero? Una figlia contessa."

"Viscontessa," precisò David.

"Ancora per poco, no? Presto, tutto sarà suo."

"Smettetela." David si recò alla finestra e fissò i giardini, con le mani strette dietro la schiena, cercando una misura di pace che di solito non riusciva a trovare in presenza di suo padre. "Tutte le volte che discutiamo, voi tirate fuori la vostra futura morte per usarla contro di me. Non funziona mai."

"Forse no, ma mi fa sentire meglio," disse il conte, la cui voce tradiva una fatica che mostrava di rado.

David si voltò verso di lui. "Perché siete venuto a parlarmi di questo argomento? Ho chiesto scusa per conto vostro. Ora voi potete fare la vostra parte e lasciare in pace Victoria."

"Se anche l'ho offesa, almeno ora tu sai come mi sentivo quando offendevi la mia Colette."

David si irrigidì e la rabbia che aveva cominciato ad assalirlo si sciolse nella freddezza gelida che viveva perennemente all'interno del suo cuore. "Non ho mai offeso la vostra amante."

"Non direttamente, ma lei conosceva i tuoi sentimenti. La facevano piangere. E ora è morta e tu non puoi più chiederle scusa. Non sei riuscito nemmeno a consolarmi al suo funerale."

Chiudendo gli occhi, David si strinse il ponte del naso. Non voleva rivivere i mesi successivi alla morte di sua madre, quando suo padre aveva trovato un'amante e aveva trasferito quella donna volgare in casa sua, sotto lo sguardo attonito dell'intero *ton*.

David mantenne la voce ferma. "Se non siete in grado di comportarvi in maniera civile con Victoria, non lasciate la vostra stanza quando lei è in giro per la casa."

Suo padre lo fissò, con un sorriso amaro che gli sollevava un angolo della bocca. "Quella donna ti ha già stregato? C'è voluto poco. Non è saggio concedere tanto potere a una donna, ragazzo. Ti spezzerà il cuore."

"Parlate per esperienza," sbottò David.

Ebbe l'impressione di aver visto suo padre sussultare, ma non volle crederci.

"Fa' il tuo dovere e dammi un nipote," disse il vecchio.

"Con il vostro modo di comportarvi, vi state assicurando che Victoria non permetta a nostro figlio di avvicinarsi a voi."

Suo padre rimase di sasso e gli rivolse uno sguardo gelido. "È una minaccia, David?"

"No, una semplice previsione."

"La ragazza non può già essere in attesa, vero? È per questo che hai sposato quella cosina scialba?"

David pensò a Victoria incinta di suo figlio e qualcosa nel profondo di lui si raffreddò. Raggiunse a grandi passi la porta. Con la mano sulla maniglia, si lanciò alle spalle: "A differenza vostra, mi sono controllato."

Non attese di udire la replica; si limitò ad aprire la porta e a chiamare l'infermiera Carter.

Una volta che suo padre se ne fu andato, David iniziò a camminare in cerchio per il suo studio. Suo padre aveva ferito Victoria... ma lo aveva fatto anche lui.

Non era stata sua intenzione. Eppure, il giorno prima, aveva permesso alla sua amante di entrare in casa.

Anche suo padre aveva portato a casa un'amante.

David era inquieto al pensiero che ciò che era accaduto con Damaris e Victoria potesse essere anche solo lontanamente simile a quando suo padre aveva portato Colette a vivere con loro.

Eppure, se una persona che non fosse Victoria avesse scoperto Damaris in casa sua, sarebbe potuto facilmente nascere uno scandalo tremendo. Quanto era arrivato vicino a essere il centro della controversia, invece che il figlio innocente?

DURANTE IL VIAGGIO in carrozza fino a casa Bannaster, Victoria cercò di placare il nervosismo. Aveva pranzato con alcune di quelle persone, ma ciò non la faceva sentire meglio. Lord Thurlow le aveva detto che ci sarebbero state altre undici coppie: ventidue persone! Victoria dava per scontato che la signorina Lingard non sarebbe stata presente, dato che non era dirigente della ferrovia.

Victoria era ancora turbata a tal punto dal fatto che suo marito avrebbe potuto incrociare l'ex-amante per motivi di affari.

Casa Bannaster era più grande persino della dimora di lord Thurlow e Victoria sapeva che il signor Bannaster doveva aver fatto degli investimenti di grande successo per potersela permettere. Il salotto in cui vennero accompagnati era grande abbastanza da poter essere usato come sala da ballo, ma invece una dozzina di coppie socializzava fra gruppi di mobili sparpagliati per la stanza sotto soffitti affrescati.

Dopo aver incontrato i Bannaster, furono accolti dagli Hutton, che avevano organizzato il famoso pranzo, e presto lord Thurlow si allontanò con il signor Hutton, lasciando Victoria in compagnia della moglie.

La signora Hutton presentò Victoria alle altre mogli e lei si ritrovò nel bel mezzo di un gruppo amichevole. Le sue paure che la vecchia, timida lei riemergesse si rivelarono infondate e Victoria cominciò a divertirsi. Quando emerse l'argomento del cucito, ebbe persino molte cose da dire.

Durante una pausa nella conversazione, la padrona di casa, la signora Bannaster, rivolse la parola a Victoria, parlando con un vaghissimo accento di una sezione molto povera di Londra.

"Lady Thurlow, non so se ricordate, ma ci siamo conosciute tanti anni fa."

Victoria osservò la donna matura. "Mi dispiace, non ricordo."

"Eravate molto piccola, più vicina alle mie figlie che a me. Ma volevo dirvi quanto sono colpita che siate diventata una giovane donna così bella."

Victoria lanciò un'occhiata attraverso la stanza, a suo marito, sapendo cosa di sicuro pensavano le altre riguardo al suo matrimonio con un nobile.

"No, milady, avete frainteso," disse la signora Bannaster. "Ricordo che eravate una ragazza tanto timida, che sembrava avere paura di parlare con le donne, figurarsi con gli uomini."

Victoria arrossì.

La signora Bannaster le mise una mano sul braccio. "Per favore, non sentitevi in imbarazzo. Il modo in cui avete sconfitto la vostra debolezza è ammirevole. Una delle mie figlie è molto timida. Vi porterò come esempio per lei."

"Signora Bannaster, per favore, non credo di essere un esempio per nessuna," disse Victoria. "Siete tutte molto gentili con me, ma come ben sapete, è la vita a farci maturare. E il dover affrontare situazioni impreviste."

Tutte la guardarono con grandissima benevolenza. Ovviamente, sapevano che suo padre era morto lasciando la famiglia in miseria. Ma non sembrava che la giudicassero per quello e

Victoria ne era grata. Sapeva che con il *ton* non sarebbe andata così.

"E come stanno le vostre sorelle?" chiese la signora Wilton.

La donna era molto più vicina all'età di Victoria e aveva persino un che di familiare.

"Conoscevo bene Louisa," disse la signora Wilton. "È una giovane molto dolce."

"Grazie," disse Victoria.

Spiegò le posizioni assunte dalle sue sorelle, aspettandosi di ricevere compassione; ma ancora una volta, quelle donne la sorpresero, mostrando un interesse genuino nelle vite di Louisa e Meriel. Perché Victoria aveva impiegato tanto tempo a rendersi conto che quelle donne avevano moltissime cose in comune con lei? Alcune dovevano aver cominciato in circostanze difficili prima che i loro mariti acquisissero potere grazie a investimenti di successo. Forse lord Thurlow apprezzava la compagnia dei mariti per lo stesso motivo: quegli uomini erano gran lavoratori, che ricordavano le loro origini e non si ponevano al di sopra degli altri.

Pensare a suo marito la spinse a cercarlo tra la folla. Lord Thurlow non era difficile da individuare, essendo l'uomo più alto nella stanza. Trascorreva diversi minuti con un certo gruppo di uomini, per poi spostarsi al successivo. Victoria non aveva mai notato quanto fosse... aggraziato (se tale aggettivo poteva essere usato per descrivere un uomo), come ogni muscolo del suo corpo si muovesse con precisione e decisione. Avrebbe dovuto essere goffo o sgraziato, e invece... invece, guardandolo camminare, Victoria provava sensazioni strane.

Le sue guance si scaldarono quando le tornò in mente che era con lei che l'uomo sarebbe tornato a casa quella sera.

La signora Wilton si avvicinò per prenderla a braccetto. "Sapete, milady, mio marito, il signor Wilton, apprezza lavorare con lord Thurlow. È difficile credere che vostro marito provenga da una famiglia molto più altolocata delle nostre. Che peccato."

Victoria si acciglò. "In che senso?"

"Voglio dire, è un vero peccato che la sua gente non voglia avere nulla a che fare con lui."

Victoria sentì freddo mentre si guardava attorno nel cerchio delle donne. La signora Bannaster le rivolse un'occhiata di solidarietà, ma un paio di donne a cui Victoria non era stata ancora presentata si scambiarono espressioni soddisfatte. Sebbene la maggioranza apprezzasse lord Thurlow, c'era sempre qualcuno che amava assistere alla caduta dei potenti.

Victoria sentì il bisogno di difendere suo marito. "Non è vero, signora Wilton. Mio marito riceve inviti ogni giorno. Ma sceglie di partecipare solo agli eventi di suo gradimento, come questa splendida festa del signor Bannaster."

La padrona di casa si illuminò. "Siete molto dolce, cara, ma sappiamo tutte che i nostri mariti si sono incontrati anche per motivi di affari. Dopo cena, rimarremo senza di loro almeno per ore. La Souther Railway è prossima a un punto di svolta."

Tutte le altre donne annuirono in segno di assenso; alcune mostravano entusiasmo, altre nervosismo. E ancora una volta, Victoria ricordò com'era sentirsi isolata... perché suo marito non le aveva confidato nulla.

La signora Bannaster sospirò. "La fine è vicina, signore... o per meglio dire, l'inizio. Lady Thurlow, vostro marito è stato gentilissimo a offrire Banstead House per l'ultimo incontro. Sono certo che renderà l'evento qualcosa di memorabile."

Victoria sorrise e annuì, e usò ogni granello della sua forza di volontà per trattenere le lacrime che le bruciavano gli occhi. "Chiedo scusa, signore; devo parlare con lord Thurlow."

"Ah, gli sposini," disse ridacchiando la signora Wilton.

Non era quello che aveva detto la sarta? Ma ciò non significava nulla nel contesto del matrimonio di Victoria. Lei stava negando a lord Thurlow i diritti che gli spettavano in quanto marito... e lui le stava negando un vero posto nella sua vita.

Victoria attraversò il salotto, annuendo e sorridendo come era doveroso alle persone che incrociò. Lord Thurlow stava parlando con altri due uomini, per cui lei aspettò dove l'uomo poteva vederla. Quando finalmente Victoria attirò l'attenzione di suo marito, lord Thurlow le sorrise con un entusiasmo senza precedenti. Ma Victoria sapeva che quel sentimento non era rivolto a lei, ma agli affari della Southern Railway.

Era gelosa di un investimento?

"Milord, posso parlarvi in privato?"

"Certo."

Lord Thurlow si scusò con gli altri uomini, quindi prese Victoria a braccetto.

"Qualcosa non va?" chiese.

Ma mentre parlava, l'uomo non guardava lei. Il suo sguardo era rivolto ai dirigenti della ferrovia e al successo di qualunque cosa fosse davvero quell'evento.

Victoria sospirò. "C'è un luogo in cui possiamo restare da soli per qualche minuto?"

Ora aveva la sua attenzione. L'uomo la guardò con un principio di cipiglio preoccupato.

"Certo. So dov'è la biblioteca."

Lord Thurlow accompagnò Victoria fuori dalla stanza e presto il rumore di due dozzine di persone che parlavano tutti assieme svanì. La biblioteca era in fondo al corridoio e, una volta che vi furono entrati, lord Thurlow chiuse la porta e vi appoggiò la schiena.

"Cosa c'è, Victoria?"

Victoria guardò le migliaia di libri disposti lungo le pareti dal pavimento al soffitto. Non sapeva da dove cominciare, come far sì che lord Thurlow capisse senza farlo arrabbiare.

Ma lei era già arrabbiata a sufficienza per entrambi.

Decise di essere diretta. "Ho appena appreso che daremo una festa per i dirigenti della vostra ferrovia."

L'uomo annuì. "Era in programma da molto prima del nostro fidanzamento. Il mio amministratore ha tutto sotto controllo."

"Ma sarò io la padrona di casa. È uno dei motivi per cui mi avete sposata. Ho ragione?"

"Questo vale per qualunque moglie, Victoria. Stai dicendo che avrei dovuto ricordarmi di dirti della cena."

"Sì. Di solito è la moglie a organizzare questo tipo di eventi, non l'amministratore. Avrei gradito aiutarvi con qualcosa che *so* fare."

Lord Thurlow giunse le mani dietro la schiena. "Una cosa del genere non è mai accaduta in casa mia, dato che mia madre era molto malata."

La rabbia di Victoria scivolò via. "Mi dispiace. Non mi ero resa conto—"

"Non ti metto di proposito in situazioni come questa," disse l'uomo.

Il suo sguardo era sincero mentre la fissava. Le faceva venire voglia di credere a tutto ciò che diceva. Victoria sarebbe stata felice di sciogliersi nel suo abbraccio—

E in quel modo, lord Thurlow se la sarebbe cavata senza dover dare ulteriori spiegazioni. Victoria fece un passo indietro e l'uomo spalancò gli occhi. Sapeva quanto era facile per il suo volto far vacillare una donna?

"Ho altre domande, milord. Tutte quelle donne sanno della Southern Railway, ma io no. Pensavo che fosse solo un investimento, ma non può essere così."

"All'inizio lo era," disse lord Thurlow, che iniziò a camminare avanti e indietro di fronte a lei. "Ma ho scoperto che apprezzo il settore ferroviario, per i motivi che ti ho spiegato quando ti ho portata all'ufficio per la prima volta."

"È il futuro dell'Inghilterra; questo lo capisco. Ma perché investire non era sufficiente per voi?"

"Perché, quando ho ottenuto la maggioranza delle azioni, mi è venuto in mente che avrei potuto pensare più in grande. Ci sono dozzine di ferrovie in Inghilterra, ciascuna delle quali gestisce la sua piccola linea con la sua misura di binari, il suo piccolo regno. Tu non hai mai viaggiato in treno, per cui non puoi capire. Spesso, una volta arrivati in una città, bisogna scendere dal treno, attraversare l'abitato in carrozza e salire a bordo di un altro treno, che appartiene a un'altra compagnia ferroviaria. La perdita di tempo è ridicola."

"Ma di certo il treno in sé fa risparmiare molto tempo."

"Sì, ma il sistema potrebbe essere più efficiente, soprattutto per quanto riguarda il trasporto delle merci. Per cui, il consiglio di amministrazione della ferrovia, che presiedo in via non ufficiale, ha elaborato un piano audace. Acquisiremo altre tre ferrovie nel sud dell'Inghilterra e le fonderemo in un'unica compagnia. Tutte avranno gli stessi binari e ogni linea sarà accessibile senza dover scendere dal treno."

"È un piano solido," disse Victoria, anche se dentro di sé era sempre più preoccupata riguardo alle conseguenze del coinvolgimento di un pari in un'azienda. "Ma perché tutta questa segretezza? Mi rendo conto che non potete permettere ai vostri pari di sapere che siete coinvolto negli affari. Sarebbe uno scandalo. È tutto qui?"

"Solo in parte," rispose lord Thurlow, arrestando il suo cammino di fronte a lei. "C'è un altro uomo, il signor Norton, il proprietario della Channel Railway. È in trattativa con alcune delle compagnie che voglio acquisire. I dirigenti e io possediamo già delle azioni in ciascuno dei nostri bersagli, ma non sono ancora sufficienti. Non vogliamo che lui capisca quello che stiamo facendo, altrimenti rischieremmo che cercasse di acquistare le altre compagnie prima che possiamo farlo noi. Se quelle ferrovie venissero a conoscenza del suo interesse, il prezzo potrebbe aumentare in maniera eccessiva."

"Sembra rischioso," disse Victoria.

L'uomo si strinse nelle spalle. "Ho investito un capitale notevole, ma nulla che non possa permettermi di perdere. In questo periodo, le mie tenute fruttano rendite considerevoli."

Ma non era quello ciò che intendeva Victoria. Se tutto ciò fosse emerso, lord Thurlow avrebbe rischiato il suo futuro all'interno del *ton*. Victoria sapeva che il lavoro del visconte in Parlamento era importante per lui. Ma alla morte del padre, quando lord Thurlow sarebbe passato alla Camera dei Lord, come avrebbe potuto trattare con gli altri pari se loro non l'avessero considerato un gentiluomo a causa dei suoi affari?

Ma Victoria era solo la moglie di lord Thurlow; non spettava a lei dirgli ciò che di sicuro lui già sapeva.

A lei spettava solo preoccuparsi.

"Hai capito, Victoria?" chiese il visconte.

Victoria annuì. Cos'altro poteva fare?

L'uomo sorrise. "Sei la moglie perfetta," disse, infilandosi la mano di lei sottobraccio mentre la riaccompagnava in salotto.

La moglie perfetta?

Mentre lord Thurlow la lasciava per raggiungere gli altri dirigenti, Victoria rifletté su quella frase. Presto, le tornò in mente: un tempo, aveva scritto a lord Thurlow nel loro diario la descrizione di quella che pensava sarebbe stata la Moglie Perfetta per l'uomo.

All'epoca, Victoria aveva dato per scontato che quella donna non sarebbe mai stata lei. Aveva pensato che la moglie perfetta di "Tom" sarebbe stata coraggiosa e avventurosa quanto lui... quanto lord Thurlow. Il visconte stava entrando nel mondo dell'industria come un esploratore, il primo della sua schiatta a cimentarsi in qualcosa di nuovo.

E tutto ciò che lei poteva fare era preoccuparsi. Bella moglie perfetta.

~

IL COCCHIERE fermò la carrozza davanti a Banstead House molto prima di mezzanotte. David aveva apprezzato il viaggio, perché Victoria si era addormentata contro la sua spalla. Il peso caldo della donna gli fece pensare a un genere di intimità più piacevole. Quando la accompagnò nella camera da letto di lei, Victoria aveva un'aria così assonnata da spingerlo a chiedersi se fosse il caso di non disturbarla ulteriormente.

Ma David era egoista. Tutte le volte che aveva intravisto Victoria dall'altra parte della stanza durante la cena, aveva pensato al momento in cui sarebbe stato di nuovo da solo con lei. Aveva pensato a quel vestito che le aveva visto provare e al modo in cui esso dava ai seni di lei un'aria così toccabile, così gustosa...

David andò in camera sua prima che gli venisse in mente di sollevare Victoria fra le braccia. Il suo valletto aveva preparato il letto e lasciato le candele accese, ma si era ritirato da tempo, sapendo che David preferiva lavarsi la mattina e prepararsi per la notte da solo.

Soprattutto quando c'era la possibilità che non si addormentasse subito.

Fissò la porta che collegava la sua stanza a quella di Victoria mentre si strappava di dosso il fazzoletto e lasciava cadere la giacca su una sedia. Normalmente, era molto attento all'ordine per quanto riguardava il suo abbigliamento, ma quella notte si sentiva... irrequieto.

Si tolse il gilet e lo lanciò in un angolo, provando una certa soddisfazione.

Fissò la porta chiusa, consapevole che, a causa della

proposta da lui stesso avanzata durante la prima notte di nozze, Victoria gli era altrettanto chiusa.

Ma David voleva farla gemere e sapere che quei gemiti erano per lui. Voleva che Victoria diventasse sua moglie per davvero, in modo che non ci fosse più incertezza fra di loro. Di certo, allora lei avrebbe capito che poteva fidarsi di lui.

Ma fino a quel momento, David non aveva fatto un buon lavoro.

Le sue intenzioni erano buone; semplicemente, continuava a dimenticarsi di informarla. Sapeva che non le stava facendo deliberatamente del male, ma lo sguardo negli occhi di Vitoria quella sera, quando si era resa conto che tutte le altre donne sapevano dei progetti ferroviari...

Tenendo i pantaloni addosso, David indossò la vestaglia sul petto nudo. Si appoggiò alla porta di Victoria e udì lo scorrere dell'acqua. Spontanea gli si presentò alla mente l'immagine di lei immersa nel bagno, il corpo nudo che luccicava, i capelli che le ricadevano attorno sulle spalle nude con quelle piccole fossette. David avrebbe voluto offrirsi di spazzolarle la schiena, per poi farle scivolare le mani sul davanti e—

Si staccò dalla porta e scosse la testa per allontanare quei pensieri sciocchi. Cos'era, un ragazzino in attesa della sua prima donna? Si recò al catino e si spruzzò dell'acqua fredda sul viso.

Alla fine, bussò alla porta di Victoria. Per diversi istanti ci fu silenzio assoluto.

"Un momento solo," rispose la donna con voce roca.

David si stupì della sua stessa impazienza: in fondo, non avrebbe visto nemmeno un lembo di pelle nuda. E poteva darsi che Victoria fosse ancora furiosa con lui. Ma David non poteva ignorarla.

"Venite, milord."

David entrò nella stanza di Victoria e fu subito raggiunto

da quel profumo particolare: l'odore del sapone al gelsomino dalla vasca che andava raffreddandosi vicino al fuoco, il calore del caminetto e, finalmente, il profumo della stessa Victoria, così inusuale da impedirgli di identificarlo.

Quella notte, la donna era in piedi vicino al caminetto; come sempre, il più lontano possibile dal letto. Indossava la solita vestaglia, cinta in vita. La veste metteva in risalto il suo fisico procace, scivolando sui suoi fianchi con linee di seta color crema. Sopra la fusciacca, la seta si allargava sui seni, incontrandosi all'altezza della gola. David riusciva a vedere il battito pulsare poco sopra la scollatura. Il suo sguardo salì fino al punto in cui Victoria si stava umettando le labbra. Il guizzo della lingua della donna lo fece indurire ancora di più, cosa che lui non avrebbe mai creduto possibile. Le ciglia di Victoria erano pudicamente abbassate, ma la donna gli lanciò un'occhiata furtiva con occhi che brillavano viola nella luce bassa. Per un attimo, David rimase di sasso, ammaliato dalla loro luce.

Come lo avrebbe guardato Victoria se lui avesse insistito per qualcosa di più quella notte, se l'avesse stesa su quel grande letto e...?

Ma se avesse fatto così, David l'avrebbe delusa di nuovo, infrangendo il loro accordo.

Victoria lo guardò accigliata, le sopracciglia bionde che persero quell'arco delicato. Da quando David era così affascinato dal suo aspetto?

"Milord?" mormorò Victoria con incertezza. "Devo far portare un bicchiere di vino? O di brandy?"

David scosse la testa mentre sfiorava l'estremità della fusciacca che penzolava dalla vita di Victoria. La donna si morse il labbro, un gesto familiare che attirava sempre l'attenzione di David sulla bocca piena. David tirò più forte di quanto avrebbe voluto, senza rendersi conto che la fusciacca era annodata. Victoria barcollò verso di lui e gli mise una mano sul petto per non cadere. Senza pensare, David abbassò la testa fino a inalare il profumo umido e fragrante dei capelli della donna. Mise la mano su quella di lei e se la tenne al petto... solo per rendersi conto di ciò che il suo cuore martellante avrebbe tradito.

La lasciò andare e Victoria fece un passo indietro, il viso tinto della consueta sfumatura di rosa.

"Perdonatemi, milord; non mi aspettavo—

David guidò le mani di Victoria lontano dalla vita di lei e attaccò personalmente il nodo. Il dorso delle sue dita sfiorò il ventre della donna e lui la sentì prendere bruscamente fiato, vide il modo in cui teneva lo sguardo distolto. Poi la fusciacca ricadde e le pieghe della vestaglia scivolarono via dalle curve dei seni. Se solo Victoria non avesse indossato nulla sotto... Ma così non era.

David sollevò le mani per slacciare la singola fibbia alla gola della donna e finalmente Victoria incrociò il suo sguardo. Continuava ad assomigliare a un cervo i cui occhi brillavano nel guardare David... ma non per la fiducia.

La fibbia si aprì e David spalancò la vestaglia, lasciandola ricadere dalle spalle di Victoria. L'indumento scivolò via dalle braccia della donna per ammucchiarsi a terra. Naturalmente, Victoria indossava un indumento a maniche lunghe ed era coperta da capo a piedi, ma il tessuto era così sottile che David poteva vedere i suoi capezzoli e guardarli inturgidirsi per il suo solo sguardo. Victoria respirava così forte che tutto tremava.

DIECI

Victoria si sentiva in trappola sotto lo sguardo fisso di suo marito; nuda, pur indossando la camicia da notte. Lord Thurlow la stava fissando come se potesse vedere attraverso l'indumento e lei rimpianse di non avere la protezione di un corsetto. Non riconosceva il suo stesso corpo quella sera, da tanto esso doleva per la vicinanza dell'uomo.

Aveva sentito il cuore di lord Thurlow battere sotto il suo palmo, alla stessa velocità folle del suo. L'uomo non indossava la camicia sotto la vestaglia e il triangolo di pelle nuda sotto la gola attirava costantemente lo sguardo di Victoria. Di conseguenza, lei rimase immobile e attese. Quando l'uomo non disse nulla, lei sollevò finalmente lo sguardo. L'avrebbe toccata? L'avrebbe baciata di nuovo?

Ma poi, da qualche parte nelle profondità della casa, giunsero lo sbattere di una porta e il singhiozzo rauco di una donna.

Lord Thurlow fece un passo indietro e imprecò sonoramente. "Vai a letto. Me ne occupo io."

"Ma cos'è stato?" chiese Victoria, seguendo l'uomo mentre questi si recava alla porta.

"Mio padre."

Poi, lord Thurlow uscì nel corridoio buio senza nemmeno una candela a illuminargli la strada. Victoria esitò. Il conte avrebbe voluto vederla in un momento di agitazione? La sua presenza avrebbe rischiato di peggiorare la situazione? Oppure Victoria avrebbe potuto rendersi utile? Per un lungo istante, avrebbe voluto rimanere dov'era, evitare il confronto che sapeva possibile. Ma aveva trascorso una vita a farlo e ciò aveva avuto come unica conseguenza quella di renderla una persona a cui era più facile mentire.

Scelse di disobbedire a suo marito. Indossò la vestaglia, prese un candelabro e lo seguì.

La casa si stava risvegliando. Victoria avrebbe dovuto sentirsi ridicola con indosso gli abiti da notte, ma tutti gli altri erano vestiti in modo simile mentre scendevano dagli alloggi della servitù, situati al piano più alto della casa. Victoria vide il capocuoco, il maggiordomo, due lacchè e diverse cameriere. La servitù si era radunata all'ingresso, come se attendesse ordini. Victoria cominciò a farsi strada, ma quando i servitori la riconobbero si fecero da parte, lasciandola sola al centro della stanza.

Smith il maggiordomo si inchinò con eleganza, come se indossasse la livrea invece di una vestaglia. Aveva messo frettolosamente la parrucca bianca, che era leggermente storta. "Milady, perdonate il disturbo."

"Capita spesso?" chiese Victoria, posando il candelabro.

"Occasionalmente, milady."

"E di solito è mio marito a occuparsene?"

Questa volta, il maggiordomo esitò. "No, milady. È compito del valletto o dell'infermiera del conte."

"Allora chi è che stava piangendo?"

"L'infermiera."

"Oh." Victoria raddrizzò le spalle. "Può darsi che ci sia bisogno della mia assistenza."

Smith spalancò gli occhi. "Ma milady–"

Victoria lo oltrepassò e percorse il corridoio fino alle stanze del conte. L'infermiera era fuori dalla porta, tutta sola, a singhiozzare in maniera pietosa. Ecco una persona che Victoria poteva aiutare, pensò con sollievo.

"Infermiera Carter," disse, posando una mano sul braccio tremolante della donna. "Ditemi cosa è successo. Non può essere tanto grave."

La donna alta si circondò con le braccia mentre le lacrime le scorrevano incontrollate sul viso. "Ho cercato di aiutarlo, milady, davvero. Ma quando gli fanno male le gambe, non c'è niente che lo aiuti e lui si arrabbia moltissimo. Vi prego, milady, io faccio quello che posso. Non voglio perdere il lavoro!"

"Sono certa che il vostro posto di lavoro non sia a rischio. Penserà a tutto lord Thurlow."

Ma la donna scoppiò nuovamente a piangere. "Milady, è colpa mia se siamo arrivati a questo punto. Lord Thurlow non deve *mai* pensare a queste cose. Il conte si arrabbia solo di più!"

Victoria si accigliò mentre dava un ultimo colpetto d'incoraggiamento all'infermiera, poi si avvicinò alla soglia della stanza. Un vassoio e il suo contenuto giacevano sparsi sul pavimento, tra il conte e suo figlio. Un servitore, in ginocchio fra i due, stava pulendo con le spalle curve e l'aria di chi sarebbe svanito nel nulla, se avesse potuto.

Lord Thurlow, di profilo rispetto a Victoria, fissava il padre. Frustrazione e rabbia si contendevano il predominio sull'espressione del visconte, in luogo della sua consueta maschera di piacevolezza.

"Padre, dovete smettere di tormentare la servitù." La voce del visconte era spaventosamente controllata.

"Posso fare quello che voglio con loro," disse ad alta voce lord Banstead. "Tu non sei ancora il conte."

Victoria vide la sofferenza e il debito di sonno incisi sul volto segnato dell'anziano. Per la prima volta, provò compassione per lui. Non aveva idea di cosa significasse fronteggiare una morte imminente, perdere il controllo su tutto ciò per cui si era lavorato, su tutto ciò che dava piacere.

Lord Thurlow strinse le mani dietro la schiena. "Non ho mai detto di essere il conte, ma qualcuno deve pur governare la casa e voi rifiutate di farlo."

"Stai dicendo che non so governare ciò che mi appartiene?"

"Ma vi ascoltate? Non siete un re i cui desideri devono essere esauditi."

"Ma merito il rispetto che mi è dovuto. Si può sapere cosa sta succedendo?"

Lord Thurlow sospirò. "Non so cosa vogliate dire."

"Tu non partecipi mai alle feste. E tuttavia, questa sera, hai portato tua moglie a una cena. Qualcosa è cambiato."

"Padre, non sapevo che i miei programmi necessitassero della vostra approvazione."

Non vista, Victoria fissò i due con gli occhi sbarrati. Lord Thurlow le aveva chiesto di non rivelare al padre i suoi progetti ferroviari. Probabilmente, farlo avrebbe provocato ulteriori litigi.

Si allontanò dalla soglia quando udì la signora Wayneflete che, all'ingresso, si consultava con Smith e poi rimandava tutti a letto. La governante percorse a grandi passi il corridoio, sorrise per un attimo a Victoria e poi circondò l'infermiera Carter con un braccio.

"Andate in cucina, cara. Ho messo dell'acqua sul fuoco. Vi raggiungerò fra poco."

Dopo che l'infermiera si fu allontanata, cingendosi da sola in un abbraccio, la governante lanciò un'occhiata nella stanza del conte, quindi rivolse a Victoria un sorriso di solidarietà.

"Come da calendario," disse la signora Wayneflete.

Victoria poté solo guardarla stupita, prima di chiedere: "È già accaduto in passato?"

"Tutte le notti da che sono qui. Il conte soffre molto e vuole dosi maggiori della sua medicina, che la sua infermiera non può dargli per paura di ucciderlo. Lui dà di matto e cerca di corrompere la servitù, minacciandola di licenziamento se non gli obbedisce. Perché pensate che tante governanti se ne siano andate?"

"Mi dispiace tanto di avervi coinvolta in tutto questo," mormorò Victoria. Dopo tanti anni, la signora Wayneflete l'avrebbe infine abbandonata?

"Non preoccupatevi, milady. Ho compassione di quel vecchio gentiluomo. Gli uomini pensano sempre di essere immuni al passare del tempo. D'altra parte, sembra che vostro marito stia peggiorando la situazione."

Victoria ebbe un sussulto. "Non sa cosa dire a suo padre."

"Perché non lo riportate nella vostra stanza e lasciate che mi occupi io di questa faccenda?"

La signora Wayneflete entrò con baldanza nella camera del conte, indossando l'uniforme come se non se la togliesse mai, portando con sé sicurezza e buon senso.

"Suvvia, miei lord, è ora di andare a letto. Potrete parlare domani mattina."

"Mio figlio pensa di saperne più di tutti," brontolò il conte.

Ma Victoria vide che si massaggiava le gambe dov'erano coperte dalla coperta.

"Purché voi non abbiate spinto alla fuga l'infermiera Carter, sono sicura che tornerà per farvi un bel massaggio alle gambe. E poi, domattina, manderemo a chiamare il vostro medico."

"Sarebbe ora," disse lord Thurlow.

La signora Wayneflete inarcò un sopracciglio e lo guardò storto. "Allora perché non l'avete già fatto, milord?"

Il conte agitò il dito contro la governante. "Non intendo lasciarmi dare ordini come se fossi un bambino. Quel vecchio ciarlatano non può più aiutarmi; lo ha detto lui stesso!"

La governante sistemò la coperta spiegazzata in grembo al conte. "L'infermiera Carter mi riferisce che sono mesi che non vedete il medico, milord. Forse potrebbe fornirvi una medicina nuova."

"L'unica cosa che può aiutarmi è la morte. Fino ad allora, resterò intrappolato in questo corpo."

"Padre–"

"Fuori." Il conte indicò la porta, e fu allora che vide Victoria.

Dal canto suo, lei vide il rossore che chiazzava il viso pallido dell'uomo e si rese conto di aver commesso un errore.

"Ti piace quello che vedi? Ti senti più vicina al mio patrimonio?"

Victoria sbiancò. "Milord, non penserei mai–"

Lord Thurlow si frappose fra lei e il conte. "Vi ho detto di lasciarla in pace."

Victoria si voltò e corse lungo il corridoio ormai deserto, poi salì a grandi passi le scale. La candela che aveva in mano sfarfallò velocemente e si spense quando raggiunse la cima. Al buio, tenne una mano sulla parete e rischiò di rovesciare un vaso dal tavolino su cui era appoggiato. Aveva la gola stretta dalle lacrime, ma non intendeva piangere. Come avrebbe potuto aiutare lord Thurlow e suo padre? Sembrava impossibile.

Quando finalmente entrò nella sua stanza, aveva quasi chiuso la porta quando essa urtò qualcosa di solido.

"Victoria?"

Era suo marito. L'uomo era stato così silenzioso che lei non lo aveva sentito seguirla. Tratto un respiro profondo, spalancò la porta. "Entrate pure, milord."

"No, credo che per oggi tu abbia avuto abbastanza del sottoscritto e di suo padre," borbottò il visconte.

I suoi occhi mostrarono un momento di imbarazzo che la fece sentire meglio.

"Permettimi ancora una volta di chiedere scusa per il comportamento di mio padre... e per il mio."

Victoria sospirò. "È difficile affrontare la vista di un genitore in preda alla sofferenza costante."

Lord Thurlow si accigliò e scosse la testa. "Questo non giustifica la mia incapacità di trattenere la rabbia."

"I nostri genitori, a volte, tirano fuori il peggio di noi."

Victoria sorrise a suo marito, e le spalle rigide dell'uomo parvero rilassarsi. Perché lei lo trovava così magnetico, quando lui la deludeva sotto tanti altri punti di vista?

"Invidio il rapporto che hai con tua madre," disse lord Thurlow.

Victoria sapeva che, di certo, l'uomo stava ripensando alla propria, di madre. Ma tutto ciò a cui lei riusciva a pensare erano le menzogne che i suoi genitori le avevano raccontato e la disperazione a cui esse avevano condotto.

"Ogni giorno lavoro con diligenza per tenere mia madre vicina a me," disse Victoria.

Lord Thurlow inarcò un sopracciglio. "E suggerisci che io faccia lo stesso? Credimi, non c'è più nulla da riparare nella famiglia Banstead."

Victoria non ci credeva, ma non riteneva utile dirlo in quel momento.

Rimasero in un silenzio imbarazzato, con la soglia a fare da barriera fra di loro. Victoria si strinse la vestaglia alla gola per ripararsi da uno spiffero e le tornò in mente ciò che lei e lord

Thurlow stavano facendo prima di essere interrotti. Il suo gesto parve ricordare la stessa cosa a suo marito, perché questi abbassò lo sguardo sul suo corpo. Victoria si immobilizzò e, lentamente, l'attesa montò in lei. Un brivido la attraversò, lasciandola stordita. Il bisogno di essere stretta fra le braccia forti di lord Thurlow la fece sentire debole.

"È stata una serata lunga, Victoria," disse il visconte, con voce stranamente roca. "Dormi bene."

Victoria lo guardò camminare lungo il corridoio buio e svanire nella propria stanza. Chiusa la porta, vi si appoggiò meditabonda.

Si ritrovò a chiedersi come sarebbe stato essere confortata da lord Thurlow. A volte, l'uomo sembrava molto sensibile. Le sue braccia forti attorno a lei avrebbero sistemato tutto? Ma forse, solo Victoria poteva sistemare le cose.

Tirò fuori il suo diario privato per registrare gli eventi della giornata, soprattutto la frustrazione provocata da suo marito. E ciò, alla fine, la portò ai suoi problemi con il conte. Come sempre, scrivere la calmava, la costringeva a pensare e a pianificare. Doveva convincere il conte a tollerarla, e ciò sarebbe accaduto solo se l'uomo avesse imparato a conoscerla. E se lord Banstead non voleva saperne di uscire dalla sua stanza, Victoria sarebbe dovuta entrare nella tana del leone.

IL MATTINO DOPO, Victoria si svegliò abbastanza presto da sentire suo marito che, nella stanza accanto, parlava con il valletto. Finalmente avrebbero consumato la colazione insieme. Mentre si vestiva, cercò di prestare attenzione a quando lord Thurlow lasciò la stanza. Invece, lo sentì *lavarsi*. Sembrava qualcosa di troppo personale, ma naturalmente, nella realtà, tutto ciò che lei sentì fu lo sciabordare dell'acqua.

Probabilmente, l'uomo stava usando la stessa vasca che aveva usato lei e il pensiero la fece sentire accaldata. La pelle nuda di Victoria aveva toccato gli stessi punti di quella di suo marito. Avrebbe dovuto recarsi dalla parte opposta della stanza per ignorare i suoni. Ma rimase immobile dov'era, lasciando che immagini scandalose di lord Thurlow si riproducessero nella sua mente. Victoria aveva visto la sua gola; che aspetto aveva il suo petto nudo?

Aveva dimenticato di informare Anna del fatto che si sarebbe svegliata molto presto, per cui scelse un abito che si abbottonava sul davanti e che le permise di vestirsi da sola. Era un semplice capo da mattina con sottili strisce brune e gialle, e Victoria ricordò a se stessa che a suo marito piaceva guardarla. Era una bella sensazione.

Presto udì lord Thurlow che camminava a passo rapido lungo il corridoio e gli permise di raggiungere le scale prima di seguirlo. Quando Victoria arrivò in sala da pranzo, l'uomo era già seduto a tavola, con il giornale di fronte al viso e, davanti a sé, una tazza di caffè e dei biscotti.

I lacchè augurarono il buongiorno a Victoria e suo marito sollevò lo sguardo con un croccante frusciare di carta.

"Buongiorno, lord Thurlow." Victoria posò il quaderno sul tavolo, quindi si recò alla credenza con un piatto per scegliere la colazione.

"Buongiorno, Victoria."

Quando lei si voltò, l'uomo stava di nuovo leggendo il giornale, ma questa volta lo aveva abbassato, in modo che lei potesse vederlo.

"Non voglio disturbare la vostra lettura," disse Victoria, sedendosi alla destra dell'uomo. "Immagino che un parlamentare abbia bisogno di sapere quello che succede nel mondo."

L'uomo annuì e sorseggiò il caffè. "Tu leggi il giornale, Victoria?"

"Non abbastanza. Naturalmente, dopo la morte di mio padre, abbiamo smesso di riceverlo. E prima, sembrava tanto... deprimente." Victoria non accennò al fatto che lo studio non le era mai stato facile.

"Le giovani donne non parlano delle notizie fra di loro?"

"No, milord. Da quello che ricordo, parlavamo solo di pettegolezzi e di moda. Le mie sorelle erano più brave di me a tenersi aggiornate da quel punto di vista. Anche se Meriel era in grado di conversare delle notizie del giorno con qualunque uomo. Forse dovrei leggere il giornale, perché sarebbe qualcosa di cui voi e io potremmo parlare."

"Ci sono persino giornali dedicati alle ferrovie, se la cosa ti interessa." Lord Thurlow sorrise. "Dunque, dobbiamo programmare degli argomenti di conversazione? Potrei farmene venire in mente qualcuno, se gradisci."

Ah, a Victoria piaceva quel lato rilassato di lui; sperava di vederlo più spesso. Gli faceva brillare gli occhi come diamanti blu. Victoria appoggiò il mento sul palmo e guardò lord Thurlow. "Allora di cosa dovremmo parlare?"

"Non della ferrovia?"

Victoria sorrise. "Magari qualcosa d'altro."

"Sapevi che gli indiani Ojibwa verranno qui dalle colonie canadesi, quest'estate? Dimostreranno le loro doti di arcieri in Regent's Park."

"Davvero? Magari ci sarà una gara. Il tiro con l'arco era un'attività in cui quasi eccellevo."

"Quasi?"

Lord Thurlow stava guardando le labbra di Victoria mentre lei parlava e la cosa la distraeva in maniera molto piacevole.

"Beh, non era paragonabile al cucito, naturalmente." Victoria stava effettivamente civettando con lord Thurlow? "Ma entrambe erano cose che potevo fare da sola."

"Non avevi amicizie d'infanzia, a parte le tue sorelle?"

Victoria incrociò con determinazione lo sguardo di suo marito. "Non ricordate?"

Seguì una pausa molto eloquente.

"Dopo che abbiamo smesso di scriverci, intendo," disse l'uomo.

"Ah, capisco." Victoria gli rivolse un piccolo sorriso. "Gli amici dei miei genitori avevano delle figlie, ma Louisa e Meriel erano molto più brave di me a socializzare. A onor del vero, ho incontrato alcune di quelle vecchie conoscenze ieri sera. Ma quando ero giovane, preferivo la compagnia delle mie sorelle."

"Ti invidiavo, sai?"

Victoria si sporse verso lord Thurlow, lieta di essere il centro della sua attenzione. "In che senso?"

"Avrei dato qualunque cosa per avere dei germani."

Lord Thurlow aveva parlato a bassa voce e il cuore di Victoria si ruppe per lui. Era uno di quei momenti che lei avrebbe voluto potessero andare avanti per sempre, un momento che le dava la sensazione che forse, un giorno, loro due avrebbero avuto un matrimonio di cui fare tesoro. Ma come fare in modo che ciò accadesse?

Lord Thurlow piegò il giornale con gesti vigorosi e glielo mise accanto. "Te lo lascio nel caso ti interessi," disse, alzandosi in piedi. "Ho dato istruzioni al mio amministratore riguardo il tuo spillatico; rivolgiti pure a lui, quando lo desideri."

"Vi ringrazio, milord."

"Non so esattamente quando tornerò, per cui ti auguro buona giornata, Victoria. Andrò a fare una cavalcata in Hyde Park."

"Posso consultarmi con il vostro amministratore riguardo alla cena che avete cominciato a organizzare?"

"Certo."

L'uomo esitò e i loro sguardi si incontrarono. Victoria si

chiese se gli dispiacesse davvero averle nascosto delle cose. Oppure scusarsi era semplicemente un modo per lord Thurlow di alleggerirsi la coscienza?

L'uomo lasciò la stanza e, diversi minuti dopo, Victoria udì la porta d'ingresso chiudersi. Con un sospiro, si strappò sulla sedia. Doveva fare qualcosa per attirare l'interesse di lord Thurlow, per far sì che loro due avessero più che gli articoli di giornale di cui parlare.

Pensò a suo marito che cavalcava da solo nel parco, facendo esercitare il cavallo. Lord Thurlow ricordava la ragione per cui Victoria non aveva mai imparato a cavalcare?

UNDICI

Victoria bussò alla porta del conte. Accanto a lei c'era una sguattera che reggeva un vassoio con tè e biscotti e un vaso di fiori. Victoria era tentata di tener fermo il vassoio, da tanto la domestica tremava. Quando non udirono risposta, Victoria bussò di nuovo.

"Milord?" chiamò. "Sono io, Victoria."

Sapeva che il conte era nella stanza perché il medico era appena andato via. Il dottore aveva detto che le condizioni del conte stavano peggiorando a un ritmo costante e aveva acconsentito ad aumentare il dosaggio del medicinale.

Victoria non poteva permettere che il conte macerasse nella disperazione della prognosi. Per cui, aprì la porta. La sguattera sussultò e fece un passo indietro. La sedia a rotelle del conte era spinta contro un tavolo, sul quale era sparso un fascio di carte. L'uomo sollevò lo sguardo e lanciò loro un'occhiata torva. Victoria aveva l'impressione che quella mattina il conte avesse un aspetto più pallido, che le rughe sul suo volto fossero più profonde. Sapeva che l'uomo non voleva la sua compassione, ma l'aveva comunque.

Victoria gli rivolse un sorriso smagliante e fece cenno alla domestica di posare il vassoio su un tavolino. Poi la ragazza si diede alla fuga, chiudendosi la porta alle spalle.

"Questa mattina ho raccolto dei fiori per rallegrare la vostra stanza, milord. Dove posso metterli?"

"Lontano da me. L'odore mi infastidisce."

Il sorriso di Victoria vacillò leggermente. "Beh, i colori sono vivaci. Lì metterò in quest'angolo."

Con gli occhiali sul naso, il conte abbassò lo sguardo sulle sue carte.

"Vi disturbo, milord?"

"Sì."

Victoria sapeva che l'uomo stava cercando di allontanarla con la paura, proprio come faceva con tutti. "Non ci metterò molto. Vi verso del tè?"

"No."

"Allora mi servo da sola."

Fu orgogliosa del fatto che la sua mano non tremò mentre si versava una tazza. Dopo aver posato un piatto di biscotti sul tavolo del conte, avvicinò a sé una sedia nei paraggi.

"Gradite un biscotto, milord?" chiese.

Quando il conte la ignorò, Victoria ne prese uno per sé.

"Non ne avete già mangiati abbastanza?"

Victoria si strozzò, poi bevve un sorso di tè fino a quando non riuscì a deglutire, ricordandosi che quello era un uomo in preda alla sofferenza.

"Amo i biscotti," disse in tono amareggiato. "Dovrò stare lontana per entrare in tutti quei bei vestiti che vostro figlio è stato così generoso da regalarmi."

"È palese che non vuole che voi lo mettiate in imbarazzo." Il conte girò con calma un foglio per continuare a leggere.

"E io non lo biasimo," mormorò Victoria. "Sono la prima ad ammettere di non essere a mio agio nel vostro mondo."

L'uomo la guardò con freddezza. "Allora cosa ci fate qui?"

Davvero il conte ignorava la vera ragione dietro al matrimonio? Victoria non sapeva cosa dovesse tenere nascosto.

"Perché lord Thurlow mi ha chiesto di sposarlo."

"Perché?"

"Dovrete discuterne con lui, milord."

"Io credo che vi abbia sposata per compassione."

Victoria tacque, sapendo che il conte aveva in parte ragione.

"Era dispiaciuto per voi. Senza padre, impoverita. Shelby era il mio banchiere: so in che condizioni vi ha lasciate. Una vergogna. E tuttavia, voi avete accettato la proposta. Come riuscite a convivere con il fatto che mio figlio non potrà mai sposare una donna della sua classe?"

Victoria aveva la gola stretta, ma si rese conto che non voleva piangere. "Milord, non posso fare altrimenti. Cercherò di essere la moglie migliore possibile."

"Anche se ciò significa sopportare il sottoscritto."

"Io non vi vedo come qualcuno da sopportare, milord. Siete il padre di mio marito e meritate il mio rispetto."

"State cercando di diventare mia amica?" sbuffò il conte.

"Non posso aspirare a tanto. Ma gradirei la vostra accettazione."

"Svolgete il vostro compito e date alla luce mio nipote. Non chiedo altro da voi."

Victoria si irrigidì di fronte alla crudezza dell'uomo, ma non poteva essere sorpresa da ciò che questi si aspettava da lei. "Forse vostro figlio ha bisogno di qualcosa di più da parte di entrambi."

Il conte posò le mani sul tavolo. "Voi, ragazzina che non siete altro, state cercando di dire a me come dovrei fare il padre?"

"Non me lo sognerei mai, milord. Sto cercando di capire come essere moglie."

"Allora andate a capirlo da qualche altra parte."

"Certo. Lascio il tè?"

Il conte alzò la voce e indicò la porta. "Prendetelo e andatevene!"

Victoria si ricordò di respirare solo una volta che fu in corridoio. Stranamente, non le veniva da piangere. Nelle profondità della sua anima, avvertiva un senso di determinazione profonda. Quei due uomini avevano bisogno del suo aiuto. Ma come darglielo?

NEL TARDO POMERIGGIO, Victoria trascorse un'ora con la sua musica, usandola per rilassarsi prima di fronteggiare suo marito a cena. Si stupì quando Smith la interruppe.

"Milady, è arrivato il vostro ospite."

Seduta al pianoforte, Victoria rimase di sasso. "Ospite? Lord Thurlow è a casa?"

"No, milady, ma sono sicura che tornerà a momenti. Lord Wade attende in salotto."

Ancora una volta, il marito di Victoria aveva fatto programmi senza informarla. Lei sospirò.

"Santi numi." Abbassò lo sguardo sul suo vestito. "Sono vestita abbastanza bene per una cena?"

Smith si schiarì la voce. "Milady, simili giudizi non mi competono."

"Certo che no. Lord Banstead ci raggiungerà?"

"No, milady."

Victoria annuì, vergognandosi del sollievo che provava. "Dite a lord Wade che scenderò subito."

Victoria si recò nella sua stanza a un passo assai poco

signorile ed esaminò i propri capelli. Non c'era tempo per cambiarsi per la cena. Era nervosa al pensiero di intrattenere lord Wade da sola, anche se aveva già trascorso un pomeriggio in compagnia dell'uomo. Grazie al cielo, lord Wade era un tipo loquace. Victoria non aveva un elenco di argomenti di conversazione con gli uomini in uno dei suoi quaderni? Era trascorso molto tempo da quando aveva dovuto usare quell'elenco e non aveva il tempo per andarlo a cercare. Si affrettò a raggiungere la stanza di sua madre, pensando che avrebbe dovuto costringerla a unirsi a loro.

Ma sua madre si limitò a osservarla per un breve istante prima di rispondere: "Ma certo che cenerò con te e lord Wade, Victoria. Basterà che mi aiuti a cambiarmi."

Il sollievo di Victoria durò solo fino a quando lei non guardò l'orologio sulla mensola del caminetto. "Santi numi, quel gentiluomo aspetta già da mezz'ora. Sbrighiamoci!"

Poco dopo, entrarono a braccetto nel salotto, la madre di Victoria vestita del consueto nero e Victoria di verde pallido. Lord Wade era in piedi vicino al pianoforte, intento a sfogliare alcuni spartiti. Sollevò lo sguardo al loro ingresso e fece un ampio sorriso.

"Lady Thurlow, vi trovo benissimo questa sera." Lord Wade si fece avanti e si inchinò così profondamente che una ciocca di capelli biondi gli ricadde sulla fronte. "Signora Shelby, la vostra bellezza continua a brillare attraverso le vostre figlie."

La madre di Victoria fece una piccola riverenza e un mezzo sorriso, ma non disse nulla. Victoria sperò che sua madre non avesse avuto l'ennesimo attacco di silenzio.

"Lord Wade," esordì Victoria, "devo chiedere scusa per l'assenza di mio marito. Non ho idea di cosa lo abbia trattenuto."

Lord Wade la osservò e le sue fossette si accentuarono. "Thurlow ha dimenticato di citare il fatto di avermi invitato, eh?"

Victoria sorrise e si strinse leggermente nelle spalle.

"Capita spesso che il lavoro distragga. Deve trattarsi della ferrovia, perché oggi non c'è sessione in Parlamento."

Victoria non aveva mai chiesto a lord Thurlow cosa avrebbe dovuto tenere segreto. Ma sembrava che lord Wade fosse già informato.

"La ferrovia?" chiese confusa sua madre. "Lord Thurlow è partito per un viaggio senza sua moglie?"

Lord Wade lanciò un'occhiata di scuse a Victoria.

"No, mamma, ha investito in una compagnia ferroviaria."

La madre di Victoria rabbrividì. "Non viaggerei mai su un marchingegno del genere. Ho sentito dire che le vacche da latte che lo fanno smettono di produrre!"

"È solo una voce, signora Shelby," disse lord Wade.

"Lord Wade, sedetevi," disse Victoria. "Posticiperemo leggermente la cena nella speranza che mio marito ci raggiunga presto."

Lord Wade si fregò le mani e sorrise. "In tal caso, avrò il tempo di raccontarvi il modo in cui è nato il fascino di lord Thurlow per i treni. Non non lo farei mai con lui a portata di udito."

Victoria sorrise. "Sono molto interessata a qualunque cosa voi abbiate da raccontare."

"Perché riguarda vostro marito," disse sospirando l'uomo. "Di solito, alle signore piace ascoltarmi per via della mia loquacità."

"Sono certa che rimarrò molto colpita."

"Non dimenticate di farmelo sapere," disse lord Wade con un'espressione seria e un barlume negli occhi. "Vediamo... È accaduto quattro anni fa, credo, mentre eravamo in vacanza da Oxford. La Southwestern Railway aveva appena aperto la linea per Southampton, che per puro caso correva molto vicino a una delle tenute di Banstead." L'uomo lanciò un'occhiata alla madre di Victoria. "Nessuna vacca è stata terrorizzata, signora Shelby."

"Buono a sapersi," disse composta la madre di Victoria.

Victoria sorrise compiaciuta.

"A casa giunse la notizia che un treno aveva fatto una sosta non prevista nelle vicinanze, per cui Thurlow è corso a guardarlo, stancando un ottimo cavallo nel farlo." Lord Wade lanciò un'occhiata alla madre di Victoria. "Il cavallo è parso imperturbato dal treno."

"Ne sono lieta," disse la mamma, che stava palesemente cercando di non sorridere.

"Si scoprì," proseguì lord Wade, "che avevano esaurito il carbone. Thurlow non vedeva l'ora di dare una mano; chiese solo che gli mostrassero il funzionamento del motore. Poi, fece caricare del carbone dalla servitù su tutti i carri e carretti a disposizione. Io stesso non riuscivo a riconoscerlo, da tanto si era insudiciato. Da parte mia, mi resi utile tranquillizzando le signore rimaste bloccate sul treno."

"Che generosità," disse Victoria.

"Sì, altrimenti chissà cosa sarebbe successo. Nel frattempo, Thurlow ebbe la sua dimostrazione e così nacque un'ossessione."

"E voi avete fatto nuove conoscenze?" chiese Victoria, sorridendo.

"Diverse. Alcune erano persino nubili."

"Lord Wade!" rimproverò la mamma.

Ma con gioia di Victoria, sua madre sembrava più divertita che altro.

Alla fine andarono a cena e lord Wade cambiò argomento mentre veniva servito un piatto a base di rombo in salsa di aragosta. "Avete ricevuto l'invito al ballo del duca di Sutterly?"

Victoria si strinse nelle spalle e sorrise. "Non sono sicura, lord Wade, ma senza dubbio noi non parteciperemo."

L'uomo la osservò mentre il suo sorriso svaniva. Quando aveva un aspetto così serio, Victoria si rendeva conto che dietro quegli occhi verdi si nascondeva un uomo d'intelletto.

"Pensavo che, una volta che Thurlow si fosse sposato..." esordì lord Wade a bassa voce. "Chiedo scusa se sono diretto, milady, ma Thurlow sa essere un cretino a volte."

Victoria emise un suono di stupore, per poi guardare sua madre nella speranza che non lasciasse la stanza in segno di protesta.

Ma sua madre sorrise e annuì. "Tale padre, tale figlio."

Lord Wade scoppiò a ridere.

"Mamma, per favore!"

"No, no, è colpa mia," disse lord Wade, agitando la forchetta. "Thurlow è come un fratello per me, ma a volte–"

"A volte cosa?" chiese lord Thurlow mentre entrava nella stanza.

Sembrava addirittura che si fosse affrettato.

Victoria si alzò in piedi. "Buonasera, milord."

Lord Thurlow la raggiunse, la redingote punteggiata di gocce di pioggia sopra le ampie spalle. Per la prima volta, Victoria vide imbarazzo negli occhi di suo marito, come se gli fosse tornato in mente il proposito di trattarla meglio. Si sentì... rispettata. E ciò rese lord Thurlow molto più affascinante.

"Victoria, perdona il ritardo. Avevo una riunione, che si è prolungata."

"Certo, milord."

Victoria sapeva che lo stava guardando con la speranza negli occhi, come una donna che veniva corteggiata invece che una semplice moglie.

Lo sguardo di lord Thurlow si soffermò su di lei prima che il visconte si rivolgesse al suo amico. "Stavi dicendo, Wade?"

"Stavo dicendo che sei un cretino," ripeté allegramente lord Wade.

Lord Thurlow sospirò. "Signore, perdonate la volgarità di quest'uomo."

"Non ha bisogno del mio perdono," disse la madre di Victoria, continuando a mangiare.

Lord Thurlow le lanciò un'occhiata sorpresa, ma poi la sua attenzione divertita tornò a lord Wade.

"E come ti viene in mente di dire cose del genere, Wade?" chiese.

"Perché non hai informato la tua adorabile moglie del ballo di Sutterly."

"Non lo sapevo nemmeno io."

"Continui a buttare gli inviti senza leggerli?"

Lord Thurlow prese posto a tavola e fece cenno a uno dei lacchè, che gli portò un piatto fumante. "Posso non leggere subito la corrispondenza, ma prima o poi la sbrigo tutta."

"In tal caso, dovresti anche deciderti ad accettare un invito, una volta ogni tanto."

Mentre Victoria mangiava, si preoccupò per lord Thurlow e la sua preferenza per socializzare con uomini d'affari invece che con il *ton*. Le piaceva la serenità della casa – anche quella nuova – ma tornare in società non sarebbe stato un bene per suo marito? Prima o poi, le persone dimenticavano gli scandali.

"Quando ci sarà un evento degno di nota," disse lord Thurlow, "parteciperò. Hai in programma una festa?"

"Nel mio appartamento da scapolo?" chiese lord Wade con una risata nasale. "Sai che è improbabile."

"E alla tenuta di tua nonna? È piuttosto vicina a Londra. Potresti dare una festa in casa."

Lord Wade impallidì seriamente. "Per un intero fine settimana?"

"Io... *noi* parteciperemmo, se non altro per aiutarti a mantenere la rispettabilità," disse lord Thurlow, lanciando un'occhiata a Victoria. "Vero?"

"Certo, milord."

Se lord Thurlow aveva intenzione di aggiungere altro, parve dimenticarsene. Invece, il suo sguardo passò lungo sul corpo di Victoria, così intenso che lei riuscì quasi a sentirlo come un contatto fisico sulla pelle. Un rossore prese possesso del suo viso e lei pregò che nessuno se ne fosse accorto.

Dopo cena, lord Thurlow accompagnò Victoria e sua madre in salotto, assicurandole che lui e lord Wade le avrebbero raggiunte presto. E poi tornò in sala da pranzo e chiuse con fermezza la porta.

Victoria si mise le mani sui fianchi e si acciglò.

"Cosa ti turba, cara?" chiese sua madre, prendendo posto su una poltrona imbottita vicino al caminetto nudo.

Cosa la turbava? Era consuetudine che i gentiluomini trascorressero del tempo senza le signore dopo cena. Ma ascoltare gli uomini che parlavano rivelava così tante cose riguardo a suo marito. Victoria non voleva perdersi nulla.

"Niente, mamma." Trovò il ricamo dove l'aveva lasciato. Le piaceva perdersi tra colori e superfici, esaminare le potenzialità dei disegni che solo lei poteva creare. Ma quella sera, ciò non placò la sua mente.

Poi si rese conto sconvolta che anche sua madre aveva cominciato a ricamare.

Sua madre mise qualche punto, poi disse, senza alzare la testa: "Se aggrotti la fronte ti verranno le rughe, cara."

Victoria cercò di sorridere, ma il piacere per i progressi di sua madre svanì lentamente mentre lei immaginava ciò di cui stavano discutendo suo marito e l'amico di lui. Lord Wade avrebbe cercato di convincere lord Thurlow a partecipare al ballo?

DODICI

David versò da bere a Simon e poi servì se stesso. "Ti sei divertito a provocare mia moglie?"

"Non l'ho mai provocata," disse solennemente Simon, riuscendo quasi a nascondere il barlume che aveva negli occhi.

"Allora ti sei divertito a provocare me?"

Il divertimento di Simon svanì e, per una volta, l'uomo sembrò stanco. "Devi uscire più spesso."

"Esco tutti i giorni."

"Lasciami essere più specifico: devi portare tua moglie in giro."

David osservò il bicchiere con grande attenzione. "Ha già partecipato a un pranzo e a una cena con me."

"Quali?" chiese incredulo Simon. "Io partecipo a tutti i pranzi e a tutte le cene."

"Hutton e Bannaster."

Simon si accigliò. "Mai sentiti. Non è che sono dirigenti della ferrovia?"

David sorrise. "Come hai fatto a indovinare?"

"Ah, dimenticavo che usi tua moglie come accompagnatrice per portare avanti i tuoi interessi di affari. Spero che non le sia dispiaciuto."

"No. Sta persino organizzando una cena tutta nostra."

"Con i dirigenti della ferrovia."

"Sì."

"Beh, a *quella* devi proprio invitarmi. Non riesco a vederti dare una cena. Ma in futuro, dovrai cercare di esporre quella donna alla società in cui sei nato. È un tuo diritto e il diritto dei tuoi futuri figli."

"Simon–"

"Credo che sia un po' troppo facile per te continuare a fare quello che hai sempre fatto, perché Victoria non ti crea problemi. E tuttavia, è palese che lei è un po' più importante per te di quello che pensavi; magari sei addirittura preoccupato di come reagirebbe l'alta società a lei."

"So già come reagisce l'alta società a lei, perché me lo ha detto lei stessa." David svuotò il bicchiere. "Victoria non ha bisogno di rivivere quel genere di umiliazione."

"Ti riferisci a un evento recente?"

David si accigliò. "Ne ha scritto sul nostro diario, per cui no."

"Questa ragazza che è in grado di affrontare tuo padre – sì, i tuoi servitori mi hanno detto che è stata a trovarlo oggi – non è più ragazza, ma una donna. Riuscirà a cavarsela, se gliene dai l'opportunità. Ma credo che anche tu abbia dei ricordi che non vuoi affrontare e uscire in società recherà disagio a *te*."

David si alzò in piedi con la scusa di riempire il bicchiere, ma una parte nascosta di lui avrebbe voluto che Simon se ne andasse. Il suo amico era indagatore come un medico. "Altro brandy?"

"Certo." Quando David si chinò per versare, Simon disse: "Nessuno si ricorderà di Colette."

David si irrigidì, quindi voltò la schiena per posare il decanter. "Non voglio parlare di lei."

"Né di tuo padre, palesemente. Era la sua amante, David, non sua moglie. Nessuno si ricorderà nemmeno che ha vissuto qui."

David ricordava abbastanza bene per tutti. "Simon, non essere ingenuo. Sono passati pochi anni. Per la miseria, due famiglie mi hanno rifiutato la mano delle loro figlie per via della condotta scandalosa di mio padre."

Simon lo fissò. "Non me l'avevi detto."

"Non era qualcosa di cui vantarsi," disse sarcastico David.

"Buon Dio, sei un futuro conte! Questo, da solo, avrebbe dovuto darti la possibilità di sposare chiunque volessi."

"Ma non l'ha fatto. Victoria non è l'unica a trarre beneficio da questo matrimonio."

"David, conosciamo entrambi un gran numero di donne che sarebbe stato felice di sposarti. Non puoi esserti convinto che Victoria fosse l'unica."

"Certo che no." David si accigliò e osservò il bicchiere, sapendo che Simon diceva il vero. Si era soffermato sulla frustrazione provocata dai rifiuti, quando sapeva benissimo che avrebbero potuto esserci altre signore del *ton*, forse meno nobili, a cui non sarebbe importato nulla delle indiscrezioni di suo padre. Ma David non aveva approfondito la sua ricerca di una moglie; si era limitato a cullare la sua rabbia. Poi aveva messo a fuoco Victoria e sposarla gli era parso la soluzione perfetta.

"Prenderò in considerazione il tuo consiglio riguardo all'agenda quotidiana di mia moglie," disse David.

Simon scosse la testa. "Tutto qui?"

Quando raggiunsero le signore in salotto, David osservò in silenzio Simon che cercava di convincere Victoria a cantare per loro. La donna sembrava in imbarazzo all'idea di esibirsi di fronte a un pubblico e nessuno insistette. Simon non riusciva proprio a vedere quante difficoltà avrebbero creato a Victoria le donne dell'alta società?

Inoltre, Victoria quel giorno era andata a trovare suo padre; perché chiunque avrebbe dovuto fare una cosa del genere?

Per una volta, David si scoprì impaziente che Simon se ne andasse, cosa che non era mai accaduta in precedenza. Non avrebbe saputo descrivere le sue motivazioni fino a quando non si rese conto che stava guardando Victoria più che parlare con il suo amico. Buon Dio, era ansioso di salire di sopra con sua moglie? Quella era un'altra notte in cui lui non avrebbe goduto della soddisfazione che spettava a un marito; e tuttavia, stranamente, ciò non influenzava il suo desiderio di stare da solo con Victoria.

Alla fine, Simon colse l'antifona e se ne andò, senza preoccuparsi di nascondere il sorriso. Victoria accompagnò la madre in corridoio, lasciando David da solo. Lui uscì dal salotto e guardò le due donne che salivano le scale. Il posteriore di Victoria ondeggiava allettante sotto la gonna. Victoria si guardò alle spalle e David non si curò di fingere che non la stesse guardando. Victoria si affrettò a distogliere lo sguardo.

Quando lord Thurlow, alla fine, arrivò nella stanza di Victoria, vestito come al solito in pantaloni e vestaglia, lei notò che questa volta, oltre a non portare la camicia, l'uomo non indossava nemmeno le scarpe. I suoi piedi nudi avevano un che di stranamente intimo. O forse le era tornato in mente l'aspetto che l'uomo aveva la sera prima, quando le aveva tolto la vestaglia? Così silenzioso, così deciso... fino a quando non erano stati interrotti.

Cosa le avrebbe fatto quella notte? E cosa avrebbe rivelato l'espressione di Victoria? Lei aveva già percepito che le emozioni non erano qualcosa con cui lord Thurlow volesse trattare. In cuor suo, era un uomo d'affari. Gli occhi di alcune persone rivelavano delle cose su di loro, ma quelli di lord Thurlow erano come finestre gelate in inverno, che nascondevano quello che c'era all'interno. Victoria aveva messo per iscritto i propri sentimenti nella speranza che ciò l'aiutasse, ma per una volta, il diario non le aveva portato conforto. Rimase immobile di fronte a lord Thurlow; avrebbe voluto parlare, ma non sapeva cosa dire.

Suo marito inclinò la testa. "Ho sentito dire che sei andata a trovare mio padre oggi."

"Sì, milord. Dato che viviamo nella stessa casa, sarebbe imbarazzante non conoscerlo meglio."

"E come l'hai trovato?"

"Molto triste."

"'Triste' non è una parola che mio padre vorrebbe veder associata a se stesso," disse lord Thurlow.

Con stupore di Victoria, il visconte cominciò a camminare lentamente per la stanza, guardando le piccole cose che lei aveva portato da casa: il ventaglio che suo padre le aveva portato dalla Francia, gli spartiti musicali che Victoria aveva lasciato sulla scrivania. Per fortuna aveva messo i diari nel cassetto! Anche se non immaginava che lord Thurlow fosse il genere d'uomo che avrebbe insistito per leggere i suoi pensieri privati.

Ma, naturalmente, un tempo lei gli lasciava leggere tutto ciò che scriveva.

"Beh, il conte deve essere triste, milord, perché non voleva dei fiori, e a *tutti* piacciono i fiori."

Lord Thurlow sorrise. "Davvero?"

"Sì. Di solito, le persone preferiscono essere allegre... ma vostro padre no. Naturalmente," si affrettò ad aggiungere Victoria, "lui ha tutte le ragioni per essere depresso."

"Sembrerebbe che tu abbia intenzione di fargli di nuovo visita."

"Naturalmente! È un uomo tanto triste, dopotutto."

Un angolo delle labbra di lord Thurlow si sollevò, ma non in un sorriso. "A me mostra solo la sua rabbia."

"Forse è ciò che vuole farvi vedere. Credo che nessun uomo voglia mostrare tristezza." Victoria pensò al suo, di padre, che non aveva mai rivelato nulla prima che il suicidio parlasse per lui.

Lord Thurlow sorrise. "Conosci così bene gli uomini?"

Victoria sentì il rossore cominciare nel petto e correre verso l'alto. "Certo che no, milord."

Lord Thurlow si incamminò verso di lei. Più l'uomo si avvicinava, più lei era costretta a inclinare la testa per guardarlo in viso. Le sfiorò il mento e lei si immobilizzò.

"Ti stavo solo prendendo in giro," disse l'uomo.

"Oh." La voce di Victoria suonava roca, ma lei non poteva farci nulla. Un semplice tocco da parte di lord Thurlow e Victoria faticava a respirare.

L'uomo le mise le mani sulle spalle, per poi passargliele delicatamente lungo le braccia. Intrecciò le dita a quelle di lei.

"Hai le mani fredde," mormorò il visconte.

Gliele sfregò delicatamente e lei sentì ogni contatto nelle profondità del corpo. Non c'era da stupirsi che le signore portassero i guanti. E poi, ancora una volta, lord Thurlow cominciò a toglierle la vestaglia. Mentre Victoria aspettava, le venne in mente di fare la stessa cosa a lui, come se potesse essere tanto avventurosa! Ma non aveva detto lei stessa che la Moglie Perfetta avrebbe dovuto essere avventurosa? Una cosa del genere era alla sua portata?

Lord Thurlow parve in difficoltà con il nodo della fusciacca.

Le sue nocche sfiorarono la curva inferiore del seno destro di Victoria, che si tradì con un piccolo sussulto.

Quando l'uomo non disse nulla, lei lo guardò di nuovo in viso di sottecchi. Lord Thurlow incrociò il suo sguardo e lo sostenne mentre la vestaglia si apriva. L'uomo aprì la fibbia sulla gola di Victoria e poi il tessuto le scivolò via dalle spalle. Quella sera, la camicia da notte che lei aveva scelto le arrivava solo alle clavicole invece che alla gola e lord Thurlow fissò i tre pollici di pelle in più che ciò rivelava. Lo sguardo di Victoria cadde sul pavimento mentre aspettava.

"Guardami."

Lord Thurlow le prese il viso nelle sue grandi mani e lo sguardo di Victoria si sollevò a incrociare quello dell'uomo. La pelle di suo marito era caldissima sulle sue guance fresche. Victoria non capiva né lui né ciò che la sua espressione rivelava, ma si concesse di godersi il modo gentile in cui lord Thurlow le accarezzava le guance con i pollici. Le carezze proseguirono fino alle labbra e si soffermarono lì, sul labbro inferiore. Il respiro di Victoria toccò la pelle di lord Thurlow, il suo corpo arrossato e pieno e troppo caldo. Ma lei non riusciva a distogliere lo sguardo da quello fisso e deciso di lord Thurlow, dal modo in cui questi guardava le proprie dita che la accarezzavano.

Come un cieco, lord Thurlow usò le dita per scivolare verso l'alto percorrendo il ponte del naso di Victoria e attraverso la sua fronte, ma poi tornò alle labbra come se dovesse impararle a memoria. Stranamente, le sembrava giustissimo essere toccata da lui, giustissimo sentire l'imbarazzo che svaniva. I pollici dell'uomo le sfiorarono la piega delle labbra, per poi schiuderle con delicatezza fino a far sì che un velo di umidità della bocca di Victoria luccicasse sulla punta del dito di lord Thurlow.

Lei si ritrovò a guardare la bocca dell'uomo, a sporgersi verso di lui, in attesa di...

"Posso baciarti?"

Questa volta, lord Thurlow aveva chiesto piuttosto che comandare, e lei sussurrò: "Oh, sì."

Lord Thurlow le depose dei baci delicati sulle labbra, poi su entrambe le guance. La fronte di Victoria fu beneficata dal tocco dell'uomo, seguita dalla gola. Victoria inclinò la testa all'indietro e gemette. Sarebbe inciampata, se lui non l'avesse presa per le braccia.

Poi, lord Thurlow fece un passo indietro e Victoria sentì freddo.

"Buonanotte, Victoria."

Era il loro saluto consueto, ma Victoria si ritrovò costretta a deglutire due volte prima di riuscire a ripeterlo. Quando l'uomo se ne fu andato, Victoria si accarezzò delicatamente la pelle. Ma non era la stessa cosa.

Lord Thurlow era capace di grande delicatezza, e lei voleva sperimentarne di più. Dopotutto, stava cercando di ricavare il meglio da quel matrimonio.

Un matrimonio che avrebbe prosperato solo se lei fosse riuscita ad aiutare lord Thurlow e il padre di lui a trovare la pace. Di certo, la vita sarebbe stata più facile se Victoria avesse conosciuto meglio suo marito. Non si sarebbe limitata a incontrarlo a colazione: lo avrebbe seguito nelle scuderie e avrebbe visto cosa sarebbe successo. Voleva essere più di una commensale per lui.

~

Mentre David percorreva il vialetto coperto di ghiaia diretto verso le scuderie, udì un suono provenire dalle sue spalle e scoprì che Victoria lo stava seguendo. La donna lo salutò con un cenno e lui attese che lo raggiungesse.

"Ti serve qualcosa, Victoria?"

Victoria scosse la testa. "È solo che avevo altre cose di cui volevo parlarvi. Inoltre... ho pensato che sarebbe bene che io vedessi quello che vi piace fare. Vi andrebbe di mostrarmi le scuderie?"

Victoria sembrò raddrizzare le spalle come in preparazione a una discussione. Ma come avrebbe potuto David dirle di no?

"Vieni, allora," disse, prendendo nota del sollievo di Victoria mentre lei lo affiancava. La giornata era calda e David si ritrovò a guardare Victoria mentre passeggiava attraverso il giardino, sorridendo ai fiori, con il sole che le brillava sui capelli.

"Sei mai andata a cavallo da quando ti sei trasferita qui?" chiese David.

La donna scosse la testa. "Sono andata a cavallo solo due volte in vita mia," ammise, mentre sulle sue labbra compariva un sorriso riluttante.

David le lanciò un'occhiata di stupore. "Due?"

La donna si schermò gli occhi dal sole e lo fissò. "Ricordate il perché?"

Per un attimo, qualcosa si frappose fra di loro: lo spettro di parole molto antiche. David cercò di ricordare il ragazzino che era stato, l'entusiasmo con cui aspettava di leggere tutto ciò che Victoria gli scriveva. Quel ragazzino era tanto innocente, tanto ignaro delle realtà della vita. David non riusciva più a ricordare come fosse essere quel ragazzino, quando il mondo era ancora una grande novità.

"No, non ricordo," disse.

Notò un breve momento di delusione sul volto di Victoria. Tutti i pensieri della giovane erano sempre facilmente leggibili sul suo viso. Da quanto lui poteva vedere, non nascondeva nulla. Ciò mostrava un grado di fiducia a cui David non era abituato.

Victoria trasse un sospiro teatrale. "Immagino che non sia stato particolarmente memorabile, dunque, anche se in seguito mi avete presa in giro per mesi."

"Ora devi ricordarmelo per forza," disse David con un sorriso.

"Il capo stalliere di mio padre era il responsabile del mio addestramento. Avevo dieci anni e le mie sorelle ne avevano otto e sei, per cui spettava a me dare il buon esempio. Naturalmente, loro vollero essere presenti alla mia prima lezione, il che mi rese molto nervosa."

"Non riesco a immaginare quanto dev'essere stato difficile imparare a cavalcare all'amazzone."

"Ora capite il mio problema. Avevo la sensazione costante di essere sul punto di cadere. Ed è esattamente quello che è successo."

"Non ricordavo che tu fossi rimasta gravemente ferita," disse David accigliato.

Victoria inclinò la testa con le sopracciglia inarcate. "Pensavo che non ricordaste molto."

"A volte mi tornano in mente delle cose," brontolò David.

"Beh, sono caduta, questo è vero, ma la mia caduta è stata attutita." Victoria fece una smorfia. "Da un mucchio di letame."

La risata di David fu improvvisa e spontanea, e presto lui si ritrovò piegato in due con un fianco dolorante. Victoria si mise le mani sui fianchi e gli rivolse un'occhiata offesa, ma un sorriso le sfiorava decisamente gli angoli della bocca.

"Mi sembra di ricordare che all'epoca abbiate avuto la stessa reazione," disse sarcastica Victoria, "anche se avete messo per iscritto la vostra risata nel corso di molte righe."

"E ciò ti ha spinto a smettere di cavalcare?" chiese lui,

cercando di riprendere fiato. "Di certo, tutti siamo caduti nella me... nel letame."

"Non ho smesso. Le mie sorelle mi hanno tormentata così tanto riguardo all'aspetto ridicolo che avevo, coperta di... letame, che mi sono decisa a ritentare."

"Per finire ancora nel letame?" chiese lui con compassione e divertimento.

"Questa volta, sono scivolata dritto in un abbeveratoio. Louisa giurò che diversi cavalli vi avevano appena sputato dentro, quindi io mi sgravai prontamente del pranzo nell'acqua."

David gemette.

"Per cui, mi ritrovai coperta di sputo di cavallo e di vomito. Meriel mi prese in giro per mesi, dicendo che i cavalli non avrebbero più usato quell'abbeveratoio."

David sorrise. "Sono certo che avrebbero preferito patire la sete."

"È esattamente quello che mi avevate scritto!" Victoria rise fino a doversi asciugare le lacrime dagli angoli degli occhi.

David la guardò, godendosi la sua allegria. Che lo faceva sentire in pace. Lentamente, il suo sorriso svanì.

Quando raggiunsero le scuderie, una strana emozione attraversò il viso di Victoria mentre sollevava lo sguardo sull'edificio di legno, spazzando via ogni risata. Ansia? Tristezza?

David entrò nelle scuderie fiocamente illuminate per sellare il suo cavallo, Apollo, sapendo che Victoria lo seguiva. Diversi cavalli si sporsero fuori dai loro box per guardarla.

David aprì il cancelletto del box di Apollo e il grosso cavallo cercò di oltrepassarlo.

"Vuole che tu lo accarezzi," disse David alle sue spalle.

Victoria allungò una mano e passò le dita lungo la striscia bianca che attraversava il muso di Apollo.

"È bellissimo," mormorò, sorridendo.

"Vuoi che ti insegni ad andare a cavallo?"

Il modo in cui il volto di Victoria si illuminò fu come il sole che sorgeva. David fu quasi imbarazzato da una tale emozione; si sentiva indegno di essa. Si voltò di nuovo verso il suo cavallo.

"Ho sempre voluto ritentare," disse Victoria. "Grazie mille... David."

Davanti a Victoria, David ignorò il modo in cui lei gli aveva dato del tu, come se non si aspettasse nulla di meno. Ma dentro di sé, non poteva nascondersi dal senso di sollievo. Se Victoria riusciva a chiamarlo per nome, forse era sulla buona strada per perdonargli i suoi errori di gioventù.

CAPITOLO

TREDICI

D*avid.*

Victoria aveva pronunciato il nome dell'uomo con grande cura, assaporandone il suono sulla lingua. Era un buon nome, solido e affidabile, come sembrava essere il suo proprietario.

Se solo fosse riuscita a superare l'ondata di tristezza che l'aveva travolta quando era entrata in quelle scuderie così simili alle sue. Per quanto cercasse di dimenticare l'immagine, le pareva comunque di vedere un corpo scuro tra le ombre, che penzolava appeso. Il suo stomaco si contorse per la nausea e lei vi mise una mano come se potesse ricacciarla dentro. Avrebbe imparato a cavalcare per suo marito, e bandito da quel luogo il ricordo del suo segreto.

Contrastò quel ricordo terribile con il pensiero della risata di suo marito. Non aveva mai udito un suono tanto meraviglioso. David era mai stato così rilassato con lei, senza le ferrovie o le loro famiglie a separarli?

"Possiamo cominciare oggi le lezioni di equitazione?"

chiese Victoria. "So di non avere un completo, ma qui nessuno può vedermi."

"Ho ancora un po' di tempo prima di dover essere alla Member's Lobby. Ti sellerò un cavallo molto gentile."

Per qualche motivo, Victoria aveva interpretato "gentile" come sinonimo di "piccolo", ma non era così. Rimase all'esterno del box mentre David sellava una giumenta che continuava a toccargli la spalla con il muso. Victoria lo vide sorridere e ricambiare i colpetti.

Era un brav'uomo, per trattare un cavallo in quel modo. In seguito, David accompagnò la giumenta oltre Victoria, e lei si fece da parte quando la grande testa si voltò per guardarla.

David si rivelò un insegnante paziente, che le parlò del temperamento dei cavalli e dei modi per avvicinare un animale sconosciuto. Victoria fece del suo meglio per concentrarsi su tutto ciò che lui diceva, perché voleva mostrarsi degna del suo tempo. E perché farlo le faceva dimenticare le sue sofferenze. Presto, fu difficile guardare le mani di lord Thurlow e non ripensare a come le aveva toccato il viso la sera prima, tranquillizzandola come se Victoria fosse un animale selvatico pronto a fuggire. E a volte, lei aveva la sensazione di essere proprio così. David se n'era accorto?

L'uomo le mostrò il blocco da monta e come prendere posto su una sella all'amazzone, un tempo usata da sua madre. Si ritrovò costretto ad aiutarla, perché Victoria era troppo bassa. Le mani di David sulla vita la fecero sentire delicata, leggera, mentre lui la sollevava con facilità in sella. Il terreno sembrava molto distante e Victoria si aggrappò per un attimo alle mani dell'uomo, tenendosele sulla vita.

"Va tutto bene?" chiese David.

Lei non voleva certo spazientirlo, per cui annuì e mollò la presa, cercando di ricordare quella volta in cui si era arrampicata sul salice nel giardino di suo padre e quanto in alto era arrivata. Ma all'epoca era una bambina. Ora era un'adulta. La groppa di un cavallo non era poi così in alto rispetto al suolo.

David prese le redini e cominciò a condurre la giumenta per il cortile, mentre Victoria si aggrappava al pomello e cercava di abituarsi al ritmo.

Stava finalmente cominciando a rilassarsi, a guardarsi attorno e a sentirsi più sicura, quando notò che David la stava conducendo pericolosamente vicino a un abbeveratoio.

La sua presa sul pomello si strinse.

L'uomo sollevò lo sguardo e sorrise. "Non permetterò che tu cada, Victoria. Ti prenderò al volo."

"Oh, no, sono troppo pesante. Se solo poteste condurci in quella direzione..." Indicò dalla parte opposta.

"Pesante?" chiese l'uomo in tono pieno di incredulità.

E poi la sollevò di peso dalla schiena del cavallo, come se Victoria non pesasse nulla. Victoria aveva le braccia di David dietro la schiena e sotto le ginocchia, e le sembrava meraviglioso essere stretta così vicino a lui.

"Accidenti, quanto sei forte."

"Grazie."

Victoria lo fissò in viso, così vicino al suo. "Ma dovresti stare attento. Sono maledetta, per quanto riguarda i cavalli."

Un piede di David parve scivolare e Victoria lanciò un urlo, gettandogli le braccia al collo. Ciò fece sì che le loro guance si premessero l'una contro l'altra e le permise di sentire il profumo dei capelli dell'uomo, di avvertirne la consistenza morbida.

"L'ho fatto di proposito," mormorò l'uomo.

Victoria sentì le vibrazioni della sua voce nel petto.

"Suppongo che non sia stato molto gentile da parte mia," proseguì David.

"Non mi è dispiaciuto," sussurrò Victoria.

Avrebbe voluto che lui voltasse il viso, che la baciasse. Ma all'improvviso David parve a disagio con quel comportamento giocoso, perché posò Victoria coi piedi per terra e fece un passo indietro.

"È meglio che vada," disse l'uomo. "Presto ti faremo salire di nuovo a cavallo."

"Grazie, David." Il momento si concluse nell'imbarazzo, ma Victoria galleggiava su un senso di speranza.

Quel pomeriggio, la signora Wayneflete informò a bassa voce Victoria che il conte aveva avuto una serie di problemi di respirazione, ma che ora riposava tranquillo a letto. Victoria si recò alla suite dell'uomo e l'infermiera Carter la invitò a entrare.

Lord Banstead giaceva nel suo enorme letto con un aspetto sottile e fragile. Il suo petto si alzava e si abbassava in maniera rassicurante.

"Come sta?" chiese a bassa voce Victoria.

Prima che l'infermiera potesse rispondere, il conte disse: "Non ho ancora perso l'udito."

Victoria ebbe un piccolo sobbalzo e l'infermiera Carter strinse le spalle con aria dispiaciuta.

"Rivolgetevi a me, non alla servitù," proseguì il conte.

"Certo, milord." Victoria si recò al letto. "Come state?"

"Non sono affari vostri." Il conte voltò la testa e tenne gli occhi chiusi. "Potete andare. Tornate a quel pianoforte: sembra che non vi stanchi mai."

"Mi sentite suonare, milord?"

"La sala della musica è proprio sopra la mia testa, sciocca."

Victoria non era mai stata brava a comprendere la struttura di una casa. "Perdonatemi, milord. Non vi disturberò più."

Il conte aprì un occhio e la guardò. "Non ho mai detto che

fosse un disturbo. Ho cercato per anni di convincere mio figlio a suonare."

Victoria soffocò l'entusiasmo mentre prendeva la sedia accanto al letto del conte. "Ho visto tutti quegli strumenti nella sala della musica. Lord Thurlow non gradiva?"

"Era terribile. Con ogni strumento. Non si è mai nemmeno sforzato. Scriveva decisamente troppo, per un ragazzo."

Scriveva? pensò Victoria, sentendo la pelle d'oca diffondersi sulle braccia. Scriveva a lei?

"Ma voi suonate con grande naturalezza," disse il conte.

Victoria non poté far altro che fissarlo sconvolta. Era di umore decisamente chiacchierone, e dopo aver sofferto un grave attacco.

"Grazie, milord."

Il conte sospirò pesantemente mentre voltava il corpo con movimenti rigidi. Victoria si morse il labbro e aspettò, sapendo che l'uomo avrebbe detestato un'offerta d'aiuto.

Victoria individuò un libro sul comodino. "Volete che vi legga qualcosa, milord? Mi aiuta a passare il tempo quando non riesco a dormire."

Il conte la ignorò e lei prese la cosa come un'approvazione riluttante. Lesse un capitolo dell'ultimo romanzo di Dickens, fino a quando l'infermiera non le assicurò che l'uomo si era finalmente addormentato.

Proprio mentre Victoria stava aprendo la porta, il conte la sorprese di nuovo.

L'uomo si schiarì la voce. "Dite a vostra madre di restare sul nostro terreno."

"Chiedo scusa?"

"L'ho vista passeggiare nei vostri vecchi giardini. Il mio amministratore mi riferisce che vostro cugino è molto infastidito dal fatto che vivete accanto a lui: teme che vogliate fargli visita troppo spesso, quell'imbecille. Potrebbe non apprezzare le intrusioni di vostra madre."

"Vi ringrazio per l'avvertimento, milord. Parlerò a mia madre. E se avessi saputo che eravate ancora sveglio, avrei continuato a leggere."

"Il libro non va da nessuna parte," borbottò il conte, per poi rotolarsi nella direzione opposta e sollevare la coperta fino al collo.

ERA MEZZANOTTE quando David tornò a casa. Il lacchè Wilfred dormiva nell'atrio, seduto su una sedia, ma si rialzò barcollando per prendere cappello e mantello. David lo mandò a letto con un cenno e attraversò da solo la casa silenziosa.

C'era ancora una lampada accesa in salotto e, prima di spegnerla, lui si guardò attorno confuso. Gli ci volle un momento per capire cos'era successo: qualcuno aveva riempito la stanza di oggetti della sua infanzia. Cose che lui ricordava bene, ma che non vedeva da anni. Erano state impacchettate dopo la morte di sua madre. Un piccolo ritratto incorniciato di David era appoggiato su un tavolo: lui lo guardò, colto dal ricordo di quando sua madre gli aveva detto che quello era il suo preferito, perché sembrava sul punto di combinare qualche marachella.

Quella familiare pugnalata di dolore si era smussata nel corso degli anni in una scintilla di tristezza lontana, piena di inutili "se". Suo padre aveva eliminato ogni traccia di sua madre quando l'amante si era trasferita lì. A sua volta, David era stato quasi sollevato di dimenticare: lo spreco della vita di sua madre lo aveva fatto soffrire troppo.

Ma Victoria doveva essere andata in esplorazione e aveva scoperto quelle reliquie mentre preparava la casa per la cena imminente. David toccò un uccellino di ceramica che sua madre aveva comprato durante un giro di acquisti; le ricordava la loro tenuta nel Lincolnshire, che ormai visitavano di rado. David non ricordava nemmeno l'ultima volta in cui ci era stato. Ormai, solo il suo amministratore faceva l'occasionale viaggio laggiù. A Victoria sarebbe piaciuta?

David spense la lampada con un soffio e raggiunse il piano superiore al buio. Sua moglie non era mai lontana dai suoi pensieri. Nel giro di pochi giorni, Victoria sembrava aver riportato la vita nella vecchia casa. Le tende erano sempre aperte per far entrare il sole, quando David sapeva che suo padre preferiva rimuginare nell'ombra. E ora, sua moglie aveva risvegliato anche i ricordi di sua madre, forse senza nemmeno rendersene conto.

David si fermò fuori dalla porta di Victoria, con l'orecchio teso. Tranne che per lo scricchiolio di una vecchia asse, non udì nulla. Durante la serata trascorsa al club, si era dimenticato di avvisare che sarebbe rientrato tardi. Si era detto che Victoria avrebbe capito. Dopotutto, si era ricordato di informarla... o no?

Ancora una volta, Victoria era rimasta da sola con il padre di David e con sua madre. Lui stesso sarebbe impazzito, se avesse dovuto trattare con suo padre per tutto il giorno. Eppure, Victoria non si lamentava mai. Una fitta di senso di colpa gli attraversò il petto. Era un'emozione nuova, inaspettata. David stava facendo del suo meglio; era nel mezzo di trattative delicate che richiedevano tutta la sua attenzione. Non poteva fallire ora... e non poteva permettersi di essere distratto dai pensieri su sua moglie.

E tuttavia, quando entrò nella sua stanza e cominciò a spogliarsi, continuava a lanciare occhiate alla porta che collegava le loro camere. Se non fosse andato da Victoria, sarebbe stata la prima sera da quando si erano sposati che non lo avrebbe fatto.

Rimasto solo coi pantaloni addosso, esitò. Poi bussò piano. Nessuna risposta.

Avrebbe fatto meglio ad andare a letto. Invece, aprì la porta e guardò all'interno, incapace di restare lontano. Una candela brillava ancora accanto al letto della donna. Victoria giaceva raggomitolata su un fianco, sopra il copriletto, ancora vestita, come se si fosse addormentata mentre lo aspettava.

David si avvicinò al letto e si chinò su di lei. I lunghi capelli biondi della donna le coprivano parzialmente il volto. Con un dito, David le scostò un ricciolo dalla guancia, e lei si mosse con un piccolo gemito. Qualcosa nelle profondità dello stomaco di David si contrasse e lui riconobbe il desiderio che Victoria suscitava in lui. La donna era calda, morbida, e profumava di gelsomino dal bagno.

David continuò a passarle le dita tra i capelli, sprigionandone il profumo, facendo sì che Victoria si smuovesse piano. Victoria si rotolò sulla schiena e lui si chinò su di lei, appoggiandosi su un braccio e un ginocchio, come se fosse sul punto di infilarsi nel letto con lei.

Avrebbe voluto farlo.

Le palpebre della donna si mossero, e lei gli rivolse un sorriso tenero, segreto. "David?"

Victoria mormorò il nome con una voce roca che gli provocò un'erezione.

David continuò ad accarezzarle i capelli, sentendo il calore del cuoio capelluto fino all'estremità dei morbidi riccioli. Si portò una ciocca al viso e la inspirò, torturandosi per le promesse che aveva fatto la notte di nozze.

"Sei arrivato," mormorò lei. "Ti aspettavo."

David seguì i suoi capelli fino al collo e lungo la spalla, dove si arricciavano in maniera provocante sotto il seno. Victoria non aveva ancora aperto gli occhi. Trattenendo il respiro, David seguì il ricciolo lungo il fianco, poi tra le costole.

Ancora una volta, Victoria emise quel piccolo gemito, e quel suono fu quasi la rovina di David. Era consumato dalla linea della gola di lei, che svaniva sotto la scollatura. Si sedette sul bordo del letto e le infilò entrambe le mani nei capelli, circondandole la testa.

Victoria sospirò e chiuse quasi di nuovo gli occhi, come un gatto che si sfregava contro di lui. Ma all'improvviso gli guardò il petto. E nei suoi occhi... Era quella la paura che David pensava di aver sconfitto?

Nella mente di Victoria, i rimasugli caldi e pigri di un sonno piacevole svanirono all'istante quando vide che suo marito non indossava la camicia. L'uomo era chino su di lei, con la luce soffusa della lampada che proiettava ombre su metà del suo viso. Lo sguardo di Victoria scivolò verso il basso e lei vide i muscoli snelli e scolpiti del petto, come una rara opera d'arte che aveva preso vita. Gli incavi erano zone d'ombra lungo la pelle di David, mettendo in evidenza le sue linee pulite. I capezzoli dell'uomo erano punte brune sui rigonfiamenti dei muscoli sottostanti. Le sue braccia erano posate su entrambi i lati di Victoria, le grandi mani affondate nei suoi capelli.

David si ritrasse, allontanandosi da lei, e Victoria avrebbe voluto chiedergli di tornare, ma era incerta su come avrebbe reagito.

Victoria si sollevò sui gomiti, desiderosa di vedere quanto più possibile. Il suo sguardo viaggiò dalle ampie spalle dell'uomo, lungo i piani piatti del ventre, fino alla vita stretta. Nella parte anteriore dei pantaloni c'era una protuberanza che Victoria era sicura di non aver notato in precedenza.

David fece un mezzo sorriso che gli diede un aspetto particolarmente attraente.

"Dormi, Victoria. Ci vediamo domattina."

L'impulso a chiedergli di restare era forte. Ma Victoria era davvero pronta per tutto ciò che prevedeva il matrimonio? Pensò alla pazienza che David aveva dimostrato quella mattina e capì che sarebbe stato gentile con lei. E tuttavia, non riusciva a riporre fiducia in lui, non quando sembravano esserci dei segreti in quella casa... Dei segreti fra loro due.

~

"Ti sei esercitata," disse David.

Seduta con sicurezza sulla giumenta nel cortile adiacente alle scuderie, Victoria si sentì molto compiaciuta di sé. "Ho fatto pratica per diverse ore, ieri."

"In tal caso, non hai bisogno che io ti dia un'altra lezione," disse David, conducendo il suo cavallo di fronte a quello di Victoria.

Le parole dell'uomo furono un colpo imprevisto per lei. Ma poi, David si guardò alle spalle e le sorrise, e Victoria si rese conto che l'aveva presa in giro.

"Allora, sei pronta a fare la tua prima cavalcata fuori da qui?" chiese David.

Qualcosa nelle profondità dell'anima di Victoria si allentò e lei sorrise a suo marito. "Mi piacerebbe."

Sebbene fosse ancora presto, c'erano molti uomini, e qualche donna, intenti a esercitare i cavalli lungo Rotten Row. David la guidò per i sentieri ombreggiati dagli alberi, rivolgendole qualche occasionale istruzione. Fu un momento di pace, del quale Victoria fece tesoro.

Qualcuno chiamò David da dietro e lui fece voltare il cavallo. Victoria era concentrata sul controllare la sua cavalcatura e le ci volle un momento prima di sentirsi abbastanza sicura da sollevare lo sguardo. Una coppia a cavallo li aveva raggiunti e Victoria ammirò la grazia e la scioltezza della donna in sella.

"Thurlow, che bello vedervi all'aperto," disse l'uomo, toccandosi il cappello. "Negli ultimi tempi, vi vedo solo alle Camere. Oggi difenderete la proposta di legge sull'industria?"

David annuì. "Sono certo che il mio discorso vi annoierebbe, Vostra Grazia."

Victoria spostò con interesse lo sguardo fra i due. L'altra donna – una duchessa? – guardava gli uomini, ma di tanto in tanto lanciava un'occhiata incuriosita a Victoria. Victoria continuò ad aspettare che David la presentasse, ma ancora una volta, l'uomo sembrava essersene dimenticato.

"Thurlow, voi non mi annoiate mai. Continuo a ripetere a mia moglie che sareste un interessante ospite a cena."

La donna sorrise. "E io continuo a invitarlo, Vostra Grazia, ma lui continua a declinare."

Victoria sapeva che non era un bene per David, che un giorno sarebbe stato membro della Camera dei Lord, evitare di socializzare con un duca.

David tirò le redini di Apollo per affiancarlo alla cavalcatura di Victoria. "Perdonatemi, Vostra Grazia, per non aver presentato mia moglie Victoria, lady Thurlow. Milady, il duca e la duchessa di Sutterly."

La duchessa sorrise. "Lady Thurlow, magari voi riuscirete a convincere vostro marito a partecipare al nostro ballo."

Victoria non sapeva cosa dire. Come spiegare che suo marito non la consultava riguardo alle proprie attività sociali?

"Abbiamo un altro impegno, duchessa," disse David.

Gli uomini parlarono per diversi minuti della proposta di legge in Parlamento, lasciando Victoria più preoccupata che arrabbiata. Aveva cercato di parlare a suo marito del modo in cui questi eludeva il *ton*, ma David aveva reso chiaro di non aver intenzione di discuterne. Teneva a distanza i suoi pari a causa del senso di colpa dovuto al suo coinvolgimento attivo nella ferrovia? O era furioso per essere stato ficcato sotto l'ombrello degli scandali di suo padre? Victoria non sapeva tante cose di ciò che gli era accaduto. David avrebbe dovuto voler dimostrare che i peccati di suo padre non gli appartenevano. Doveva esserci un modo per fargli capire che non poteva far svanire un problema ignorandolo.

Victoria aveva smesso di sperare che suo marito si confidasse con lei. Era palese che l'uomo ignorava da tempo le proprie emozioni. Avrebbe preso la faccenda in mano lei stessa.

Sarebbe stata il genere di moglie di cui David aveva bisogno e avrebbe creato il matrimonio che entrambi meritavano, restituendogli l'entusiasmo con cui un tempo lui aveva approcciato la vita. Lo avrebbe aiutato a sentirsi a suo agio in qualunque società e trovato il ragazzo dentro l'uomo.

Mentre si avvicinavano alle scuderie di Banstead, David voltò la testa per guardarla. "Victoria, ho pensato alla nostra cena."

"Non devi preoccuparti, David. Ho parlato di tutto con il tuo amministratore. Manca solo un giorno e i preparativi sono quasi conclusi."

David la aiutò a scendere da cavallo. "Non ero preoccupato per quello. Le trattative con le compagnie ferroviarie che vogliamo acquisire stanno procedendo molto bene. Quest'ultimo incontro a casa nostra è quasi una formalità, un festeggiamento. Per cui, forse, dovremmo dare delle danze dopo cena."

Si stava consultando con lei, proprio come Victoria aveva voluto. Allora perché lei sentiva una stretta allo stomaco? "Danze?"

"Sì. Credi che sarebbe una buona idea?"

"Sono sicura che le signore apprezzerebbero." Victoria attese che il garzone si allontanasse con i loro cavalli. "A te piace ballare?"

"Non è la mia attività preferita, ma mi è stato insegnato da giovane." David la guardò accigliato. "Se ben ricordo..."

Victoria sospirò. "Io non so ballare."

"Nulla di cui preoccuparsi," disse l'uomo, allungando la mano.

Victoria fissò la mano in questione. "Non capisco."

"Ti insegnerò a ballare."

L'entusiasmo gorgogliò dentro di lei mentre fissava suo marito. David aveva un'aria divertita mentre mostrava interesse in una cosa tanto semplice come il ballo.

"Se ben ricordo," disse l'uomo in tono sarcastico, "scrivevi sempre che calpestavi i piedi agli uomini."

Victoria sorrise compiaciuta. "Oh, sì. Mia madre era disperata e alla fine si è arresa."

"Mi proteggerò indossando gli stivali da equitazione."

David si mise la mano di Victoria nell'incavo del braccio e la condusse attraverso il giardino e in casa. "Andremo nel salotto blu. È dove ballavamo una volta."

"Ma non c'è musica," obiettò Victoria.

"Non abbiamo bisogno della musica."

No, di sicuro lei non aveva bisogno, perché c'era un'intera orchestra che suonava nel suo cuore. Mentre attraversavano la casa a braccetto, Victoria si disse che non doveva vedere chissà che cosa in quella situazione. David non voleva che lei lo mettesse in imbarazzo; ecco perché le avrebbe insegnato a ballare.

Ma quando entrarono nel grande salotto, sotto la moltitudine di lampadari, il suo cuore batteva così forte che avrebbe potuto giurare che il petto le vibrasse.

"Cominceremo con un valzer," disse l'uomo, posizionando Victoria fra le proprie braccia.

Victoria sentì la mano di David nella parte alta della schiena e l'altra, calda, nella sua.

"Conosci i passi di base?" chiese suo marito.

Victoria annuì. "Ma non sono mai stata molto brava."

Poi David cominciò a contare e la fece volteggiare tra le sue braccia, e Victoria dimenticò tutto mentre lo fissava in viso. Fu un'esperienza da sogno, magica, uno di quei momenti che si verificavano solo una volta nella vita: ballare da sola col suo bel marito che la fissava con tanta intensità. La stanza poteva anche essere illuminata dal sole che penetrava dalle finestre alte piuttosto che immersa nella luce delle candele, ma ciò non diminuiva il romanticismo del momento, il modo in cui il cuore di Victoria si gonfiava per la speranza che tutto, fra di loro, avrebbe potuto funzionare.

David sorrise. "Pensavo avessi detto che non sapevi ballare."

Come se le parole avessero infranto l'incantesimo, Victoria inciampò e gli pestò un piede. David rise, un suono ricco e profondo, e la prese fra le braccia. All'improvviso, l'aria si colmò di una tensione crepitante che non aveva nulla a che vedere con la danza e tutto a che vedere con un uomo e una donna stretti l'uno all'altro.

"Riproviamo," disse David, facendo un passo indietro. "Questa volta, non pensare. Affidati alla mia guida."

David voleva la fiducia di Victoria, ma lei disperava che suo marito avrebbe mai ricambiato.

QUATTORDICI

A pranzo, Victoria parlò con la signora Wayneflete e sua madre riguardo al discorso che David avrebbe tenuto quel pomeriggio alla Camera dei Comuni.

Sua madre sospirò. "Hai sposato un uomo molto importante, Victoria."

"Lo so, mamma. Vorrei aiutarlo in ogni modo possibile, ma è difficile quando lui ha una vita tanto separata dalla mia."

"Potete sempre mostrare interesse, milady," disse la signora Wayneflete. "Potete assistere al suo discorso. Le signore hanno una galleria tutta per loro, al di sopra dell'aula dei Comuni. Non è troppo tardi, dato che le discussioni non cominciano mai prima delle quattro del pomeriggio."

Victoria sorrise. "La vostra conoscenza mi stupisce sempre, signora Wayneflete."

La governante si strinse nelle spalle, palesemente compiaciuta. "L'amministratore mi tiene aggiornata. Andrete al Parlamento, dunque?"

"Siete sicura che sia tutto pronto per la cena? Magari avete bisogno di me qui."

"Possiamo passare in rassegna gli ultimi ritocchi adesso, milady, e poi sarete libera oggi pomeriggio."

Victoria pensò al suo nuovo proposito riguardo a David. Voleva capire tutto ciò che era importante per lui. "In tal caso, andrò in Parlamento."

Quel pomeriggio, Victoria uscì di casa con Anna, la sua cameriera personale, nella carrozza di Banstead. Quando arrivarono nel cortile del palazzo, Victoria scoprì che era necessario un permesso per accedere alla galleria delle signore. Ma non si sarebbe arresa facilmente.

Con gli occhi sbarrati, sollevò lo sguardo sul poliziotto di guardia. "Ma, agente, io sono lady Thurlow e ho appena scoperto che mio marito, lord Thurlow, terrà un discorso oggi. Siamo sposati da poco e sarebbe molto importante per me se ci lasciaste entrare."

Dietro di loro si era formata una lunga fila e Victoria si sentì spintonare. Rivolse all'agente uno sguardo indifeso e implorante; con suo sollievo, l'uomo le lasciò passare.

Victoria trovò la lunga scala che conduceva alla galleria delle signore e presto lei e Anna furono sedute in prima fila, a guardare verso il basso la stanza lunga e alta, con le panche verdi che si affollavano su entrambi i lati con angoli pronunciati. Centinaia di uomini si erano radunati per dibattere. Non vide David se non dopo la lettura della proposta di legge, quando ebbe inizio il dibattito. Il presidente della Camera invitò suo marito a parlare, e David cominciò con un tono calmo ma energico, senza tutto quell'agitare di braccia e quelle grida che molti degli altri uomini sembravano utilizzare.

La sua voce risuonò per la stanza, interrotta da occasionali acclamazioni o fischi, mentre parlava delle condizioni delle donne e dei bambini nei cotonifici. Victoria lo fissò sconvolta; non aveva mai sentito parlare di turni di lavoro di sedici ore e di bambini piccoli che venivano drogati per renderne più facile la gestione.

Si sporse dalla balaustra, rapita dalla convinzione di suo marito, sconvolta che qualcuno potesse anche solo obiettare in nome di una presunta ingerenza eccessiva dello Stato. Mentre David rispondeva alle obiezioni con intelligenza acuta, si guardò attorno, e Victoria capì all'istante il momento in cui la vide. Suo marito non perse il filo del discorso; non parve arrabbiarsi con lei. Ogni tanto, il suo sguardo tornava su di lei, e Victoria non riuscì a guardare altrove.

Ecco un'altra cosa per cui David provava passione, qualcosa in cui credeva. Voleva fare del bene a chi viveva in condizioni miserabili e Victoria si commosse, perché era proprio grazie a David che lei stessa era sfuggita per un soffio a un destino simile. Da un certo punto di vista, era stata un altro dei suoi progetti.

Ora, *David* sarebbe diventato un progetto di *Victoria*.

Lei e Anna se ne andarono ore più tardi, ma ben prima che il dibattito si concludesse. Victoria sapeva di non dover aspettare David per cena.

Dopo che Victoria ebbe fatto il bagno, David bussò alla sua porta. Victoria non sobbalzò per nervosismo, ma per senso di attesa.

Dato che stava cercando di ritrovare il ragazzo che ricordava, lasciò deliberatamente il loro ammaccato diario d'infanzia all'aperto, in bella vista. David vi avrebbe scritto ancora? Magari per condividere cose che non riusciva a esprimere a parole?

"Avanti," chiamò Victoria.

Quando vide David, rimase delusa nel constatare che indossava di nuovo una vestaglia sul petto nudo. L'uomo non notò il diario che lei aveva lasciato in vista. Ma andava bene così; c'era tempo.

David attraversò la stanza diretto verso di lei e Victoria mantenne la posizione, con il cuore che batteva forte, il respiro accelerato. Se gli avesse permesso di toccarla, non avrebbero mai avuto una conversazione. E Victoria voleva tanto tornare a capirlo.

"Ti ho vista ai Comuni," disse David. "Avresti dovuto dirmi che volevi venire. Avrei organizzato tutto."

Quella voce profonda, che quel pomeriggio aveva tenuto sotto il suo incantesimo centinaia di uomini, sapeva fare la sua magia anche su di lei.

"Non sapevo della galleria fino a quando la signora Wayne-flete non me ne ha parlato." Victoria sorrise. "Mi era parso che tu mi avessi vista. Quando ho sentito il duca accennare al tuo discorso, ho voluto ascoltarlo."

"Mi dispiace che sia stato tanto noioso. Siete rimaste intrappolate a lungo?"

"Noioso? Io l'ho trovato affascinante. Sei stato molto bravo a difendere la proposta di legge."

"La proposta ha ancora molta strada da fare prima di essere accettabile per una maggioranza parlamentare."

Victoria abbassò la voce e scelse con cura le parole. "Devono esserci molti incontri fuori dai Comuni per apprendere cose del genere."

"Ci sono."

David si accigliò e Victoria si rese conto che non aveva capito dove lei volesse arrivare.

"I parlamentari discutono di queste cose durante eventi sociali, come fai tu con i direttori della ferrovia?"

"Sono certo che si discuta ovunque si ritrovino degli uomini," disse David. "È per questo che ogni tanto frequento il mio club."

Beh, Victoria aveva provato a essere sottile, ma senza successo.

"Oggi abbiamo ricevuto un invito a cena da un certo signor Dalton, l'uomo che ha letto la tua proposta di legge. Ho pensato che ti avrebbe fatto piacere partecipare, visto che apprezzi così tanto la politica."

David sorrise. "Non è necessario, Victoria. Domani pranzerò con lui."

Accidenti.

Victoria accettò quella risposta... per il momento. Avrebbe ritentato il giorno dopo – e quello dopo ancora – fino a quando David non avesse capito quanto fosse importante non ignorare una parte della sua vita.

"C'è dell'altro?" chiese a bassa voce David, avvicinandosi di un passo.

Il respiro di Victoria accelerò alla vista dello sguardo rovente dell'uomo.

"C'è dell'altro?" fece eco lei, con la testa che le girava.

"Se hai altre domande–"

"No, nessuna domanda."

E poi, le mani di David le allentarono la fusciacca, sciolsero la chiusura e le sfilarono la vestaglia dalle spalle. Il languore della passione la travolse di nuovo, facendo svanire ogni altra cosa che non fosse il bisogno di essere toccata da lui. Come sarebbe stato toccarlo a sua volta? Ogni sera, sembrava più difficile lasciarlo andare.

Quando David parlò, Victoria rimase sorpresa e sollevò lo sguardo verso di lui.

"Oggi, mentre ballavamo, ho notato che hai una vita molto delicata."

Victoria emise una risata roca. "Di sicuro era merito del corsetto."

"Dovrò verificare di persona."

David le mise le mani sul ventre e poi, con grandissima lentezza, gliele fece scivolare attorno alla vita. I suoi pollici le sfiorarono come piume le costole, carezze leggere e ripetute fino ad appena sotto i seni. Seni gravati da una sofferenza di cui Victoria aveva appena cominciato a rendersi conto.

L'uomo si chinò su di lei, bloccando la luce delle candele con la sua ampia sagoma. Il mento le smosse l'aria sopra l'orecchio.

David sussurrò: "La tua camicia da notte è così sottile che riesco quasi a vedervi attraverso."

Victoria trattenne il respiro, tutta la sua attenzione concentrata sulla vicinanza di David, sul bisogno di appoggiarsi a lui.

"Vuoi sapere cosa vedo?" chiese l'uomo.

Victoria esitò a lungo, ma David attese. "Sì."

La testa di David si abbassò; il suo fiato era caldo contro il collo di Victoria, e lei capì che stava passando lo sguardo sul suo corpo.

"I tuoi capezzoli turgidi contro la seta."

Victoria non riuscì a controllare il brivido che la attraversò. Le mani di suo marito continuarono a giocare con la sua vita, stuzzicandola più in alto, ma senza mai toccare ciò che stava guardando. Victoria provò un bisogno urgente di toccarlo a sua volta, di partecipare a quella strana danza che facevano tutte le sere.

Victoria sollevò la mano e David si fermò. Stava trattenendo il fiato, come lei? Non era già stato toccato da altre donne? Oppure la situazione era diversa, perché Victoria era sua moglie?

Victoria gli mise la mano sul polso sinistro e sentì la pelle nuda e la spolverata di peli. Tremando, lasciò che le dita le scivolassero lentamente lungo il braccio di David, sopra la vestaglia. In lui c'era una durezza che in lei mancava, curve di muscoli che lei aveva visto con i propri occhi la notte prima.

Con lo sguardo, Victoria seguì la sua mano sul braccio dell'uomo, fino a raggiungere la spalla. Lo stava guardando, e lui era ancora chino su di lei, le loro teste vicinissime. Non riusciva a leggere la sua espressione; sapeva solo che non vedeva altro che lei.

Con stupore di David, quella serata aveva dimostrato che il tocco di una vergine poteva essere più inebriante di quello di una donna esperta. O forse era solo perché era Victoria a toccarlo, Victoria a dimostrare che voleva quel matrimonio.

Forse quanto lui. Ma le ragioni di David erano puramente pratiche.

David disse: "Fino a qualche settimana fa, non volevi toccarmi."

Victoria inclinò la testa all'indietro per guardarlo, e i capelli le ricaddero sciolti oltre le spalle. "Ho ritenuto che tu non dovessi essere l'unico a fare uno sforzo."

David sorrise. "'Uno sforzo' suona come qualcosa di gravoso. È stato un tale sforzo, dunque, toccarmi il braccio?"

"No," sussurrò Victoria. Il suo sguardo si fece determinato. "A volte, posso essere ardita. Hai visto il diario che ho lasciato lì sul tavolo?"

David si accigliò. "Non lo riconosci?" chiese Victoria.

"Sì." Victoria lo stava osservando attentamente, e la cosa lo metteva a disagio. Perché la vista di quel quaderno turbava tanto David?

"L'ho conservato per tutto questo tempo."

"La cosa non mi stupisce."

"Un tempo, ti sei offerto di sposarmi."

"Davvero?"

"Hai detto che volevi sposarmi perché ero molto diversa da tutte le altre ragazze che conoscevi."

David mantenne un tono leggero. "Già allora ero generoso di complimenti."

Victoria sorrise. "Era davvero un complimento... per un ragazzo di dodici anni. Ti risposi che sarebbe stato mio padre a scegliere mio marito, ma in verità non volevo ferirti. Sapevo che mio padre non avrebbe scelto il figlio di una cuoca. Come sono cambiate le cose: *tuo* padre non avrebbe scelto me."

David provò... incertezza. Un sentimento che non sperimentava da molto tempo. "È per questo che non ti sei mai sposata? Stavi aspettando me?"

"Certo che no. Preferisco trascorrere una serata tranquilla con la mia musica che socializzare. Ormai lo saprai: non sono mai stata a mio agio con gli uomini. Non mi viene mai in mente la cosa giusta da dire."

"Non sembri avere difficoltà a parlare con me."

Con un sorriso amareggiato, Victoria disse: "Fidati, ho dovuto esercitarmi molto per questo. Non ho il dono dell'eloquenza come te. Tu hai una sicurezza naturale che ti rende facile stare con le persone."

David parlò senza riflettere: "Non è così. A volte so recitare, quando è necessario."

Victoria socchiuse gli occhi con aria concentrata. "Quand'è che reciti?"

Lo stava guardando in modo fin troppo perspicace, e questo lo fece sentire vulnerabile, come se Victoria potesse vedere cose dentro di lui che nemmeno David voleva conoscere. Sua moglie lo stava ancora fissando con solennità quando lui si voltò.

David vide il diario e, contro la sua volontà, ricordi che avrebbe voluto dimenticare riaffiorarono: i ricordi di un ragazzo che aveva inventato un'altra vita perché era stanco di sentirsi costantemente impaurito e triste. Si era concentrato sulle avventure, raccontando a Victoria di rospi catturati e grandi viaggi attorno al mondo progettati in biblioteca. Allora, David voleva fuggire, e gli ci erano voluti anni per accettare che non avrebbe mai potuto farlo. Col tempo, era diventato molto bravo a recitare.

"Buonanotte, Victoria."

Questa volta, sua moglie lo lasciò andare in silenzio.

QUINDICI

Dopo la loro cavalcata mattutina, David uscì di casa, promettendo che quella sera sarebbe tornato ben prima dell'arrivo degli ospiti. Victoria era nervosa all'idea di dare una festa in casa propria, ma la signora Wayneflete aveva organizzato tutto alla perfezione. Victoria passò dalle cucine alla sala da pranzo, poi ai salotti, supervisionando il posizionamento delle composizioni floreali; tutto il resto era già pronto.

Mentre se ne stava da sola in piedi nel salotto, ammirando l'aspetto complessivo della stanza, notò la statuetta dell'uccellino che un tempo apparteneva alla contessa. Quell'oggetto le fece pensare a David e alla sua incapacità di parlare del passato. La morte della contessa aveva segnato l'inizio della discesa nello scandalo del conte, ma d'altra parte, nella casa accanto erano sempre successe cose strane. A Victoria sembrava di ricordare che, quando era bambina, Banstead House fosse spesso drappeggiata a lutto. Si era chiesta spesso quanti parenti anziani avesse il conte, per aver vissuto tutte quelle tragedie.

Era un mistero che doveva risolvere. In biblioteca trovò la Bibbia di famiglia e l'anno della morte della contessa: lo stesso in cui David aveva smesso di scrivere nel diario.

Dopo la morte di lady Banstead, erano cominciate le feste. La casa era sembrata prendere vita, sfolgorante di luci più volte a settimana, con file di carrozze lungo la strada, pronte a sbarcare i loro passeggeri. Il padre di Victoria si era lamentato delle voci alte a tarda notte nel giardino, e la musica era andata avanti fino alle prime ore del mattino.

E David? In che modo una simile mancanza di rispetto per l'anno di lutto lo aveva toccato? Non era nemmeno più riuscito a scrivere a Victoria.

Distrattamente, Victoria continuò a scorrere la pagina e ciò che vide le gelò il sangue nelle vene. Dopo David, erano nati altri cinque figli... e tutti erano morti il giorno stesso della nascita.

"Cosa state facendo?"

Victoria sobbalzò e quasi lasciò cadere l'enorme Bibbia. Si voltò e vide lord Banstead nella sua sedia a rotelle, con il consueto cipiglio in viso. L'infermiera Carter era in piedi alle spalle del conte, con lo sguardo basso e carico d'imbarazzo.

"Buongiorno, milord," disse Victoria. "Stavo giusto venendo a trovarvi."

"Non pensate di leggermi la Bibbia. Ne ho avuto abbastanza da bambino."

"Certo che no, milord." Pover'uomo. Quanti figli aveva perso. Non c'era da stupirsi che la casa fosse stata sempre avvolta dal lutto. E la nascita dell'ultimo bambino aveva ucciso la madre di David.

La cena di quella sera avrebbe potuto aiutare David e suo padre?

"Milord, avete visto tutti i preparativi per la cena di questa sera. Non vorreste farci l'onore di partecipare?"

"Quei giorni sono passati da tempo," borbottò il conte. "Gentile da parte vostra chiedermelo."

Victoria sospirò. Persino sua madre aveva rifiutato di partecipare, adducendo un'emicrania.

"Siete sempre in tempo a cambiare idea, milord. Per quanto riguarda le nostre letture, vi accompagno nella vostra stanza? O preferireste che vi leggessi nel giardino d'inverno? I fiori sono splendidi."

Con suo stupore, il conte optò per la serra. Il sole brillava attraverso il vetro, felci e piante si ergevano alte tutto attorno a loro, e Victoria provò un senso di pacifica determinazione. Se non altro, il suo rapporto con il conte stava migliorando: un passo avanti sulla buona strada della sua molto volontaria interferenza fra padre e figlio.

MENTRE LE COPPIE raggiungevano il salotto, Victoria stava accanto a suo marito a salutare gli ospiti. Con suo stupore, aveva scoperto che dover coordinare la serata le lasciava meno tempo per preoccuparsi. Il signore e la signora Perry, una coppia matura, varcarono la soglia. Il signor Perry prese subito David in disparte e Victoria notò che la moglie dell'uomo aveva un'aria piuttosto imbarazzata.

"Buonasera, signora Perry," disse Victoria.

"Buonasera, milady. Spero non vi dispiaccia se abbiamo portato nostra figlia con noi."

Un'ospite in più al tavolo. La mente di Victoria si affrettò a ridisporre le sedie mentre la bocca diceva: "Nessun problema, signora Perry."

La donna si voltò per invitare la figlia a farsi avanti e Victoria si immobilizzò.

"Lady Thurlow, questa è mia figlia, la signorina Perry."

Prudence Perry. Victoria aveva avuto l'impressione che il cognome le fosse familiare, ma non aveva mai approfondito quel pensiero... e ora si ritrovava di fronte alla sua aguzzina d'infanzia.

Prudence era cresciuta fino a diventare una giovane donna di straordinaria bellezza.

"Buonasera, lady Thurlow," disse Prudence. "Mia madre dice che un tempo eravate nota come la signorina Shelby."

Victoria si schiarì la voce e avrebbe voluto fare una smorfia quando il suono catturò l'attenzione di David.

"Sì, signorina Perry, sono la maggiore delle sorelle Shelby." Victoria esitò. "Non vi ricordate di me?"

"Credo di sì," disse la giovane, incerta. "Ma ho più ricordi delle vostre sorelle."

La signora Perry emise una risata un po' troppo acuta. "Sì, è difficile credere che la timida Victoria Shelby sia maturata fino a diventare una signora tanto... realizzata."

Realizzata? Victoria passò lo sguardo fisso dalla madre alla figlia, senza sapere cosa dire. Il signor Perry sospinse le donne in mezzo alla folla e Victoria si voltò a seguirli con lo sguardo.

David le si affiancò. "Qualcosa non va?"

"Non credo," disse lentamente Victoria. "Conoscevo quella ragazza, ma sembra che lei non si ricordi di me."

"È un peccato."

"No, è un bene. Mi prendeva in giro spietatamente per la mia incapacità nella danza e per come balbettavo quando mi sentivo sopraffatta."

David le sorrise. "In tal caso, la signora Perry aveva ragione: sei diventata una donna realizzata."

"Perché ho smesso di balbettare?" ribatté sarcastica Victoria.

Suo marito rise. "Non avevi scritto di quella ragazza nel diario?"

L'uomo che voleva dimenticare il passato rievocava sempre più spesso quel diario.

"Sì, ti ho detto tutto di lei. Sono certa di aver piagnucolato abbondantemente, ma avevo quindici anni. Tu ti eri offerto di vendicarmi."

"Avrei fatto qualunque cosa pur di trovare un modo per incontrarti." David ammiccò.

Oh, quanto le piaceva quel suo lato divertente. Appena qualche settimana prima, Victoria non lo avrebbe creduto possibile.

"La tua idea di vendetta fu accolta con gratitudine nello spirito in cui era stata offerta."

"E cosa mi ero offerto di fare?"

"Volevi conoscere l'indirizzo di Prudence per poterle versare del fango nel letto."

"Ah, sì, sapevo come conquistare il cuore di una giovane ragazza."

Victoria sentì il bruciore delle lacrime. Era proprio così. E forse, quell'aspetto di David non era mai cambiato.

"Beh, io non ti ho detto di sì… ed è un bene, visto che la signorina Prudence Perry è qui presente questa sera."

"L'hai invitata tu?" chiese David.

"No, e i suoi genitori sembravano molto in imbarazzo per la sua presenza. Mi chiedo perché."

Furono distratti dall'arrivo degli ospiti successivi, gli Staplehill, ma Victoria si rese conto che il suo sguardo continuava a vagare nella direzione dei Perry.

Prima di cena, Victoria attraversò la folla nel salotto, senza mai fermarsi troppo a conversare, avvertendo la necessità di assicurarsi che tutto filasse liscio.

Mentre passava accanto a un gruppetto di giovani mogli, udì una voce chiamare: "Victoria… Lady Thurlow! Posso avere un momento del vostro tempo?"

Victoria si appiccicò un sorriso sul viso, a beneficio di Prudence, e si lasciò attirare vicino alle finestre, lontano da tutti.

Prudence sorrise nervosamente. "Volevo solo scusarmi per il comportamento dei miei genitori. Non ho idea del perché abbiano insistito affinché venissi questa sera. Mi hanno persino costretta a cancellare i miei programmi per accompagnarli."

"Signorina Perry, come ho detto a vostra madre, non avete recato alcun disturbo. E sono lieta che abbiamo l'occasione di rinnovare la nostra conoscenza."

Prudence annuì. "Forse è per questo che i miei genitori volevano che io venissi. Ammetto di avere pochi ricordi di voi, ma d'altra parte, a quei tempi mi interessavo perlopiù al mio guardaroba."

Il modo di fare della giovane sembrava imbarazzato, e Victoria si scoprì a rilassarsi. Forse, ciò che lei aveva vissuto come un'aggressione terribile e umiliante non era altro che il comportamento fuori controllo di una ragazza viziata, giovane quanto lei. Forse Victoria non era l'unica a essere maturata.

LE DONNE STAVANO ASPETTANDO che gli uomini emergessero dalla biblioteca dopo la cena, quando udirono un suono di voci alzate riecheggiare dall'ingresso. Victoria cercò di contenere la curiosità generale, ma tutte corsero nel corridoio per guardare dalla balaustra.

Il signor Staplehill stava seguendo il signor Perry, che si allontanava a grandi passi verso le scale.

"Non capisco perché vi siate offeso tanto," disse Staplehill, con la sua voce molto giovane e implorante. Era pallido in viso.

"Quando avrete una figlia, capirete," ribatté il signor Perry.

Cominciò a salire le scale, poi si fermò quando vide tutte le donne che lo stavano fissando, ammutolite. Il suo viso arrossì. "Signora Perry, Prudence, dobbiamo andarcene subito."

Prudence sussultò. "Ma papà, le danze non sono ancora cominciate!"

Ma la madre la prese per un braccio e insieme scesero al piano di sotto. Victoria le seguì, mandando il maggiordomo a recuperare i loro soprabiti.

David andò loro incontro sulla soglia. "Perry, non andatevene. Staplehill è un giovanotto e non pensa prima di parlare."

"Va tutto bene, Thurlow," disse il signor Perry. "Sarò alla riunione quando verrà dato l'annuncio della fusione. Nulla potrebbe impedirmelo."

L'uomo se ne andò con moglie e figlia. Victoria lanciò un'occhiata preoccupata a suo marito, poi tornò nel salotto per dire all'orchestra di cominciare a suonare.

Ore dopo, quando tutti furono finalmente tornati a casa dopo la conclusione delle danze, Victoria parlò brevemente alla servitù riguardo al riordino, quindi andò a cercare David nello studio. Infilò la testa all'interno e vide suo marito seduto dietro l'enorme scrivania, con dei libri contabili sparsi di fronte a sé. La luce di una singola lampada a olio proiettava un'ombra mostruosamente grande su una parete dello studio. Persino gli occhi di David brillavano nell'oscurità, con l'eccezione dei centri azzurro pallido. L'uomo si raddrizzò e le fece cenno di entrare.

"Non ti ho visto lasciare la festa," disse Victoria, sedendosi di fronte a lui.

"Stavo accompagnando le persone alla porta." L'uomo le sorrise. "Hai riscosso grande successo. Grazie."

Victoria ricambiò il sorriso. "Sono felice di esserti stata utile."

Quando David tacque, lei si rese conto di non poter fare lo stesso. "Allora, cosa è accaduto tra il signor Staplehill e il signor Perry?"

David si stiracchiò e si passò una mano fra i capelli. "A quanto ne so, qualcosa di molto sciocco. Staplehill ha bisogno di essere sempre al centro dell'attenzione. In un momento di stallo nella conversazione, ha fatto un'osservazione su una ragazza che si era lasciata compromettere. Il fatto risale a un paio d'anni fa; alla fine, tutto si è risolto per il meglio. Non ho idea di cosa abbia fatto inalberare Perry. Ma era offeso per la ragazza e la sua famiglia, e ha deciso di farlo sapere a Staplehill."

"Questo potrebbe creare problemi alla tua ferrovia?"

"Non credo. Ma, a parte me, Perry è l'investitore più importante ed è colui che possiede la quota di controllo in una delle ferrovie che abbiamo preso di mira. Lo incontrerò e mi assicurerò che sia tutto a posto."

Fra loro calò il silenzio e Victoria ebbe la sensazione che David fosse rilassato, che lei avrebbe potuto chiedere qualunque cosa e ottenere risposta.

"David, perché lo fai? Voglio dire, perché sei così coinvolto nella Southern Railway, quando un gentiluomo non dovrebbe?"

Suo marito la osservò. "Ti ho già detto che la ferrovia è importante per il futuro dell'Inghilterra. Se il mio denaro può contribuire a realizzarla, voglio che ciò accada."

Victoria pensò che non avrebbe aggiunto altro, ma poi David parlò, a voce bassa e riflessiva.

"Anche se oggi non è così, un giorno qualunque uomo potrà contribuire a modellare il Paese senza essere malvisto per questo. Non è solo questione di impostare una linea politica in

Parlamento. Se io contribuirò agli inizi, potrò dimostrare alla gente che un nome può avere potere anche senza un titolo nobiliare alle spalle. È qualcosa di cui essere orgogliosi... di cui i nostri figli potranno essere orgogliosi.”

“In modo da dimenticare ciò che fece il loro nonno?”

David guardò fuori dalla finestra buia. “Sì. Vai a letto, Victoria. Ti raggiungerò presto.”

David si spogliò per andare a letto, dimenticando che di solito andava vestito nella stanza di sua moglie. Era distratto da quanto gli veniva facile parlare con lei, da ciò che aveva quasi rivelato. Non voleva che Victoria conoscesse tutti i dettagli degli scandali di suo padre. Non voleva che quelle voci la ferissero. Sua moglie aveva già sofferto abbastanza.

David indossò la vestaglia, stringendosi nelle spalle al pensiero di avere gambe nude. Prima o poi, Victoria le avrebbe viste comunque.

Quando bussò, lei rispose, e David entrò. Victoria era seduta alla scrivania e scriveva nel suo quaderno... ma non lo stesso di sempre, si rese conto lui. Sul tavolino c’era il loro vecchio diario, e quella mattina a colazione l’aveva vista con un quaderno di colore diverso. Quanti ne aveva? E perché così tanti?

“Interrompo?” chiese lui.

“Certo che no, David.”

David tacque, osservando lo sguardo di Victoria scorrere lungo il suo corpo. Sua moglie spalancò gli occhi alla vista delle gambe nude, ma non disse nulla.

“Victoria–” E poi, David si interruppe. Cosa voleva dire?

Victoria chiuse il quaderno e si alzò in piedi con grazia.

Mentre camminava verso di lui, disse: "Devo togliermi la vestaglia, David?"

David lasciò scivolare via ogni dubbio e si concentrò solo su di lei. Le passò le dita sulle morbide guance, poi le scostò i capelli dietro le spalle.

"No, mi piace essere io a toglierla."

Ah, quel rossore virginale era troppo provocante. Forse era stato un errore presentarsi quasi nudo, perché di certo la vestaglia di David si stava già gonfiando sul davanti.

SEDICI

Victoria vide suo marito attraverso un velo di quello che doveva essere desiderio. Voleva essergli vicina, sentirsi toccare da lui. Quella sensazione la attraversò come un'onda di fuoco e Victoria si lasciò andare a essa. Mentre David le apriva e le allargava la vestaglia, lei si sentì attirata verso di lui, riuscendo a stento a trattenersi dallo sfregare il mento contro le sue mani alla gola.

Quando la vestaglia non ci fu più, le mani di David non si allontanarono. Victoria indossava una camicia da notte molto scollata, che tuttavia non rivelava nemmeno la sommità dei suoi seni. Le dita di David le accarezzarono la gola, fino all'incavo alla base. Victoria osservò l'espressione attenta sul volto dell'uomo, il modo in cui i suoi occhi sembravano caldi invece che distanti. Le mani di David seguirono l'arco delicato delle sue clavicole, carezze leggere a metà tra il piacere e un tipo di dolore a cui lei non riusciva a resistere. Quando l'uomo giunse alle spalle, cominciò a muoversi di nuovo verso l'interno, ma questa volta le dita scivolarono sotto la scollatura e la percorsero dall'interno.

Il respiro di Victoria era affannoso, la pelle sensibilissima a ogni gesto di David. All'inizio avrebbe voluto distogliere lo sguardo, ma si ritrovò intrappolata in quello dell'uomo. David osservava ogni sua minima reazione, e lei non riusciva nemmeno a pensare all'imbarazzo o al disagio. Le dita di lui scivolarono più in basso mentre si avvicinavano al centro, toccavano i rigonfiamenti dei seni e si inoltravano nell'avvallamento centrale. Non sapeva come, ma le mani di Victoria erano finite sulla vita di David, aggrappandosi come se lasciarlo significasse affondare nel pavimento.

Quando David si staccò, Victoria avrebbe voluto richiamarlo, ma le parole le si strozzarono in gola mentre lui appiattiva le mani davanti alle sue spalle e scivolava lungo i fianchi, sfiorandole appena i seni. Per sua fortuna, David le girò attorno alle costole e risalì. Le sue mani grandi le circondarono i seni da sotto, sollevandone delicatamente il peso nei palmi. Un basso gemito le sfuggì quando i capezzoli sfregarono contro le mani dell'uomo. Una sensazione meravigliosa esplose nel suo corpo, cogliendola alla sprovvista.

"Era da tanto che volevo farlo," sussurrò David.

Quell'ammissione la sciolse e lei si aggrappò più forte alla sua vita. La voce di David era roca, come se anche lui faticasse a parlare. La sofferenza che Victoria aveva percepito nei seni sotto le sue carezze sbocciò in un bisogno così feroce che non seppe come reagire, né cosa pensare. Si limitò a restare dov'era mentre David le massaggiava dolcemente i seni, finché ogni carezza non si trasformò in uno strattone nel profondo dello stomaco e persino fra le cosce.

Fu Victoria a staccarsi, questa volta, barcollando all'indietro mentre incrociava le braccia sul petto. Non poteva essere giusto desiderarlo tanto, lasciarsi andare in modo così totale. C'erano ancora troppe cose non dette tra loro.

"Ho esagerato?" chiese David, a bassa voce.

Victoria scosse la testa. "No. È solo che non mi sarei mai aspettata... non avevo mai immaginato..."

Avrebbe voluto chiedere se fosse sempre così, ma non voleva sapere in che modo altre donne avessero fatto sentire suo marito.

"Un giorno, ti toccherò in modo ancora più intimo, Victoria," disse David. Nel suo sguardo c'era una crudezza che la fece sentire desiderata.

"Lo so," sussurrò Victoria.

"Buonanotte."

David si voltò e se ne andò, e Victoria lo lasciò fare.

Quando David entrò in sala da pranzo per fare colazione, Victoria era già lì, intenta a leggere il giornale con un'espressione concentrata che gli parve incantevole. Non vide quaderni in vista. Victoria non consultava sempre un diario per cominciare la giornata?

Sua moglie sollevò lo sguardo su di lui e, invece di sorridergli, lo fissò con solennità, gli occhi semichiusi: una donna che contemplava la passione.

La giovane si umettò le labbra e lui guardò la sua bocca. David sentì un desiderio feroce: che quel mezzo matrimonio finisse e ne cominciasse uno vero. Il momento si protrasse, finché fu Victoria a lanciare un'occhiata al lacchè e a trarre un respiro profondo.

"Continuo a cercare, ma non trovo notizie della proposta di legge sull'industria."

David era ancora frastornato mentre si serviva alla credenza. "È ancora in discussione. Potrebbero volerci settimane anche solo perché torni in commissione per essere rivista."

Ora Victoria lo stava osservando in un modo che non aveva più nulla a che fare con la passione. David si preparò mentalmente.

"Sto ancora pensando alla cena del signor Dalton," disse Victoria. "È un parlamentare; forse partecipare potrebbe essere utile alla tua carriera."

"Victoria, lui e io ci parliamo tutti i giorni."

"Ma non parli abitualmente con tutte le altre persone che lui inviterà."

"Probabilmente sì. E poi, tu stessa hai detto di non avere bei ricordi delle cene. Quella di ieri sera è stata l'ultima a cui sarai costretta a partecipare, o che sarai costretta a dare, per un po'. Sono sicuro che questo ti darà molto tempo per dedicarti alla musica."

Mangiarono in silenzio per diversi, lunghi minuti. Ma la moglie di David non era una donna che si attardava nei risentimenti. Poco dopo, riprese a parlare come se non ci fosse stato alcun disaccordo.

"Oggi ho ricevuto lettere dalle mie sorelle," disse Victoria.

"E come stanno Meriel e Louisa?" chiese David.

"Molto bene, ma lo sapevi già."

"Cosa intendi?"

Victoria posò la mano su quella di David, e lui si immobilizzò al tocco.

"Hai iniziato a inviare una diaria a ciascuna di loro." La voce di Victoria era dolce, gentile, con tracce di un'emozione che David non riusciva a definire.

"Ora sono anche una mia responsabilità."

"Non mi inganni, David." Gli occhi di Victoria brillavano mentre lo fissavano. "Non devi nulla alle mie sorelle. Vuoi aiutarle per pura bontà d'animo."

"Forse è solo perché non voglio che un giorno mi stiano tra

i piedi." David sfilò la mano da quella di Victoria e riprese a mangiare. "È un motivo razionale, dopotutto."

"Sì, sei un uomo razionale," fu tutto ciò che disse Victoria.

"Mi dispiace non avere tempo per andare a cavallo stamattina," disse David, alzandosi. "Devo placare Perry. Ti auguro una buona giornata."

Victoria lo guardò allontanarsi, provando per lui una dolcezza struggente che non aveva nulla a che vedere con l'intimità fisica. Voleva essere la sua confidente, liberarlo dai suoi dolorosi segreti. David stava facendo tanti sforzi per essere un uomo buono.

E aveva bisogno di amici, tra i suoi conoscenti politici... e anche nel *ton*, anche se ora non ci credeva. Più a lungo avrebbe serbato rancore verso i membri più meschini di quella cerchia, più sarebbero aumentati i problemi a cui sarebbe andato incontro in futuro.

Sotto ogni altro punto di vista, David sembrava rispettare la volontà di Victoria. Forse pensava di risparmiarle il ridicolo. Ma se lei avesse reso esplicito che desiderava davvero andare a quella cena, lui l'avrebbe accompagnata, no? Se Victoria avesse accettato, David non avrebbe potuto rifiutare senza farla sembrare ridicola.

Prima di poter cambiare idea, Victoria inviò un lacchè con la sua risposta affermativa.

QUEL POMERIGGIO, Victoria fece il passo successivo per diventare la moglie di cui David aveva bisogno. Se suo marito voleva avere un futuro alla Camera dei Lord, doveva sentirsi a suo agio con quelle persone e lasciarsi il passato alle spalle. Victoria avrebbe cominciato presentandosi a quante più donne possibile, nella speranza di dare una nuova reputazione al nome di

Banstead. Avrebbe iniziato con le donne che avevano inviato loro dei doni di nozze. Anche se lo avevano fatto solo per cortesia, avrebbero potuto rivelarsi di mentalità aperta.

Alle tre in punto, Victoria e Anna partirono nella carrozza di Banstead con un lacchè aggrappato al retro. Dopo sei soste, il lacchè Wilfred tornò a informarla che la signora di turno era in casa.

La piccola e ordinata casa vicino a Hyde Park era la residenza di sir James Fogge, un parlamentare. Victoria fu accompagnata in un grazioso salotto color oro e crema, dove la attendevano due signore che erano palesemente madre e figlia.

La donna più anziana si fece avanti e fece una riverenza. Victoria ricambiò.

"Lady Thurlow, sono lady Fogge. Permettetemi di presentarvi mia figlia, la signorina Fogge."

Seguirono ulteriori riverenze e Victoria studiò con sollievo i volti piacevoli e rotondi delle due donne mentre la invitavano a sedersi. Forse non sarebbe stato così difficile.

"Grazie mille per avermi ricevuta... e per il regalo di nozze."

Lady Fogge agitò una mano ingioiellata. "Sir James parla molto bene di vostro marito, milady. Fanno parte della stessa commissione. Siamo entusiasti che lord Thurlow abbia trovato una compagna tanto adatta. Avere una donna in casa rende sempre più felice un uomo."

Victoria sorrise e si chiese come avrebbero reagito i due se solo avessero conosciuto la verità. Mentre parlavano del tempo, notò che la signorina Fogge guardava spesso il pianoforte in un angolo della stanza.

In un momento di silenzio, Victoria chiese: "Voi suonate, signorina Fogge?"

La ragazza, che non dimostrava più di diciotto anni, sussultò con fare colpevole. "Sì, lady Thurlow."

"Anch'io. Mi farebbe piacere sentirvi suonare, qualche volta."

La giovane la osservò; poi, dopo un'occhiata colpevole alla madre, cominciò a parlare molto velocemente.

"Lady Thurlow, voi suonate il pianoforte nel salotto di Banstead?"

Victoria sorrise. "Sì, ma di solito uso quello nella sala della musica. Conoscete bene la casa, signorina Fogge?"

Lady Fogge guardò la figlia con disapprovazione e scosse la testa. "No, lady Thurlow, non siamo mai state a Banstead House. Vi prego di perdonare mia figlia per la sua sfrontatezza."

"Ma, mamma," disse la ragazza con tono lamentoso, "quel pianoforte ha una storia tanto affascinante! E ho sentito parlare delle feste che si tenevano laggiù..."

"Basta, figlia mia. Qui non ripetiamo voci infondate."

Lady Fogge si rivolse di nuovo a Victoria. "Siete stata dalla nuova sarta in Regent Street?"

I minuti seguenti trascorsero senza incidenti, con lady Fogge che aveva sempre un argomento nuovo pronto. Era chiaro che non intendeva lasciare spazio alla figlia, né permettere a Victoria di porre altre domande.

Dopo essersi congedata, Victoria provò altri cinque indirizzi, ma nessuna era in casa. Si rifiutò di scoraggiarsi. Ci sarebbe voluto del tempo per superare il suo passato da figlia di un borghese. Era un peso per la posizione sociale di David, e doveva fare tutto il possibile per superare quella situazione.

DICIASSETTE

Invece di pensare a come dire a David dell'invito a cena, l'arrivo della sera fece tornare alla mente di Victoria ciò che era successo tra loro l'ultima volta che erano stati soli.

Quando suo marito la raggiunse, palesemente nudo sotto la vestaglia, lei era così agitata da riuscire a malapena a pensare. Lo sguardo di David si soffermò su di lei in maniera ardente, dicendole in silenzio che voleva mostrarle la fase successiva del loro viaggio intimo.

Le mani di lui le scivolarono lungo le braccia, poi le dita sciolsero il fermaglio della vestaglia alla gola. Victoria si sentiva calda e desiderosa, e i suoi seni già formicolavano al ricordo di ciò che David le aveva fatto la notte precedente.

La vestaglia scivolò a terra e David le premette la bocca dietro l'orecchio. La sua vestaglia sfiorò la delicata camicia da notte di Victoria, e la sensazione sui seni le cancellò ogni pensiero.

Le mani di David le scivolarono lungo la schiena, poi scesero ad afferrarle il sedere. Victoria emise un piccolo gemito quando lui le attirò il bacino contro il proprio, e lei sentì il lungo rigonfiamento che aveva notato in precedenza. Solo un sottile strato di tessuto la separava dalla scoperta completa.

Era quello che intendeva la signora Wayneflete quando diceva che l'uomo avrebbe messo una parte di sé dentro di lei?

Poi Victoria perse la facoltà di pensare, perché David l'aveva attirata completamente a sé, stringendola forte, mentre con la bocca le copriva il collo di baci. Ma lei sentiva il profumo dei capelli di suo marito, la consistenza setosa contro la pelle. I bottoni dietro al collo si slacciarono e la camicia da notte le scivolò giù da una spalla. David ne seguì la discesa con le labbra, la cui morbida umidità fece rabbrividire Victoria. Lo strinse a sé; le spalle di lui erano incredibilmente larghe. David la faceva sentire desiderata, necessaria, e noncurante della sua nudità. Sapeva che quell'uomo non l'avrebbe mai giudicata.

David si inginocchiò davanti a lei, tenendola per la vita. La scollatura della camicia da notte le arrivava alla curva superiore del seno destro, proprio davanti al viso di lui. Victoria riusciva a vedere la propria carne tremare. Con un leggero strattone, David tirò il tessuto e un seno fu rivelato.

Victoria sentì l'aria sulla sua nudità come se non si fosse mai spogliata prima. Ma David stava fissando ciò che aveva scoperto con un calore che sembrava rimbalzare tra loro. Lei desiderava che lui la toccasse di nuovo lì, e il solo pensiero le fece inturgidire il capezzolo. David le rivolse un sorriso lento, molto maschile, molto possessivo, la cui vista la elettrizzò. E poi, fece qualcosa che Victoria non si sarebbe mai aspettata.

Si chinò in avanti, aprì la bocca e le leccò il capezzolo. Fu una sensazione lenta, umida, calda e ruvida che l'avrebbe fatta svenire sul pavimento se lui non l'avesse tenuta così stretta. Dardi di piacere le attraversarono il ventre, e Victoria avrebbe voluto premere quella parte di sé contro di lui, come se il solo toccarlo potesse rendere tutto migliore.

Il proprio gemito le parve forte mentre lui continuava ad assaporarla. Quando la bocca di David si chiuse su di lei e la succhiò, Victoria gridò, tremando. Si ritrovò sdraiata con la schiena sul tappeto davanti al camino, senza nemmeno ricordare come lui l'avesse adagiata lì.

La situazione si stava spingendo troppo oltre... e Victoria non aveva ancora detto a David quello che aveva fatto.

"Aspetta, aspetta, David. Devo dirti una cosa. Avrei dovuto dirtela prima che cominciassimo."

David si accovacciò e guardò sua moglie, tutta arrossata, morbida ed eccitata solo per lui. Ci aveva pensato tutto il giorno, al punto da distrarsi continuamente. Come avrebbe potuto lavorare, mentre immaginava nuovi modi per sedurre Victoria?

Alla luce delle candele, il seno roseo e pieno di Victoria brillava di umidità, e lui voleva assaporarlo di nuovo, strapparle i vestiti di dosso e gustare ogni centimetro del suo corpo.

Era sorpreso da quanto fosse difficile fermarsi, da quanto fosse difficile pensare mentre la toccava. Un tempo aveva creduto di essere innamorato, eppure non si era mai sentito così.

Ma Victoria aveva bisogno di parlargli, e lui si rese conto che non poteva rifiutarle nulla. Allungò una mano verso di lei e, sebbene lei la prendesse, cercò goffamente di coprirsi. Il suo seno, così pieno e delizioso, scomparve alla vista di David quando si alzò in piedi.

"Mi dispiace," mormorò Victoria.

"Non scusarti, Victoria. Di' pure quello che devi dire."

"Ho accettato l'invito a cena del signor Dalton a nome di entrambi."

Lui aggrottò la fronte. "Pensavo avessi capito che non era necessario che ci andassi."

Victoria strinse le labbra e tenne stretta la camicia da notte contro la gola. "Penso che dovremmo andarci, per il bene della tua carriera e della tua posizione sociale."

"Ma questo non ha importanza per me."

"Io credo che dovrebbe. Sto cercando di essere una buona moglie per te, David. Pensavo che una buona moglie dovesse aiutarti dal punto di vista sociale, non essere un ostacolo... come lo sono io, con le mie origini modeste."

David si passò una mano sul viso. "Non sei costretta a farlo. I membri del ton non sono persone gentili; prima o poi, ti faranno del male."

"A te hanno fatto del male, David?" chiese Victoria a bassa voce. "È per questo che non vuoi frequentarli? Cosa è successo in questa casa dopo la morte di tua madre?"

David si irrigidì e maledisse silenziosamente se stesso per essersi esposto fino a quel punto.

"Mia madre non c'entra niente, Victoria. Buonanotte."

"Potresti provare a scrivere i tuoi pensieri nel diario," esclamò lei. "A me aiuta a riflettere su ciò che non riesco a esprimere ad alta voce."

Ed ecco quel vecchio diario, lasciato apposta da Victoria sul tavolo perché lui lo vedesse. David avrebbe voluto scagliarlo dall'altra parte della stanza, con una rabbia che credeva superata. Invece, entrò nella sua stanza e chiuse la porta con estrema cautela.

AL MATTINO, Victoria rimase sconvolta quando David la portò a cavallo, come se la sera prima non avessero litigato. Era come se l'uomo avesse cancellato tutto dalla mente per non affrontarlo. Di certo non aveva mentito quando aveva detto di saper recitare una parte.

Era così che David voleva vivere? Nascosto dietro la facciata dell'uomo che credeva di dover essere? Victoria si incollerì di nuovo per il fatto che lui aveva deciso il corso del loro matrimonio senza voler cambiare nulla.

Victoria voleva un cambiamento. Voleva cambiare per lui. David non si rendeva conto dell'impegno che Victoria stava profondendo in quello sforzo? Aveva bisogno che lui le venisse incontro, almeno un po'.

Aveva accettato un invito a cena; non avrebbe dato alla società un altro motivo per ridicolizzarla, cambiando idea. David si sarebbe assentato per tutta la sera, come al solito. Victoria avrebbe partecipato da sola.

Quella decisione la rese nervosa per tutto il giorno. Quando salì in camera per cambiarsi, sua madre la seguì e congedò la cameriera. Victoria la guardò insospettita.

"Ti aiuto io," fu tutto ciò che disse sua madre.

Victoria era già in corsetto e sottoveste quando la mamma riprese a parlare.

"Tuo marito non sa che ci vai, vero?"

Victoria si morse il labbro. "È importante che io ci vada. David non supererà mai il suo passato finché non lo affronterà. Se incontrando delle persone posso aiutarlo, allora è quello che devo fare."

"Sono preoccupata per te, Victoria, ma non sono sicura di poterti dare un consiglio. Almeno, non uno che tu seguiresti."

Le lacrime spuntarono agli occhi di Victoria quando si rese conto che sua madre aveva ragione. Dopo la morte di suo padre e la scoperta dei loro problemi finanziari, aveva perso la fiducia in lei. E non sapeva come ritrovarla. Stava cercando, con una certa arroganza, di sanare la frattura tra padre e figlio, ma non si era mai resa conto di dover prima lavorare sul proprio rapporto con sua madre.

"Devo farlo, mamma," sussurrò.

"Lo so. Ma sono preoccupata per te. Ricordo tutte le feste

che odiavi, quanto eri infelice. E ora vai a un evento simile da sola."

"Sono cresciuta, mamma. Ho affrontato i colleghi di lavoro di David; posso affrontare anche i suoi colleghi politici. È il primo passo per affrontare tutto il *ton*."

Sua madre non disse altro; si limitò ad aiutarla a vestirsi in silenzio.

Poco prima di lasciare Banstead House, Victoria si guardò nei riflessi degli specchi che la circondavano nell'atrio. Il corpetto aveva un taglio dritto appena sotto le spalle, e la parte superiore del seno era audacemente in vista. Il corpetto scendeva fino a ben oltre il punto vita, facendola apparire in qualche modo più snella. Il pizzo si raccoglieva sotto il seno e correva lungo il davanti dell'abito di seta verde, aprendo una fessura che lasciava intravedere la sottoveste. Victoria sembrava... una donna, non più una ragazza ingenua.

Ce l'avrebbe fatta? Sarebbe davvero riuscita ad affrontare una sala piena di sconosciuti senza David? Strinse la borsetta in cui aveva nascosto il diario con le sue numerose liste, improvvisamente impaziente di uscire.

"Victoria?"

Si voltò e vide lord Banstead che cercava faticosamente di spingersi lungo il corridoio dalla sua suite. Victoria si precipitò verso di lui, che si fermò, raddrizzandosi e respirando affannosamente mentre la guardava torvo.

Il conte si schiarì la gola. "Vi trovo... bene, questa sera."

Lei gli sorrise raggiante, sollevata. "Grazie, milord. Sto andando alla mia prima cena con dei parlamentari."

"David vi accompagnerà?"

La felicità di Victoria svanì. "Non credo. Non gli piacciono queste cose."

Cadde un silenzio imbarazzato. Lord Banstead le avrebbe

proibito di andare? Lei si sarebbe sentita in dovere di obbedirgli.

"Andate pure," disse l'uomo con voce burbera. "Chiederò all'infermiera Carter di leggermi qualcosa, anche se non ha la vostra voce."

"Potreste chiedere a mia madre. Quando ero bambina, aveva un dono per dar vita ai personaggi."

Il conte rabbrividì. "Che idea stupida. Andate."

Victoria uscì e salì in carrozza. Il lacchè Wilfred le sorrise mentre la aiutava a salire a bordo, dove Anna la stava già aspettando.

David era seduto nel suo ufficio alla Southern Railway, intento a rivedere dei documenti, anche se era già tutto pronto. Possedevano abbastanza azioni nelle tre ferrovie più piccole; l'acquisizione finale sarebbe stata semplice, a patto che non ci fossero interferenze. Per il momento, erano riusciti a mantenere il segreto.

Ma David non riusciva a smettere di pensare al comportamento di Perry durante la cena, anche se l'uomo gli aveva assicurato di aver superato le osservazioni di Staplehill.

A David era sfuggito qualcosa di fondamentale? Negli ultimi tempi era molto distratto da Victoria, cosa che non avrebbe mai immaginato. Un tempo, la desiderava per tanti motivi che nulla avevano a che vedere con la persona che era. E ora, quando era con lei, tutto ciò che riusciva a fare era lasciarsi travolgere dalle sue emozioni, dai suoi bisogni.

Ma continuava a ferirla.

Bussarono alla porta. David invitò la persona ad entrare e fu sorpreso di vedere uno dei lacchè di Banstead.

"Sì, Henry?" chiese, rendendosi conto di quanto il servitore sembrasse diverso senza la parrucca e la livrea. Una persona, invece che un ruolo al servizio dei suoi bisogni.

Di nuovo l'influenza di Victoria.

"Devo consegnarvi questa lettera, milord," disse Henry, mostrando un foglio di pergamena piegato e macchiato dalla pioggia.

"Chi è il mittente? E perché tanta urgenza?"

"È da parte della madre della vostra signora, milord. E lei mi ha detto che era importante."

David annuì, anche se le sue interiora si contrassero. "È successo qualcosa a mia moglie?"

"No, milord."

David cercò di rilassarsi. "Molto bene. Serve una risposta?"

"No, milord."

"Allora puoi andare. Bevi qualcosa di caldo quando arrivi a casa. È una sera tremenda."

Con aria un po' confusa, Henry se ne andò. David ruppe il sigillo di cera e aprì la lettera sotto la luce della lampada da tavolo.

Il messaggio divagava, come se la signora Shelby sentisse il bisogno di spiegare tutto con meticolosità. La donna scriveva che sua figlia stava cercando con impegno di essere una buona moglie per David, e che era persino andata a fare visita ad alcune signore. Di undici, solo lady Fogge l'aveva ricevuta.

David si immaginò la dolce Victoria che aspettava fuori da una casa dopo l'altra, tentando di stringere amicizia con persone che non sapevano nemmeno cosa volesse dire essere amichevoli. Capiva che quei rifiuti erano per colpa della famiglia *di David* e non della sua?

E poi, finalmente, la signora Shelby spiegò il vero motivo della lettera. Victoria, ritenendo fosse la cosa giusta, era andata alla cena di Dalton... senza di lui.

David accartocciò lentamente il foglio nel pugno, senza

provare la minima soddisfazione. Sua moglie era andata là... da sola? Non si rendeva conto di cosa avrebbero potuto dire di lei, sapendola non accompagnata? Perché lasciarsi ferire in quel modo?

Aveva iniziato a piovere, ma David sapeva che non avrebbe trovato una vettura pubblica in quella zona della città, a quell'ora. Così montò a cavallo e sperò che il cappotto assorbisse la maggior parte della pioggia.

Quando arrivò a casa di Dalton, consegnò il cappello e il cappotto bagnati al maggiordomo e riuscì a salutare la signora Dalton come se nulla fosse, anche quando lei gli disse di essere contenta che si fosse ripreso.

Ripreso? Victoria aveva detto a quella gente che lui era *indisposto*?

David venne accompagnato in salotto, dove diverse persone parvero sorprese e compiaciute di vederlo. Ma non aveva tempo per scambi di convenevoli: doveva trovare sua moglie.

Quasi non la riconobbe, anche se era certo di averla vista provare quel vestito la settimana prima. All'epoca, si era limitato a prendere nota di quanto fosse attratto da lei. Ma quella sera vide sbocciare, in quella donna, una sicurezza nuova.

Era l'abito con la scollatura modificata da madame Dupuy. Victoria lo indossava così bene che David si sentì a disagio all'idea che altri uomini potessero fissare ciò che considerava suo. Ma provò anche orgoglio. Victoria era... bellissima, con i capelli biondi raccolti in boccoli intorno alle orecchie e minuscoli diamanti che scintillavano nella massa raccolta sulla nuca, ogni volta che lei si muoveva. E si muoveva spesso, perché stava ridendo di gusto.

E a farla ridere era Simon. David avvertì un'esplosione di gelosia decisamente... primitiva.

DICIOTTO

L ord Wade riusciva sempre a far ridere Victoria. Era l'unica persona che lei conoscesse alla festa, ma l'aveva fatta sentire a suo agio, presentandola a diverse donne che si erano mostrate incuriosite, ma non altezzose.

Il sorriso di lord Wade si fece pensieroso.

"Ma guarda un po' chi è arrivato," mormorò con soddisfazione. "Era ora."

Victoria seguì il suo sguardo e rimase sconvolta nel vedere David diretto verso di loro, con il viso e la giacca da sera punteggiati di pioggia. Era decisamente l'uomo più alto e imponente tra i presenti. Ed era... suo. Quel pensiero la fece sentire scioccamente soddisfatta. Voleva forse dire che si stava innamorando di lui?

Per un attimo, le parve che David fosse arrabbiato. Come aveva fatto a scoprire il piano di Victoria?

Poi, quell'ondata di emozione... svanì, cancellata dal volto di David come se non fosse mai esistita. L'uomo rivolse un cenno del capo a lord Wade, prese la mano guantata di Victoria e ne sfiorò il dorso con un bacio. Lord Wade mostrò la stessa curiosità che Victoria provava, ma David non reagì.

"Lady Thurlow, perdonatemi il ritardo," disse David con tono impeccabile.

"È bello vederti finalmente qui, amico mio," commentò lord Wade, con una scintilla maliziosa nello sguardo.

"Ti ringrazio per aver intrattenuto mia moglie."

Il tono di David era blando, ma Victoria notò che le sopracciglia di lord Wade si erano alzate e il suo sorriso si era allargato.

"Quando vuoi," rispose l'uomo.

Poi, finalmente, David incrociò lo sguardo indagatore di Victoria, ma non disse nulla. Lei sapeva che suo marito non avrebbe fatto commenti in pubblico, ma non sapeva cosa aspettarsi una volta rientrati a casa. Attendeva con ansia la discussione che sarebbe seguita. David doveva capire la logica della sua posizione. In qualche modo, lei gliela avrebbe spiegata.

A due a due, diverse persone cominciarono a farsi avanti per parlare con loro. David si ricordò di presentare Victoria ogni volta.

Presto, un uomo attirò David in disparte e Victoria rimase con una delle mogli, lady Walcot. La donna si mise a parlare a ruota libera della splendida serata e del quadro meraviglioso appeso sulla parete di fronte a loro. Victoria annuì nei momenti opportuni, ma con lo sguardo seguiva David, ammirando la sua disinvoltura nel conversare con chiunque. Era tanto orgogliosa di lui... orgogliosa di stare al suo fianco. Era amore, quello?

Il cambio di argomento fu così improvviso che Victoria quasi non lo notò. Lady Walcot dovette ripetere la domanda.

"Lady Thurlow, Banstead House è ancora maestosa come un tempo?"

"È una casa magnifica, milady, ma non vi avevo mai fatto visita prima del matrimonio, per cui non posso rispondere con certezza."

"Io, naturalmente, non ho mai partecipato a una di quelle... feste," si affrettò a precisare l'altra donna.

Sottolineò la parola "feste" come se avesse menzionato un piacere proibito.

"Il mio giovane cugino Humphrey vi partecipava. Le storie che raccontava a casa..." Lady Walcot si sporse in avanti, sbattendo le palpebre dietro al monocolo. "Di donne così scarsamente vestite!"

Più di quanto non lo fossero le signore presenti quella sera – come la stessa Victoria – dalle scollature piuttosto audaci? Le ospiti di lord Banstead erano forse donne poco rispettabili? Gli occhi di Victoria cercarono di nuovo suo marito. Poteva solo immaginare cosa significasse assistere a certe scene in casa propria.

David stava parlando con una giovane donna alta, dai capelli molto scuri e la pelle chiarissima. Lei lo fissava con uno sguardo così intenso che Victoria provò... confusione.

Lady Walcot stava ancora parlando, ma Victoria colse solo la fine del discorso.

"E il pianoforte! Di certo, in seguito sarà stato bruciato."

"Il pianoforte in salotto?" chiese Victoria, ricordando che anche la signorina Fogge aveva fatto un riferimento simile. "Non posso esserne sicura, ma ritengo sia abbastanza antico da essere l'originale. Bruciato, avete detto?"

Con rammarico di Victoria, lady Walcot arrossì e si congedò. Mentre si voltava a osservare la donna più anziana allontanarsi, Victoria capì il motivo: un'altra donna si stava avvicinando.

Quella con cui David aveva appena finito di parlare.

Victoria le sorrise; all'improvviso, si sentiva molto bassa e molto paffuta. Ma anche molto incuriosita.

"Buonasera, lady Thurlow," disse la donna. "So che avrei dovuto aspettare una presentazione ufficiale, ma sono certa che David – lord Thurlow – desideri che ci conosciamo. Sono lady Sarah Palmer."

"Che piacere conoscervi," rispose Victoria, sperando sinceramente che lo sarebbe stato.

Le due donne si scambiarono una riverenza.

"È bello vedere che lord Thurlow si è finalmente sposato," disse lady Sarah con voce dolcissima. "Ero preoccupata per lui dopo... Beh, lo sapete."

Victoria sorrise. "Temo di non saperlo."

Lady Sarah inclinò la testa ben acconciata, facendo ondeggiare alcune piume. "Non sapevate che mio padre ha rifiutato nettamente quando lord Thurlow gli ha chiesto il permesso di sposarmi?"

"No, non lo sapevo," disse Victoria, chiedendosi come si ponesse David rispetto al fatto che quella donna osava rivolgergli ancora la parola. Oppure entrambi avevano avuto il cuore spezzato dalla decisione del padre di lady Sarah? C'erano così tanti modi per reagire a una notizia del genere.

"Deve essere stato terribile per voi."

"È stato molto peggio per lord Thurlow," disse la donna.

Lady Sarah trasudava una compassione così stucchevole da far venire voglia a Victoria di serrare i denti.

"Perché io sono stata la seconda donna a vedersi costretta a rifiutarlo."

Victoria doveva essere in procinto di innamorarsi, perché il cuore le doleva per il povero, orgoglioso David. Cosa poteva aver spinto una famiglia a rifiutare un futuro conte, soprattutto uno meraviglioso come lui?

Ma lady Sarah era ben poco elegante a discutere di cose del

genere con la moglie di David. Ora attendeva la reazione di Victoria con la pazienza di un ragno.

"Lady Sarah, quello che vi è accaduto è spaventoso, ma vi prego, ditemi che alla fine avete trovato marito."

Il sorriso della donna si fece leggermente stiracchiato. "È così. Sono fidanzata con il marchese di Cheltenham."

"In tal caso, spero che sarete felice come lo sono io con il mio caro marito. Non può esserci uomo altrettanto dolce. Ringraziate vostro padre per aver conservato David per me."

"Chi è che mi ha conservato?"

Victoria sussultò quando David la prese a braccetto. L'uomo lanciò uno sguardo interessato tra lei e lady Sarah.

Lady Sarah si limitò a riverire e ad allontanarsi con un passo che avrebbe voluto essere languido, ma che mostrava solo fretta.

David abbassò lo sguardo su Victoria, inarcando un sopracciglio con aria interrogativa.

Victoria sorrise. "Le ho detto di ringraziare suo padre per averti conservato per me."

David ebbe appena il tempo di tradire sorpresa, perché fu annunciato a gran voce che la cena era servita.

"Devo accompagnare un'altra persona a tavola," disse l'uomo a bassa voce, chinandosi sulla mano di Victoria.

"Va tutto bene, David. Mi rendo conto dell'importanza del rango. Ti raggiungerò dopo la cena."

Victoria fu sollevata quando David scelse di viaggiare in carrozza con lei, lasciando il cavallo legato sul retro del veicolo. Aveva sperato che potessero parlare della serata, ma fra loro calò invece un silenzio terrificante. Durante la cena, sebbene fossero seduti a quasi un tavolo di distanza, lei aveva avuto una visuale ininterrotta su di lui. E David aveva avuto una visuale molto più ravvicinata e ininterrotta su lady Sarah.

Non c'era da stupirsi che David non amasse partecipare a quegli eventi, durante i quali era costretto a incontrare donne che lo avevano respinto.

"David." Victoria mormorò il nome, la sua voce che risuonava nella carrozza buia. Aveva il coraggio di mettere una mano sul braccio di suo marito?

Ma era come se David avesse aspettato che lei parlasse, perché si irrigidì e disse a bassa voce: "Quando sono arrivato, ho notato che Wade ti stava fissando il seno."

Sbalordita, Victoria lo fissò. "È questo ciò di cui vuoi parlare come prima cosa?"

"Tanto vale cominciare dall'inizio della serata," disse l'uomo.

"David, sono bassa. Tutti gli uomini mi guardano dall'alto quando parliamo. E poi, lord Wade è tuo amico. E non sono stata io a chiedere alla sarta di abbassare la scollatura!"

David la fece voltare bruscamente verso di sé e le aprì il mantello, scoprendo la parte superiore del seno di Victoria al proprio sguardo furioso.

"Ho lasciato correre perché pensavo che avrei potuto vederti in privato," disse l'uomo.

Victoria rimase immobile, lasciando che lui guardasse quanto voleva. "Ti aspettavi di tenerci entrambi chiusi in una stanza dove nessuno mi avrebbe mai vista vestita da sera?"

Dopo un attimo di immobilità, durante il quale lo sguardo rovente di David rimase fisso sul petto di Victoria e lei si chiese con un brivido di entusiasmo cosa volesse farle, l'uomo sollevò lo sguardo sul suo viso.

"D'accordo, quello che sto dicendo non ha senso. Sai che non ti ho tenuta chiusa in casa. Ho persino acquistato un palco all'opera, perché so che ti piace la musica."

"Oh, David," non riuscì a trattenersi dal mormorare Victoria.

"Ma questa sera ho dovuto inseguirti. Mi sono sentito un imbecille."

"Non sembravi un imbecille," mormorò Victoria, rossa in viso. "Sembravi un uomo... guarito. E se vuoi prendertela per cose così sciocche, forse io dovrei prendermela per il fatto di aver dovuto scoprire in pubblico che avevi chiesto ad altre due donne di sposarti."

"E ora capisci perché volevo risparmiarti serate come questa."

"Intendi risparmiarti di dovermi dire la verità." Victoria non riusciva a credere di stare parlando in quel modo, dopo che lei stessa aveva cominciato la serata con una menzogna! "Temevi che avrei incontrato persone che avrebbero rivelato i segreti di Banstead?"

"Come hai già avuto modo di constatare, non ci sono segreti all'interno del *ton*. Ma te ne rivelerò un altro: lady Sarah non si è limitata a congratularsi per il mio matrimonio, ma mi ha offerto se stessa come passatempo parallelo."

Victoria guardò David accigliata e si chiuse il mantello. "Ha offerto... se stessa?"

"Come mia amante, o quale che fosse il modo in cui voleva divertirsi." All'improvviso, David aveva un'aria stanca. "Che serata piacevole, vero?"

"Lady Sarah ha fatto una cosa del genere in pubblico?" chiese Victoria, inorridita.

David le toccò la mano posata sul sedile, accarezzandole le dita attraverso i guanti. "Quanto sei innocente, Victoria."

"Tu non hai avuto molta innocenza da giovane," sussurrò lei; non voleva che David smettesse di toccarla, ma temeva di perdere quell'occasione per una conversazione onesta.

"No." David guardò fuori dal finestrino buio come se

potesse vedere qualcosa. "Dopo la morte di mia madre, mio padre trovò un'amante piuttosto in fretta e la trasferì in casa nostra."

Victoria cercò di trattenere un gemito, ma alla luce dei lampioni vide il sorriso amareggiato di David.

"Reazione comprensibile," disse lui. "Puoi capire perché un duca non desiderasse che sua figlia mi sposasse."

"Ma è stato tuo padre a comportarsi in quel modo!"

David la guardò intensamente e lei non riuscì a dire nulla, per colpa del battito terribilmente forte del suo cuore. Victoria avrebbe voluto prendere David tra le braccia, dargli conforto come solo una moglie poteva fare.

"Certo che è stato mio padre," proseguì David a bassa voce. "Non avevamo mai avuto un gran rapporto, e l'amante lo ha distrutto completamente. Dava di continuo delle feste, a cui invitava ospiti molto sgradevoli. Mio padre la accontentava sempre; si fidava di lei. Perdiana, deve averla amata, perché lei aveva la casa a sua completa disposizione, anche quando il conte era lontano da Londra. Mio padre non sapeva dei più scandalosi di quegli eventi, ma io sì. E anche il *ton* sapeva, e non mi ha mai permesso di dimenticare."

Victoria avrebbe voluto proteggere David da ciò che aveva sentito, ma sapeva che lui non avrebbe gradito.

"Lady Walcot ha menzionato le feste e le donne poco vestite. Non è stata la prima volta che ho sentito commenti del genere."

Suo marito sospirò. "Sono trascorsi cinque anni dalla morte dell'amante di mio padre. Verrebbe da pensare che speculazioni di questo genere debbano morire, prima o poi, ma non accadrà mai. Mi dispiace che tu abbia dovuto subirle. Volevo proteggerti."

"Lo so." Victoria toccò il braccio di David, che non si ritrasse.

"Ora sai perché la Southern Railway mi ha dato così tante soddisfazioni. Ai dirigenti importa solo del mio denaro e del potere a mia disposizione. È rinfrancante."

Victoria sospirò. "Posso fare un'altra domanda?"

"Certo."

"Lady Walcot mi ha anche chiesto se il pianoforte sia stato bruciato."

David rise amaramente. "Pulito da cima a fondo, sì, ma non bruciato."

"Cos'è accaduto, David? Preferisco essere pronta la prossima volta che qualcuno lo menzionerà."

"Una delle amiche di Colette – Colette era l'amante di mio padre – si è ubriacata al punto da denudarsi mentre danzava sopra il pianoforte. Poi si è seduta e si è accompagnata da sola mentre cantava l'opera. Era molto talentuosa," aggiunse David in tono vagamente sarcastico.

Victoria non riusciva a immaginare di spogliarsi di fronte a dozzine di persone. Di certo sarebbe morta di vergogna. Il giorno dopo, quando quella donna si era svegliata, era stata travolta dal rimorso? O non se n'era curata?

David sospirò. "Sei scandalizzata. Lo sapevo."

"No," disse con fermezza Victoria, consapevole che i suoi segreti erano molto peggiori. "Sto cercando di immaginare come si sia sentita quella donna il giorno dopo."

Un sorriso inclinò un angolo della bocca di David. "Ti preoccupi sempre per tutti, vero? Allora preoccupati per la mia personalità, perché mi sono nascosto dietro le felci e ho assistito all'intera esibizione."

"Quanti anni avevi?" sussurrò Victoria.

"Sedici."

"Oh, David, eri ancora un bambino, traumatizzato dalla morte di tua madre–"

"Non ero un bambino, Victoria. Allora non più."

David tolse la mano da sotto quella di Victoria e tornò a fissare nell'oscurità. L'occasionale lampione a gas illuminava le ombre al di là del suo profilo. Con gli occhi che le dolevano, Victoria si rifiutò di cercare sollievo nelle lacrime. Non poté far altro che guardare David e preoccuparsi.

Per la prima volta, David non venne in camera sua quella notte. Solo allora lei pianse.

DICIANNOVE

Victoria scese a fare colazione da sola. Sapeva che David non era ancora uscito di casa, ma lui non la raggiunse. Con suo stupore, fu il padre di David a farlo.

L'infermiera Carter posizionò la sedia a rotelle a tavola, quindi riverì e si congedò.

Victoria sorrise all'anziano. "Buongiorno, milord."

Il conte si limitò a sbuffare, poi si fece servire prosciutto e uova da un lacchè. Era più di quanto non mangiasse da tempo e Victoria trattenne il respiro mentre l'uomo attaccava il cibo. Qualche boccone dopo, divenne palese che il conte continuava a non avere molto appetito, ma era un inizio. Forse, se si fosse preso miglior cura di sé, sarebbe riuscito a tenere a bada un po' più a lungo gli effetti della malattia.

Lord Banstead sollevò lo sguardo e la sorprese che lo guardava. "È andata bene la cena?"

Victoria non sapeva esattamente come interpretare quella domanda, per cui si limitò a rispondere con sincerità. "Non esattamente." Esitò. "Lady Sarah Palmer si è assicurata di presentarsi alla sottoscritta." Lanciò un'occhiata a entrambi i lacchè, che ebbero la buona creanza di inchinarsi e lasciare la stanza.

Il conte si acciglià, ma a Victoria parve di vedere un lampo di sofferenza e senso di colpa nei suoi occhi. "Mai stata granché, quella ragazza. Chissà come, si è trovata un marchese."

"Ma non vostro figlio."

"No." Il conte deglutì e si raddrizzò. "Il ragazzo era distrutto. Non ho capito che la colpa era mia, se non... se non in tempi recenti."

Victoria trattenne il respiro, nella speranza che l'uomo proseguisse.

"Avevo trovato una donna che mi tenesse compagnia nella vecchiaia. Mi toccava pagarla, ma non aveva importanza. Ogni uomo paga la donna della sua vita, in un modo o nell'altro."

Il conte distolse lo sguardo e, nel farlo, le ricordò il figlio.

"David non ha mai capito," proseguì lord Banstead. "Non lo biasimo. Pensavo che al *ton* non importasse del mio comportamento, che un conte fosse al di sopra di pettegolezzi meschini. Non mi sono reso conto di quello che avevo fatto nemmeno dopo che mio figlio vi ha sposata."

Victoria si irrigidì. "Eravate furioso con lui... con me."

L'uomo le rivolse un sorriso titubante, qualcosa che lei non aveva mai visto sul suo viso. "Lo sono stato."

"Perché non gli parlate di queste cose?" chiese con gentilezza Victoria.

"È troppo tardi. Presto, lui sarà libero dal sottoscritto. E il vostro rapporto migliorerà."

"Voi non siete di ostacolo," insistette Victoria.

Il conte si strinse nelle spalle. "Portami delle altre uova, ragazza. Oggi ho appetito."

Più tardi, dopo che il conte era stato spinto via, Victoria meditò sulla strategia per il suo matrimonio. Non era scoraggiata della cocciutaggine di David. Lasciò volontariamente il diario di casa davanti alla sedia di David sul tavolo, sapendo che suo marito non aveva ancora mangiato. Poi andò a trovare sua madre, che si aspettava un rapporto sulla cena.

MENTRE DAVID SCENDEVA A FARE COLAZIONE, si stava ancora insultando per aver dormito fino a un'ora così tarda. Era stato difficile prendere sonno, sapendo che Victoria era proprio nella stanza accanto, ad attenderlo. Ma la sera prima erano accadute troppe cose, e lui non sapeva cosa pensare di tutto quanto. Detestava che sua moglie conoscesse alcuni dei suoi segreti e non riusciva a decidere se quella strana sensazione fosse sollievo o solo ulteriore confusione. E chi aveva punito restando lontano dalla stanza di lei? Victoria o se stesso?

Victoria aveva già lasciato la sala da pranzo quando David vi giunse, ed essa sembrava decisamente vuota senza di lei. Ma a capotavola era stato piazzato, con palese intenzionalità, uno dei suoi diari. Victoria aveva cercato di convincerlo a rileggere il loro vecchio diario, anche se quello non era lo stesso. Forse aveva optato per un cambio di tattica.

David si riempì un piatto, quindi spinse da parte il quaderno per cominciare a mangiare. Ma il suo sguardo continuava a correre al diario e, alla fine, lo aprì e passò in rassegna diverse pagine.

La prima data era il giorno in cui aveva chiesto a Victoria di sposarlo; da lì cominciava una serie di elenchi di tutto ciò che Victoria si era sentita in dovere di fare per prepararsi al matrimonio. David percepì paura, sollievo e... qualcos'altro, qualcosa di nascosto.

Dimenticò quel pensiero mentre Victoria raccontava i suoi tentativi di tranquillizzare la propria turbata madre. Presto, il padre di David comparve nella storia, e con la frustrazione di

Victoria arrivò una testardaggine che lui ammirava. La vide entusiasmarsi per il suo primo successo, quando il vecchio non l'aveva costretta a lasciare la sua stanza.

Che generosità, pensò amareggiato David.

Ma mentre si approssimava all'ultima pagina scritta, oltrepassando menu, note musicali scarabocchiate ed elenchi di doni nuziali, vide che, chissà come, Victoria era riuscita a gettare un ponte tra sé e suo padre.

David lo aveva percepito nell'atmosfera che regnava in casa. La tensione si era allentata ed essere lì non era più un'esperienza carica di ansia. David aveva sperato in qualcosa del genere quando aveva sposato Victoria e lo aveva ottenuto. *Victoria* lo aveva ottenuto. David non provava belle sensazioni al pensiero di averla usata.

Poi si rese conto che nel quaderno non c'era nulla su di lui. Il matrimonio non era cosa degna di riflessioni scritte? Gli tornarono in mente i vari diari che aveva visto sparsi sulla scrivania di Victoria. Con quel diario in particolare, Victoria gli aveva lasciato intravedere la sua vita, ma non gli permetteva di vedere i suoi pensieri davvero personali.

Stava facendo tanti sforzi per fargli da moglie, e David stava egoisticamente cercando di mantenere tutto come lo voleva lui. Victoria stava cercando di oltrepassare un confine per raggiungere un compromesso, e lui si tirava indietro come un vigliacco.

Era il turno di David di ricambiare. Se per Victoria era così importante, lui l'avrebbe accompagnata al ballo del duca, quella sera, e ovunque lei volesse andare. Sua moglie aveva sentito parlare di alcuni degli aspetti peggiori del suo passato... almeno per quanto riguardava gli scandali pubblici. E non disprezzava David o la sua famiglia. Non sembrava ferita da nulla di ciò che era accaduto, se non... per David.

Ma c'erano altri modi in cui lui avrebbe potuto farle del male, se non fosse stato attento.

VICTORIA STAVA DANDO una carota alla sua giumenta quando si sentì osservata. Si voltò e capì che a guardarla era David, stagliato sullo sfondo della luce che proveniva dall'esterno delle scuderie. Alla presenza di suo marito, Victoria provò un brivido, subito seguito dalla trepidazione. David aveva letto il diario? Si era reso conto che era giunto il momento di tendere una mano a suo padre prima che fosse troppo tardi?

L'uomo si incamminò verso di lei e, gradualmente, il suo volto divenne più visibile. La stava guardando, gli occhi chiari pieni di... birbanteria?

"Hai un altro abito da sera?"

Victoria era confusa. "Il grosso del mio guardaroba nuovo non arriverà prima di qualche settimana, ma tu mi hai comprato diversi abiti. Non ricordi?"

"Ricordo."

La voce di David si fece più profonda in maniera intima, e il fiato di Victoria si mozzò.

"Allora sai che il prossimo avrà una scollatura altrettanto rivelatrice," lo ammonì. "Madame Dupuy si è presa delle libertà."

"Lo sopporterò."

"Davvero? Perché? Andiamo all'opera?" chiese Victoria con entusiasmo crescente.

"Andiamo al ballo del duca."

Victoria si rese conto di essere rimasta a bocca aperta, e David parve trovare divertente la sua reazione.

"Davvero?"

"Davvero." David inclinò la testa. "Non era quello che volevi?"

"Sì, ma... perché hai cambiato idea?"

L'uomo parve imbarazzato. "Perché era la cosa giusta."

Era quello l'unico motivo?

Victoria non poteva aspettarsi dichiarazioni d'amore eterno... non ancora, perlomeno. Ma una ragazza poteva sempre sperare.

VICTORIA AVEVA diversi minuti di tranquillità prima che Anna tornasse per aiutarla a indossare il vestito da ballo. Andò alla sua scrivania e, con suo stupore, notò che il diario di casa le era stato restituito. Prudentemente, lo aprì sull'ultima pagina e trovò la grafia dritta e pesante di un uomo.

Trasse un piccolo sospiro di piacere e lesse:

Ho gradito il nostro ballo, l'altra sera. Questa sera, rivendicherò un valzer.

Victoria percorse le parole con un dito, quindi aprì il loro diario d'infanzia per paragonare la scrittura di David prima e dopo. David aveva un tratto più netto, ora, pieno di sicurezza. Anche quello di Victoria era cambiato, facendosi più preciso e più attento, piuttosto che frettoloso ed esuberante. Non sarebbero mai potuti tornare a essere i bambini di un tempo, ma Victoria considerava quel matrimonio un nuovo inizio e, finalmente, sembrava che la stessa cosa valesse per suo marito.

David le aveva scritto! Victoria posò il diario di casa sul tavolo vicino alla stanza di lui, esitò e poi vi mise anche il diario d'infanzia. Forse, ora, David avrebbe voluto leggere e ricordare.

Nel suo diario personale, Victoria cominciò a scrivere di quanto voleva rendere orgoglioso suo marito al ballo. Accigliata, raddrizzò la schiena e guardò le parole. Dipendeva molto dal registrare ogni suo pensiero, come se qualcosa potesse svanire se lei non lo avesse messo per iscritto.

Non avrebbe potuto portare un diario al ballo. Non avrebbe steso alcun elenco di argomenti di conversazione; non avrebbe scritto il nome di nessuno.

I suoi palmi cominciarono a sudare e lei se li asciugò nel vestito. Poteva farcela. David aveva bisogno che lei fosse presente accanto a lui, non che fosse dipendente da un quaderno a cui non avrebbe potuto fare riferimento.

Con grande lentezza, Victoria aprì il cassetto e ripose il suo diario personale. Presto arrivò Anna e, insieme, si diedero da fare per acconciare i capelli di Victoria e imbastire il vestito, ma Victoria si ritrovò a lanciare frequenti occhiate al cassetto, come se il diario la chiamasse.

Era un quaderno, non una stampella.

Quando finalmente Victoria scese fino all'ultima scalinata sopra l'ingresso, David e sua madre la stavano aspettando. Suo marito indossava un frac nero, con fazzoletto e guanti bianchi. Era elegantissimo, il Marito Perfetto che la guardava con ammirazione, che era sceso a compromessi pur non essendo costretto a farlo. E Victoria era davvero la Moglie Perfetta delle sue fantasie infantili?

Suo marito la fissò e, negli occhi di David, Victoria vide il futuro. E avrebbe potuto far sì che quel futuro diventasse tutto ciò che lei aveva sempre desiderato, tutto ciò che aveva sempre sognato.

Il giorno del suo matrimonio, non aveva osato sperare tanto. Aveva creduto di essere felice anche solo di avere un posto dove vivere, la possibilità di avere dei figli.

Ma ora voleva tutto. Voleva l'amore di David. Avrebbe fatto in modo che, per il resto della vita, lui non dubitasse mai del suo amore.

Victoria scese lentamente ciascun gradino, crogiolandosi

nello sguardo rovente di suo marito. Le parve di uscire da una trance quando si rese conto che non erano soli.

Sua madre li fissava con un'espressione orgogliosa e colma di meraviglia, che Victoria non vedeva da molto tempo. Victoria baciò la guancia morbida di sua madre, quindi notò il conte, fra le ombre all'estremità del corridoio, che li osservava. Victoria gli rivolse un cenno di saluto e l'anziano annuì.

Quando lei si voltò, David stava guardando il padre con un'espressione indecifrabile. Victoria si affrettò a prenderlo a braccetto.

"La carrozza è pronta?" chiese.

David annuì e Smith aprì loro la porta d'ingresso. Victoria sorrise al maggiordomo e lui ricambiò con un piccolo sorriso estremamente sereno.

Quando, alla fine, la loro carrozza si accodò a dozzine di altre, Victoria guardò fuori dal finestrino. Più in là lungo la strada, vide un palazzo, non una semplice casa di città. Fissò suo marito a occhi aperti.

Lui sorrise. "Riesci a vedere Sutterly Court?"

Victoria annuì solennemente.

"Parliamo pur sempre di un duca," disse David con una scrollata di spalle.

Quando Victoria permise a David di aiutarla a scendere dalla carrozza, diverse altre coppie stavano uscendo davanti e dietro di loro. Quindi ebbero inizio i saluti, con nomi gridati da una parte all'altra; alcuni le erano noti, altri no.

David rispose senza fallo a tutti i saluti rivolti nella loro direzione, quindi condusse Victoria su per le scale che portavano al pianterreno. All'interno, un enorme salone si elevava per quattro piani attraverso il centro dell'edificio, culminando in un'immensa cupola sul soffitto. Una scalinata di marmo si divideva e si dipanava attraverso la casa, e dozzine di coppie la presero d'assalto.

Il nervosismo di Victoria era gestibile, ma ancora presente. Era una viscontessa, ora; doveva interpretare il suo ruolo.

Non c'era da stupirsi che David avesse detto di saper recitare. Gran parte della sua vita sembrava incentrata sul fare esattamente quello, e ora era venuto il turno di Victoria.

All'ingresso della sala da ballo c'era una fila di ricevimento con il duca e la sua duchessa. Victoria e David attesero il loro turno dietro diverse altre coppie.

David si chinò sopra di lei. "Ti senti bene?"

Appena qualche settimana prima, Victoria avrebbe voluto ritirarsi in casa sua ed essere il genere di moglie che David aveva voluto.

Il genere di moglie che lui aveva *creduto* di volere.

"Me la caverò," disse serenamente Victoria. "E tu?"

Suo marito inclinò la testa. "Ti sembro nervoso?"

"No, ma sei un attore nato."

David rise. "Sei davvero una meraviglia, Victoria."

Mentre lei sorrideva, una voce tonante disse: "Ah, gli sposini. Vedo che siete riuscito a lasciare Banstead House, Thurlow."

Era il duca, e sorrideva.

Victoria si immerse in una profonda riverenza, sapendo di essere osservata da molte persone. "È bello rivedervi, Vostra Grazia," disse prima di rialzarsi.

Dopo diverse piacevolezze, di cui si occupò David, entrarono in una calca di persone. L'ambiente era caldo e rumoroso, e Victoria sentì una goccia di cera atterrare sulla sua spalla da un complesso lampadario appeso al soffitto.

David sorrise e rimosse la cera. "Dimmi quando vuoi andartene."

"Siamo appena arrivati," disse Victoria, mentre qualcuno la urtava da dietro. "E poi, non ho ancora cominciato a renderti orgoglioso di me."

CAPITOLO

VENTI

David fissò Victoria, i cui occhi determinati riflettevano la luce di migliaia di candele. Sapeva che c'era stato un periodo, nella vita di lei, in cui quella situazione l'avrebbe spaventata a morte.

Non più. Ora, Victoria aveva intenzione di renderlo orgoglioso di lei. Per un attimo, David avvertì un groppo alla gola, una sensazione di dolcezza nei confronti di sua moglie che lo sconcertò con la propria intensità.

Noncurante di chiunque li stesse osservando, passò le dita guantate lungo il lato del viso di Victoria, immaginando la morbidezza della sua pelle.

"Sono già orgoglioso di te," sussurrò. "Tu puoi essere orgogliosa di me?"

"Oh, David, forse prima dovremmo essere orgogliosi di noi stessi."

Victoria lo guardava come se tutto fosse possibile. David le rivolse un sorriso breve e fece un passo indietro.

"Sei pronta?"

Si mise la mano di Victoria attorno al gomito e la condusse

attraverso la stanza, fermandosi ogni tanto a questo o quel capannello di persone per presentare sua moglie.

Victoria era serena ed elegante, e incantò tutti coloro con cui fece conoscenza. David cominciava a pensare che fosse merito di sua moglie se lui notava così pochi sottintesi in ogni conversazione. Ma continuava ad aspettare che qualcuno fosse scortese in maniera evidente, il che avrebbe potuto rovinargli la serata.

Ma lui non lo avrebbe permesso.

Poi, lady Augusta Clifford — che avevano incontrato l'ultima volta al negozio di sartoria — li mise all'angolo fra un vaso di felci e il pianoforte.

"Lord e lady Thurlow, che bello rivedervi." La donna abbassò lo sguardo sul vestito di Victoria e il suo sorriso svanì. "Che aspetto meraviglioso avete nell'abito che madame Dupuy ha imbastito per voi."

David prese fiato con rabbia, ma Victoria gli strinse il gomito e disse: "Grazie mille, lady Augusta. E questa sera mi trovo benissimo, la qual cosa è ancora più importante, non credete?"

"Hmmm," disse la donna, per poi fissare lo sguardo su David. "Ho una domanda alla quale solo voi potete rispondere, lord Thurlow. Avete mai sentito parlare della Southern Railway?"

David fece appello a tutte le sue doti di attore per guardare la donna senza tradire nulla. "Sì. Perché?"

"Tra qualche mese dovrò recarmi a Dover e intendevo usare i loro treni. Mio marito ha suggerito che, dato che voi avete investito in quella ferrovia, forse noi dovremmo fare lo stesso."

Lady Augusta voleva solo parlare di investimenti, ma la più grande paura di David — quella di veder rovinati tutti i suoi piani — lo colpì violentemente. "È un buon investimento."

Prese il braccio di Victoria. "Chiedo scusa, ma abbiamo entrambi molta sete."

Lady Augusta rimase di stucco. "Beh... ma certo."

David sfruttò la propria altezza per individuare la strada più breve per la terrazza. Dopo essersi fatto strada attraverso dozzine di coppie, raggiunse le alte porte a vetri e le aprì. La ventata d'aria fresca lo fece sentire un po' meglio.

"Respira, David."

David guardò accigliato Victoria mentre lei lo attirava sulla balaustra, per poi infilarsi dietro una colonna alta, nascondendoli alla vista di qualunque curioso vicino alla porta.

Victoria cercò di fargli aria con la mano. La risata le gonfiava i seni in maniera piuttosto pericolosa in quel vestito. Sotto la luce della luna, la sua pelle brillava e i suoi occhi scintillavano.

"Credo che il mio respiro sia a posto," disse David.

"Ottimo."

E poi, Victoria gli fece abbassare la testa e lo baciò. Lo shock di quelle morbide labbra schiuse contro le sue fece avvampare in David un desiderio di Victoria che era diventato a tal punto parte di lui da non metterlo nemmeno più in discussione. Attirò Victoria a sé, gemendo alla pressione dei suoi seni pieni contro il petto.

I sensi di Victoria vacillarono. Era premuta contro suo marito, che la teneva come se non volesse lasciarla andare mai più. All'inizio, la bocca di David fu gentilissima, come sempre: baci leggeri sulle labbra. Victoria sentì la carezza ruvida del mento di David, udì il suo gemito che riecheggiava il proprio. Non le importava dove fossero o chi potesse guardarli.

Le importava solo che David stava ricambiando il suo bacio... un'esplosione di passione non programmata e spontanea, praticamente in pubblico. La soddisfece fino alle punte dei piedi.

E poi, David le mordicchiò le labbra e, quando Victoria le schiuse per lo stupore, la lingua dell'uomo si infilò nella sua bocca, e lei sentì il suo sapore in un modo che fece sembrare incompleti tutti gli atti intimi da loro condivisi fino a quel momento. Il modo in cui David la leccava in profondità la fece fremere per un bisogno urgente di qualcosa di più. La bocca dell'uomo si schiantò contro la sua, aprendosi, richiudendosi, quasi bevendo da lei. C'erano troppi indumenti fra loro per sentire granché al tatto, ma Victoria si crogiolò nella rara sensazione di essere desiderata.

"Thurlow!" chiamò una voce da lontano. "Ti avevo visto uscire."

David concluse il bacio sollevando la testa, ma senza lasciarla andare. Victoria barcollò contro di lui e lui sorrise con un'espressione di soddisfazione e promessa.

"Non finisce qui," disse David con una voce bassa e rimbombante che generò in lei una vibrazione simile.

Quanto amava Victoria ciò che quella voce poteva farle.

Si aggrappò alle maniche dell'uomo prima che questi potesse lasciarla andare. "David, sono in grado di presentarmi a qualcuno in queste condizioni?"

David le circondò il viso con le mani guantate e lei desiderò la sensazione della sua pelle contro la propria.

"Hai l'aspetto di una moglie. Di mia moglie. E poi, è solo Simon." David la guidò lontano dalla balaustra.

Lord Wade si stava dirigendo verso di loro, la camminata vivace quanto il suo modo di fare. Victoria non riusciva a decifrare il suo sguardo alla luce della luna, ma il sorriso dell'uomo era visibilmente malizioso.

"Lady Thurlow," disse, "vostro marito vi ha trascinata via prima che potessi salutarvi."

Victoria sorrise. "Salve, lord Wade. E non sono stata trascinata. Sono venuta di mia spontanea volontà."

"È proprio vero: le signore sposate si divertono un sacco," osservò lord Wade.

"Come tu ben sai," disse seccamente David.

Victoria fissò sconvolta lord Wade, che si limitò a ridere.

"Ah, David, qualunque donna sposata si allontani con me lo fa in maniera del tutto volontaria."

"Vedi di ricordartelo."

Lord Wade si mise teatralmente una mano sul petto. "Lord Thurlow, è forse una minaccia questa? In qualche modo, hai acquisito la gelosia di un uomo sposato." Lanciò un'occhiata a Victoria. "Non che io possa biasimarti."

"Lord Thurlow non ha motivo di essere geloso," disse Victoria. "E questa conversazione è sciocca. Rientriamo?"

Prese il braccio di David e fu soddisfatta quando lord Wade si mise al suo fianco.

Mentre entravano nella sala da ballo, nessuno parve notarli. L'orchestra suonava e le coppie si contendevano i posti migliori sulla pista da ballo.

"Avete un carnet di ballo?" chiese lord Wade.

David rispose "No," prima ancora che lei potesse aprire bocca. Poi il marito di Victoria la trascinò in un valzer intimo quasi quanto il loro bacio. Victoria galleggiava a mezz'aria, come se i suoi piedi non avessero bisogno di toccare il pavimento. David la guardava con occhi roventi, pieni della promessa che la notte non era nemmeno lontanamente finita.

Trascorsero solo un'ora al ballo, ma a Victoria bastò. Durante il viaggio di ritorno a casa in carrozza, non volle infrangere il delizioso incantesimo di pregustazione che faceva tira e molla fra di loro.

Arrivati a casa, David la prese per mano e la condusse a passo rapido su per le scale. Quando Victoria rischiò di inciampare sugli ultimi gradini, lui la sollevò tra le braccia e la portò di peso per il resto del tragitto, come se lei non pesasse nulla.

Victoria fu felice e soddisfatta quando David ordinò a un'Anna molto sorridente di uscire dalla stanza e le chiuse la porta alle spalle.

Erano soli. Le braccia di Victoria erano attorno al collo di suo marito; le braccia di David la tenevano vicina... o il più vicina possibile, con gonne e sottogonne che le gonfiavano il vestito attorno alle gambe.

David la mise a terra molto lentamente, in modo che il corpo di Victoria sfregasse contro il suo. Poi la premette contro la porta e la baciò di nuovo, un bacio rapido e profondo e colmo di piacere caldo. Victoria aveva sempre sospettato che David celasse una natura passionale; la gentilezza e l'intimità di ogni notte non avevano fatto che confermarlo. Ma ora gongolava dentro di sé all'idea che lui dovesse toccarla e baciarla, che dovesse averla.

Le mani di suo marito le massaggiarono le spalle mentre si baciavano. A uno strattone improvviso, i seni di Victoria fuoriuscirono dal vestito.

David abbassò lo sguardo su ciò che aveva rivelato, quindi mormorò il nome di Victoria mentre si lasciava cadere in ginocchio. La bocca di suo marito sul seno la fece sciogliere dentro, fece ruggire ogni sensazione passionale fino ad altezze inarrivabili. David la leccò e la mordicchiò e prese il suo capezzolo in bocca, per poi cominciare a fare magie sull'altro seno. Se l'uomo non l'avesse sostenuta con il peso del proprio corpo, Victoria sapeva che sarebbe crollata in un mucchietto privo di struttura.

David le accarezzò i seni con le dita mentre parlava. "Come si fa a toglierti questo vestito?"

Victoria si leccò le labbra. "Anna... mi ha cucita dentro dove il corpetto incontra la gonna."

David gemette e portò la testa al petto di Victoria. Lei si

concesse allora di abbracciarlo, di passargli le braccia attorno alla testa, di avvertire la consistenza dei suoi capelli.

All'improvviso, David la fece voltare e cominciò a sganciare ciascuna chiusura del corpetto.

"Strappo i punti," disse.

Mentre ciascun filo si rompeva, un piccolo e delizioso brivido percorse Victoria. Presto, il corpetto le scivolò fino alla vita, quindi la massa pesante del vestito le ricadde attorno ai piedi. Ma c'erano ancora tanti indumenti fra loro.

David li rimosse con una certa professionalità: prima uno strato dopo l'altro di sottogonna, poi il corsetto, il tutto mentre Victoria era ancora rivolta verso la porta. Victoria trasse un respiro profondo e soddisfacente, espandendo i polmoni per la prima volta quella sera. Indossava solo la sottoveste sopra le mutande, e persino quella le era ricaduta fino alla vita. Dietro di lei c'era solo silenzio.

"Voltati," disse David.

Victoria lo fece, appoggiando la schiena alla porta, le mani premute contro il legno. David era accovacciato e la guardava con immensa pregustazione.

Poi, mentre la fissava negli occhi, David mise le mani sulla sua sottoveste e la sfilò. Tirò i lacci delle mutande, quindi guidò lentamente il tessuto afflosciato lungo i fianchi di Victoria, fino a quando lei non fu nuda.

Tremante, Victoria lasciò che David guardasse, sapendo che la passione negli occhi dell'uomo era tutta per lei. Le mani di lui tremavano sui suoi fianchi, per poi scivolarle sulle cosce.

"Allarga le gambe."

Victoria obbedì, sfilandosi le mutande, poi trattenne il respiro mentre le dita di David le sfioravano le cosce per poi accarezzarle i riccioli del pube. Lei ansimò, ma suo marito non rallentò; si limitò a continuare a sfiorarle il ventre fino a raggiungere i seni, che toccò e stuzzicò finché Victoria non fu ridotta a un fascio di nervi.

"Ti prego, David," sussurrò lei, senza sapere bene cosa stesse chiedendo. Era qualcosa che lui avrebbe potuto darle?

David sorrise mentre le sue mani iniziavano un viaggio verso il basso. Victoria osservò la concentrazione sul suo viso, assaporando la gentilezza esperta delle sue carezze. Quando suo marito le raggiunse le cosce, questa volta fece scorrere le dita lungo l'interno, prendendosi tutto il tempo, finché lei ebbe la sensazione che sarebbe scoppiata. Stava per toccarla *lì*?

E poi David fece proprio quello, accarezzandola sempre più a fondo con ogni dolce sfioramento. Le sue dita scintillavano di umidità.

"David," sussurrò lei, "perché sono l'unica a essere nuda?"

Ancora inginocchiato ai suoi piedi, il marito di Victoria alzò lo sguardo verso il suo viso. "Perché non sopporto l'idea di smettere di toccarti. Fidati di me."

Victoria annuì. David si chinò a baciarle il ventre, poi le dita ripresero la loro esplorazione. Lei gemette, sopraffatta da un'improvvisa ondata di passione.

Poi David scese ancora più in basso e Victoria smise di respirare per lo shock, quando la bocca dell'uomo si posò dove prima erano state le dita.

"David!"

Lui incrociò il suo sguardo e la leccò.

La testa di Victoria sbatté contro la porta mentre un piacere che sembrava troppo potente per esistere la travolgeva. Questa volta, Victoria crollò per davvero e David la prese fra le braccia, poi si alzò e la portò a grandi passi verso il letto. La sistemò sul bordo, le allargò le cosce e la guardò.

Victoria cercò di chiudere le gambe e, per la prima volta, David diede segni di impazienza.

Poi la sua espressione si addolcì. "Ho dimenticato com'è

essere vergini, Victoria. Ti sto spingendo a fare cose per cui potresti non essere pronta."

"Non ti fermerai, vero?"

Lui ridacchiò. "Oh, non mi fermerò, fidati." Si sfilò la giacca e la lasciò cadere a casaccio. "Ma certe cose le terrò per un'altra volta."

Le domande di Victoria le morirono sulle labbra quando si rese conto che David si stava spogliando. Lo osservò rapita mentre il fazzoletto e il colletto lasciavano nudo il collo. David si tolse il gilet, sbottonò i primi bottoni della camicia e se la sfilò dalla testa. Il suo petto era come lei lo ricordava: ampio e affascinante, muscoloso. L'uomo si sedette per sfilarsi gli stivali e le calze, poi tornò a stare in piedi davanti a lei. Si slacciò i pantaloni, che scivolarono a terra, rivelando i calzoncini ampi e il rigonfiamento che Victoria aveva notato prima. L'uomo li abbassò e, mentre essi cadevano, il suo membro emerse con forza, puntato verso di lei.

Victoria lo fissò sconvolta, poi sollevò lo sguardo su David.

Lui sorrise.

Grazie al cielo non gliel'aveva mostrato durante la loro prima notte di nozze. Victoria sarebbe fuggita urlando.

"Fidati di me," le sussurrò David, chinandosi su di lei.

"Mi fido," rispose Victoria.

David salì sul letto, gattonando su di lei, tutto muscoli lisci e fluidi. Le baciò il ventre e i seni, poi le divorò la bocca in un modo che le fece dimenticare la nudità, dimenticare ciò che stava per accadere, e vivere solo l'istante.

Perché quell'istante le stava dando tutto il piacere che lei non aveva mai immaginato fosse possibile. David si distese accanto a lei e continuò a baciarle i seni, mentre la sua mano si muoveva tra le cosce di Victoria, allargandole, accarezzandole. Lei gemette e girò il viso verso la spalla di David.

"Sei ancora timida?" le sussurrò all'orecchio David. "Fa parte del tuo fascino, *tesoro*."

Aveva usato di nuovo quella parola, e lei sospirò di piacere.

La bocca di David si chiuse sul suo seno, succhiando delicatamente, mentre le dita cominciavano a muoversi contro la sua femminilità più intima. Victoria non sapeva nemmeno che il suo corpo avesse punti tanto sensibili, ma suo marito la stava trattando come uno strumento accordato dalle proprie mani, suonato alla perfezione come solo lui sapeva fare. Il respiro le si fece affannoso; ardeva di un desiderio così intenso da sembrare incontenibile. Ogni volta che si avvicinava al culmine, lui si ritraeva, finché lei non gridò il suo nome, frustrata.

David riprese allora gli sforzi, facendola salire verso un picco dolce e potente come una nota musicale, tenendola mentre Victoria tremava e precipitava nell'abisso profondo del piacere.

Quando Victoria aprì gli occhi, David la stava guardando, con un sorriso che gli aleggiava agli angoli della bocca.

Suo marito la baciò dolcemente. "Ti è piaciuto?"

Lei annuì. "È stato... meraviglioso."

"Ci può essere molto di più."

Poi David si voltò sopra di lei, le aprì le cosce e si sistemò fra esse. La sua lunghezza dura premette contro la carne ora sensibilissima di Victoria; era una sensazione piacevole. David si sollevò con le braccia sopra di lei.

"Tesoro, ho cercato di prepararti, ma la prima volta può essere un po' dolorosa. Solo la prima, poi mai più."

"Capisco."

"Allora piega le ginocchia."

Victoria obbedì e David si sistemò ancora più intimamente contro di lei. I suoi sorrisi erano svaniti e il suo viso era segnato da un'intensità che lei non aveva mai visto prima. Victoria sentì la durezza di suo marito che la sondava e, nel momento in cui lei si irrigidì, lui si chinò a baciarla. La bocca di David era ipnotica, distraente, ma lei lo sentì che cercava di penetrarla poco a poco, allargandola lentamente, riempiendola senza farle male.

"Rilassati," le sussurrò David contro le labbra. "Rilassati."

Poi, con un'unica spinta, David la penetrò fino in fondo. Victoria sentì solo un dolore fugace, seguito subito da una magnifica sensazione di completezza. Ora era la moglie di David sotto tutti i punti di vista.

E quando lui cominciò a muoversi, il corpo di Victoria parve sapere esattamente cosa fare. Tornò a vibrare, mentre l'estasi montava a ondate sempre più forti. Lo strinse con le braccia, con le gambe, tenendolo come se non volesse lasciarlo mai. Quella era l'intimità a cui accennavano le poesie: due persone che si muovevano come una sola. Era bellissimo e le lacrime scorsero lungo le guance di Victoria di fronte a quell'esperienza tanto sublime.

David inarcò la schiena per raggiungerla con un bacio, poi le sollevò un ginocchio con la mano. Quel gesto la fece tremare, riaccendendo dentro di lei un'ondata selvaggia di emozioni. E quando David gemette, Victoria capì che era venuto con lei, perché lo sentì tremare e riversarsi dentro di lei. Quello doveva essere il *seme*.

Mentre lo stringeva forte, Victoria sentì il suo respiro calmarsi e pregò di concepire un figlio da David, così che il loro amore potesse continuare.

CAPITOLO

VENTUNO

D avid si sollevò sui gomiti e fissò Victoria, tutta arrossata dalla passione, lo sguardo assonnato e soddisfatto.

"Sono troppo pesante per te?" chiese.

"Mai," sussurrò lei.

David si abbassò completamente e Victoria emise un gemito strozzato prima che lui si sollevasse di nuovo.

"Può darsi che sia troppo pesante," insistette lui.

Victoria sorrise. "Forse."

David scivolò via da lei e la guardò mentre batteva le palpebre con immensa lentezza.

"Grazie per esserti preso il tempo di fare con calma," sussurrò Victoria.

Poi gli sfregò la testa contro il braccio, mettendosi comoda.

"Di nulla."

Victoria si addormentò quasi subito, nuda sopra il letto. David abbassò le coperte sulla sua metà, poi fece scivolare Victoria sotto e la coprì fino al mento... come se non guardarla

275

potesse in qualche modo arrestare quella sua ossessione per lei, così grande da metterlo a disagio.

David non voleva prendere atto dei sentimenti che si combattevano dentro di lui; non voleva nemmeno prenderli in considerazione, pensare a come il suo matrimonio era cambiato.

Allora perché aveva la sensazione che tutta la sua vita ruotasse ora attorno a Victoria invece che ai suoi meticolosi piani?

In silenzio, raccolse gli indumenti della giovane e li stese sulla chaise, quindi prese i propri vestiti e li portò nella sua stanza. Il suo letto era freddo e solitario, ma... sicuro.

VICTORIA SENTÌ il sole sulla pelle prima ancora di aprire gli occhi. Si stiracchiò con goduriosa soddisfazione, quindi voltò la testa per augurare il buongiorno a suo marito.

Ma David non c'era.

Aveva una stanza sua, naturalmente. Anche i genitori di Victoria avevano dormito in stanze separate. Ma in qualche modo, lei aveva sperato che il suo matrimonio potesse essere diverso.

E lo era davvero, ricordò a se stessa. David le aveva mostrato tutto ciò in cui lei avrebbe potuto sperare in un marito. Ora si sarebbe confidato con lei, le avrebbe detto cose che–

Ma Victoria si sarebbe confidata con lui?

Una sensazione di freddo le appesantì il cuore. Cosa avrebbe detto David se lei gli avesse rivelato il suicidio di suo padre? Che gli aveva mentito, che lo aveva attirato nel matrimonio con una menzogna, quando lui le aveva spiegato, al momento di chiedere la sua mano, la propria posizione nei confronti dello scandalo? Cosa avrebbe pensato ora delle sue menzogne, dopo che avevano condiviso quell'intimità suprema?

Victoria decise di non pensarci. Sapeva quanto David era stato turbato dagli scandali avvenuti in casa sua, quanto era orgoglioso. Avrebbe tenuto quel segreto. A chi importava della morte di un popolano? Nessuno sapeva, tranne la madre e le sorelle di Victoria, e loro non avrebbero parlato.

Quella decisione era stata presa un anno prima; Victoria non avrebbe tradito la sua famiglia ora... né il ricordo di suo padre.

Nemmeno per suo marito.

Avvolta in una calda vestaglia, si sedette alla scrivania e aprì il cassetto dove teneva i diari. Cosa poteva scrivere? Come poteva descrivere ciò che aveva vissuto tra le braccia di David? Chiuse il cassetto.

Dopo essersi lavata e vestita, scese per fare una colazione tardiva. Con sua sorpresa, David era appena uscito dallo studio. Suo marito sollevò lo sguardo mentre lei scendeva le scale e Victoria gli rivolse un sorriso radioso, sentendosi imbarazzata, ma felice. Il solo vedere David le faceva venire voglia di tremare al ricordo di cosa le avevano fatto le sue mani, di come l'avevano fatta sentire.

L'uomo annuì e ricambiò il sorriso, ma sembrava... troppo normale, quasi distante.

"Buongiorno, Victoria."

La sua voce aveva ancora il potere di commuoverla. "Buongiorno, David. Hai dormito bene?"

Santi numi. Tanto sarebbe valso chiedergli perché aveva lasciato il letto di Victoria.

"Sì, grazie. E tu?" David abbassò lo sguardo su un fascio di carte che stava infilando in una borsa.

Una morsa di tristezza serrò il cuore di Victoria. Era come se non gliene importasse nulla.

"Ho dormito benissimo." Victoria avrebbe voluto dire qualcosa di divertente, come che David l'aveva fatta stancare, ma l'espressione distante dell'uomo tenne le parole chiuse a chiave nella sua gola.

"Non posso uscire a cavallo con te questa mattina," disse David. "Ho in programma un incontro con il mio amministratore riguardo alle nostre proprietà in Scozia."

"Certo," mormorò Victoria.

"A che ora gradiresti uscire questa sera?"

"Uscire?"

"Il ballo in maschera comincia alle dieci."

"Il ballo in maschera?"

David inarcò un sopracciglio. "Davo per scontato che volessi partecipare a tutti gli eventi importanti del *ton*, ora."

"Certo," si affrettò a dire Victoria. "Sarò pronta prima delle dieci."

"Forse dovresti essere pronta alle sette. Abbiamo una cena con il primo ministro alle otto."

"Oh." Le girava la testa. Ma era quello che voleva.

E tuttavia... perché all'improvviso aveva la sensazione che David la stesse tenendo occupata, sollevando un muro fra di loro?

Dopo che l'uomo se ne fu andato, Victoria fissò la porta d'ingresso, chiedendosi cosa poteva essere accaduto tra la notte prima e adesso. David aveva percepito la sua doppiezza? O Victoria aveva scioccamente pensato che amoreggiare avrebbe risolto ogni cosa? David conosceva il suo corpo, ma a conti fatti, non conosceva i segreti nella sua mente. Come poteva lei pensare di sapere tutto di lui?

~

DOPO L'INCONTRO con l'amministratore, David prese una carrozza per recarsi alla Southern Railway e cercò di pensare agli affari invece che a sua moglie.

La sua radiosa moglie, il cui volto si era illuminato come il sole quando lo aveva visto quella mattina.

Parte di lui aveva desiderato sollevarla fra le braccia, salutarla come se le ore trascorse separati fossero state troppe. E lo erano state. David aveva fatto fatica a dormire, sapendo che avrebbe potuto starsene al caldo al fianco di Victoria invece che da solo.

Che gli era preso? Aveva tutte le notti future per stare da solo con Victoria; perdiana, avrebbe potuto prenderla durante il giorno, se voleva. E nel momento in cui l'aveva vista, aveva voluto farlo.

Come se non avesse alcun autocontrollo.

Si stava già rendendo ridicolo.

QUEL POMERIGGIO, quando Victoria arrivò a casa e andò in camera sua per prepararsi per la serata, notò che il diario di casa era sulla sua scrivania, non dove lei lo aveva lasciato. Lo aprì e scoprì che David aveva scritto le parole "A stasera."

Chiuse gli occhi mentre i ricordi del loro desiderio reciproco si risvegliavano dentro di lei. Come poteva onestamente preoccuparsi per il loro matrimonio quando condividevano una cosa del genere?

Stava ancora fissando il diario quando sua madre bussò e fece capolino dalla porta.

"Victoria?"

"Entra pure, mamma."

La madre di Victoria sembrava stranamente irrequieta: si mosse in giro per la stanza, toccando distrattamente i mobili e sistemando i cuscini. Victoria la guardò in silenzio, aspettando. Quando sua madre si mise a fissare fuori dalla finestra, Victoria capì che c'era qualcosa di strano.

"Mamma? Qualcosa non va?"

Sua madre sospirò. "Anna mi ha accennato... di avervi visti arrivare a casa ieri notte."

Victoria si sentì arrossire. Comprendeva i sottintesi delle parole di sua madre.

"E questa mattina, io ero in biblioteca," proseguì la mamma, "e ho sentito te e tuo marito."

Victoria si irrigidì, pur dicendo a se stessa che non c'era nulla da temere. "Sì?"

Sua madre voltò le spalle alla finestra e la fissò con uno sguardo implorante. "Oh, Victoria, non ti offendere. Presto avrai dei figli e capirai che noi madri vogliamo solo il meglio per loro."

"Davvero?" Victoria udì il sarcasmo crudele nella sua stessa voce e inorridì.

Sua madre sussultò come se avesse ricevuto uno schiaffo.

"Oh, mamma, ti prego, scusami. Volevo dire–"

"No... No, Victoria, non sei tu a doverti giustificare con me. Ho provato a fare del mio meglio, ma non sono sempre stata una buona madre. Sapevo che avresti trovato la felicità nel matrimonio e ti ho spinta in quella direzione."

"Non avresti dovuto spingere così forte," disse a bassa voce Victoria.

"Può darsi. Ma ora hai un matrimonio per cui vale la pena lottare."

"Credi che non lo sappia?"

La madre di Victoria chinò il capo. "Voglio solo che tu non commetta i miei stessi errori."

Victoria trattenne il respiro, aspettando.

"All'inizio, pensavo che tuo padre e io fossimo felici. Ho lasciato correre i suoi silenzi, credendo che si sarebbe rivolto a me nel momento del bisogno." La mamma sospirò. "E ciò non ha fatto altro che indurlo a pensare che non fosse necessario dirmi tutto."

"Proprio come tu non hai detto nulla a me e alle mie sorelle." Victoria era sconvolta dalle sue stesse parole, ma non le avrebbe ritratte, non più. Aveva sempre avuto quella rabbia chiusa dentro di sé?

La mamma si lasciò cadere sul bordo del letto e si fece piccola. "All'inizio, non sapevo che le finanze di tuo padre fossero in condizioni tanto gravi. Avevamo trascorso così tanto tempo del nostro matrimonio a evitare il conflitto che ero abituata a evitare... ogni cosa sgradevole. E poi, quando è diventato difficile pagare il personale, lui non ha più potuto nascondermi la nostra situazione disperata."

"Ma tu hai continuato a tenerla nascosta a noi." La voce di Victoria era strozzata dall'emozione. "Ci fidavamo di te!"

La mamma nascose il volto fra le mani, tremando, e Victoria non fece altro che continuare a guardare fino a quando sua madre non riprese il controllo.

"Volevo proteggervi," sussurrò sua madre. "Non ho mai voluto altro. Fino alla fine, ho pensato che avrei potuto aiutare voi ragazze a trovare marito, salvarvi prima che doveste sopportare questa terribile consapevolezza della nostra disgrazia. Perché credi che mi sia sentita così smarrita? Vi sono venuta meno!"

"Mio padre non voleva proteggerci," disse amareggiata Victoria. "Ha scelto la via d'uscita più facile."

Sua madre singhiozzò sommessamente e si coprì la bocca con una mano. Poi, sollevò lo sguardo dagli occhi arrossati. "Sì, sì, ora lo so. Era... un vigliacco. In qualche modo, è diventato un uomo che non conoscevo. E io ho lasciato che accadesse... per gradi, in silenzio, una perdita alla volta. Non volevo che a voi accadesse la stessa cosa."

Victoria si morse il labbro mentre sentiva arrivare un'ondata di lacrime. Si sedette accanto a sua madre e, all'improvviso, le parole che voleva condividere si riversarono fuori da lei. "Lo amo, mamma. Ma questa mattina, mi è sembrato... distante, come se fosse tornato a essere uno sconosciuto. Non so cosa fare."

"Non lasciare che si chiuda nel silenzio, Victoria. Avete entrambi bisogno di parlare."

"Come posso aspettarmi che lui parli con me quando io non posso davvero parlare con lui?"

"Cosa intendi?"

"Non posso dirgli di... di mio padre. David ha già subito abbastanza sofferenze immeritate."

La madre di Victoria tirò silenziosamente su col naso. "E noi sappiamo da dove viene quello scandalo. Ma Victoria, il tuo segreto avvelenerà il vostro matrimonio."

"Vorresti che glielo dica?" disse sbalordita Victoria. "Meriel, Louisa e io ti abbiamo giurato che non ne avremmo fatto parola ad anima viva."

"Non ho detto di dirlo al mondo intero; solo a tuo marito. Ti fidi abbastanza per condividere il tuo segreto?"

Le lacrime bruciarono negli occhi di Victoria. "Non... non lo so. Avevo pensato che... dopo ieri notte... ma questa mattina–" Victoria si interruppe, sapendo che il suo discorso non aveva né capo né coda.

"Ho visto il tuo sorriso questa mattina, Victoria," disse gentilmente la mamma. "Sei una donna innamorata."

"Ma *lui* è innamorato, mamma? Oggi, mi guardava come se... come se..."

"Come se fosse un uomo che non sa come reagire alle proprie emozioni, un uomo che aveva scelto la strada più facile.

E questo non porterà a un matrimonio felice, non alla fine. Fidati: la passione, da sola, non basta."

"Cosa devo fare? Credi che lui si renda conto che non gli ho detto tutto?"

"Non lo so, cara, ma se il segreto ti disturba, sei in grado di vivere il resto della tua vita con esso che si frappone fra te e tuo marito?"

Victoria si accasciò e provò un senso di gratitudine quando sua madre le fece scivolare con gentilezza un braccio attorno alle spalle. "Oh, mamma, è tanto complicato."

"Sì, è vero. Ma tu puoi trovare una soluzione, Victoria. Guarda tutto quello che sei già riuscita a fare. Sono tanto orgogliosa di te."

Victoria abbracciò sua madre, lasciando finalmente scorrere le lacrime. "Grazie, mamma."

VICTORIA APPROCCIÒ la serata con rinnovata determinazione. Non sapeva esattamente cosa avrebbe fatto riguardo al terribile segreto della sua famiglia, ma sapeva che non sarebbe riuscita a sopportare la vuota cortesia di David per il resto della vita. Avrebbe costretto suo marito a prendere atto di lei con altre emozioni. Avrebbe fatto parte della vita di lui e non avrebbe vissuto un'esistenza parallela come avevano fatto i suoi genitori verso la fine. Avrebbe dimostrato a David di essere degna di fiducia; degna di amore.

Nella carrozza, mentre dalla cena del primo ministro si recavano al ballo in maschera, lei guardò David, con la sua aria tanto serena e imperscrutabile. Poi si chinò, gli mise una mano sul ginocchio e lo baciò.

Non ci fu alcuna esitazione quando David ricambiò il bacio

con passione, calore e promessa. Fisicamente, non avevano alcun problema a mantenere la connessione.

"Magari non dobbiamo partecipare per forza anche a questo evento," mormorò David mentre la baciava fino alla scollatura.

Victoria gemette mentre lui la leccava in mezzo ai seni. "Abbiamo accettato, dunque parteciperemo. Ora aiutami a indossare il costume."

"È quello il contenuto della borsa?"

Da una sacca, Victoria estrasse un ventaglio di piume multicolori. "Lo ha realizzato Anna per me. Tieni, fissa questo ai bottoncini che ha cucito dietro il mio corpetto."

Si voltò per dare le spalle alla lanterna, poi attese con pazienza mentre David si metteva faticosamente all'opera.

"Anna avrebbe dovuto usare dei bottoni più grandi," brontolò l'uomo.

"Che tutti avrebbero visto durante lo cena. Sai che scandalo?" rispose scherzando lei.

David le pizzicò la vita e Victoria si dimenò e ridacchiò.

"Allora, cosa sei?" chiese David.

"Non si vede?" Victoria si voltò di nuovo verso di lui, avvicinandosi una maschera elaborata al viso. C'erano piume ricurve dappertutto.

"Un volatile?" disse suo marito.

"Un pavone! Sul serio, David, non ti sei sforzato molto."

"Scusa."

Il sorriso di David era tale che avrebbe potuto indurre l'inverno a diventare primavera e, per un attimo, Victoria si crogiolò nel suo tepore.

"E tu cosa sarai?" chiese.

La mano di David cominciò a scivolare lentamente sul fianco e il torace di lei.

"Quello che un uomo è sempre: misterioso."

La risata di Victoria si trasformò in un gemito mentre lui le circondava i seni. "Oh, David. Sii serio."

"Lo sono. Indosserò una maschera. Molto misteriosa."

L'uomo fece per chinarsi su di lei e Victoria lo trattenne. "David, non schiacciarmi le piume. E stiamo rallentando."

Victoria poté vedere il disappunto dell'uomo, che infuse in lei un caldo senso di soddisfazione.

Dopo che si furono fermati, la portiera fu aperta dal lacchè. David scese e all'improvviso Victoria sentì qualcuno chiamare il nome di suo marito.

"Lord Thurlow, non entrate. Aspettate!"

Victoria scivolò fino al bordo del sedile in modo da potersi sporgere fuori con la testa. Il ragazzo che lavorava alla Southern Railway aveva il fiato corto, nonostante in mano stringesse le redini di un vecchio cavallo curvo.

"C'è una riunione di emergenza, milord," disse il ragazzino. "Il signor Bannaster dice che dovete venire in ufficio."

David imprecò ad alta voce. "D'accordo. Vuoi viaggiare con noi? Possiamo legare il tuo cavallo dietro."

"Non sarete mai abbastanza veloci, milord. Ci vediamo là."

David risalì in carrozza e chiuse la portiera.

Victoria gli lanciò un'occhiata solenne. "Cosa pensi che sia successo?"

"Non lo so. Siamo pronti ad annunciare la fusione domani e a firmare i documenti. Non c'è motivo di pensare al peggio."

"Palesemente, sei più bravo di me a mantenere la calma," disse Victoria con un sospiro.

In silenzio, ciascuno dei due si voltò per guardare fuori dal suo finestrino. Victoria si allungò verso la mano di David e lui la prese.

Quando raggiunsero la Southern Railway, Victoria disse: "Posso aspettare in carrozza, se la mia presenza ti creerebbe imbarazzo."

David le prese la mano. "Ho già commesso quell'errore una volta; non lo ripeterò. Andiamo."

La Southern Railway aveva un ufficio esterno pieno di scrivanie colme di carte, disposte attorno a un lungo corridoio, e delle porte che conducevano a diversi uffici interni. I dirigenti erano tutti in piedi e discutevano animatamente, ma si zittirono quando videro David. Victoria pensò che sembravano preoccupati, non in preda al panico, e ciò la fece sentire un po' meglio. Alcuni le rivolsero occhiate perplesse e le ci volle un momento per ricordare che aveva delle piume sulla schiena.

"Stavamo andando a un ballo in maschera," disse con una scrollata di spalle.

"Eravate una quaglia?" chiese il signor Staplehill.

Il costume di Victoria era davvero così scadente? "Sono un pavone!"

Il signor Bannaster aprì la porta di un ufficio interno. "Abbiamo ragione di temere che Norton sappia della fusione."

In fila indiana, tutti entrarono nell'altro ufficio e chiusero la porta. Victoria trovò una sedia nell'angolo vicino all'ingresso principale e si sedette ad aspettare.

Non ci volle molto prima che udisse delle voci provenienti dal corridoio. Annoiata, appoggiò la testa alla parete e le parole divennero più chiare.

"Come osate seguirmi in ufficio!"

Avrebbe riconosciuto quella voce indignata ovunque: era il signor Perry, che aveva usato esattamente lo stesso tono quando aveva lasciato bruscamente la cena.

L'altro uomo le era sconosciuto.

"Amico, voi state prendendo troppo alla leggera le sue minacce. Lui non vuole che mettiate le vostre azioni nella Southern. Vi offrirà di più."

"Non farei mai affari con un farabutto tanto bieco. Minacciare la figlia di un uomo!"

Si riferiva a Prudence? Victoria raddrizzò la schiena. Avrebbe voluto mettere in guardia David, ma temeva di perdersi qualcosa di importante.

"Non è una minaccia, amico. Vostra figlia è un bel pezzo di donna. Io posso fare in modo che nessun brav'uomo la voglia."

"È ben protetta; non riuscirete ad avvicinarvi a lei. Ora andatevene e portate le vostre vili minacce con voi!"

La porta si aprì sbattendo, mancando di un soffio Victoria nell'angolo. Il signor Perry attraversò la stanza a passo di marcia e svanì nell'ufficio. Victoria trattenne il respiro. Il criminale se n'era andato?

"Ben protetta, eh?" disse una voce bassa appena fuori dalla porta. "Bella sfida."

Victoria rimase immobile fino a quando non udì la porta d'ingresso in fondo al corridoio sbattere. Quindi attraversò di corsa la stanza e spalancò la porta dell'ufficio interno.

"Signor Perry!" esclamò.

Tutti si voltarono a guardarla.

"Ho sentito quell'uomo parlare dopo che ve ne siete andato. Ha detto che la protezione che avete dedicato a vostra figlia costituisce una sfida allettante."

David disse: "Victoria, di cosa stai parlando?"

Ma il signor Perry afferrò lo schienale di una sedia e barcollò. "Devo andare, milord. Non volevo dirvelo... Pensavo di poter gestire questa faccenda da solo, ma... Norton ha minacciato di compromettere mia figlia se non venderò a lui."

Poi l'uomo oltrepassò Victoria di corsa, respirando affannosamente.

"Aspettate! Prendiamo la mia carrozza!" disse David, seguendolo.

Victoria e il resto dei dirigenti si accodarono. Mentre usciva, alla luce dei lampioni a gas, Victoria vide il signor Perry montare a cavallo.

"La vostra carrozza è troppo lenta, Thurlow. Non ho tempo!"

Gli uomini si sparpagliarono alla ricerca dei rispettivi cavalli e carrozze. Victoria sollevò le gonne e corse all'inseguimento di David, che la sollevò per la vita per metterla nella carrozza.

"A casa di Perry!" gridò suo marito al cocchiere. David prese posto accanto a Victoria e chiuse la portiera sbattendola. "Sai che ti avrei lasciato qui se avessi pensato che fosse sicuro."

"Lo so, ma devo venire anch'io. Prudence potrebbe aver bisogno di me."

Quando la carovana arrivò a casa del signor Perry, c'era già una rissa fuori dai cancelli e una pioggia costante aveva iniziato a cadere. Sotto un lampione, due guardie corpulente – palesemente assunte dal signor Perry – assistevano perplesse alla scena, e Victoria si rese conto che era il signor Perry in persona quello che stava affrontando il tirapiedi. Perché non aveva permesso alle guardie di aiutarlo?

L'uomo era troppo anziano per un'attività del genere, ed era palese che presto avrebbe perso, a giudicare dal modo in cui barcollò dopo aver incassato un colpo particolarmente violento.

David scese d'un balzo dalla carrozza. "Basta così!"

Sporgendosi ancora di più dalla portiera, Victoria fece una smorfia quando David afferrò il tirapiedi per la collottola. L'uomo si dimenò violentemente, fino a quando David non lo fece voltare e gli sferrò un pugno nello stomaco. Con un gemito, il tirapiedi crollò in ginocchio.

"Andiamo a cercare Norton," disse David, sollevando di peso il tizio. "Chi ha un cavallo a cui possiamo legarlo?"

Mentre i dirigenti della ferrovia offrivano un cavallo dopo l'altro, il tirapiedi continuò a ripetere: "Non conosco nessun Norton."

Dopo che l'uomo fu gettato sul cavallo e legato, David gli sollevò la testa per i capelli. "Volete che vi portiamo alla polizia, allora? Come siete nobile ad accettare di addossarvi la colpa di tutto. Sono certo che Norton vi manderà del cibo in prigione."

"Va bene, va bene!" disse l'uomo. "Mi ha pagato. Dovevo solo baciare la ragazza, magari spaventarla un po'."

Il signor Hutton trattenne il signor Perry.

"È di mia figlia che state parlando!" gridò quest'ultimo.

"Andiamo da Norton," disse David.

Tutti corsero ai cavalli e alle carrozze, e il signor Bannaster condusse il cavallo con il tirapiedi. David sollevò lo sguardo su Victoria.

"Non intendo restare qui," disse lei.

"Ma pensavo che Prudence avesse bisogno di te."

"Sono certa che dorma serena nel suo letto. Tu hai più bisogno di me."

"Davvero?"

"Certo. O perlomeno, io ho bisogno di essere con te. Ora, vuoi che tutti gli altri raggiungano il signor Norton prima di noi?"

"A casa di Norton!" gridò David al cocchiere prima di salire in carrozza.

"Il cocchiere sa dove vive?"

"Giurerei che quell'uomo sappia dove vivono tutti."

Sollevata, Victoria si appoggiò a David in preda al sollievo.

"Sono fradicio, Victoria."

"Anch'io."

La carovana calò sulla casa del signor Norton e Victoria guardò con preoccupazione dalla carrozza mentre David trascinava il tirapiedi lungo il breve marciapiede. Gli altri dirigenti lo seguirono in massa. David bussò ripetutamente e con forza alla porta, fino a quando all'interno non si accese una luce.

Un maggiordomo con una berretta da notte cercò di mantenere un'aria dignitosa. "Vi prego di tornare domattina."

"Dite a Norton che il visconte Thurlow è qui," disse David. "Abbiamo degli affari di cui discutere. Sarà meglio che il vostro padrone si sbrighi, a meno che non voglia che io mi assicuri che non abbia più alcun affare da mandare avanti."

Finalmente, Norton apparve sulla soglia, in pantaloni e maniche di camicia. Era un uomo stempiato, con il ventre che sporgeva dalla sommità dei pantaloni. Era chiaro che non potesse costituire da solo una minaccia credibile per una donna, per cui aveva dovuto ingaggiare qualcun altro.

Non che lo avrebbe mai ammesso mentre se ne stava appena entro la soglia, al riparo dalla pioggia.

"Non so di cosa state parlando, Thurlow," disse Norton, sorridendo. "Mi avete svegliato per queste scemenze?"

"Voi non stavate dormendo," disse David, trascinando il tirapiedi sotto la luce. "Stavate attendendo con ansia un rapporto da parte di questo cretino. Beh, lui è qui per fare rapporto, ma non ha molto da dire. Parlerò io per lui. Ha fallito. La Southern Railway non cadrà per mano vostra. Domattina, firmati i documenti, diventeremo la ferrovia più grande del Sud."

Persino dalla carrozza, Victoria vide Norton digrignare i denti.

"Per quanto riguarda voi," proseguì David, "sono pronto a dimenticare questa indiscrezione."

Finalmente, Norton parlò. "Ma io non la dimenticherò. Farò in modo che tutti sappiano che un *pari* è coinvolto, Thurlow. Avete cercato di mantenere il segreto, di proteggere l'ultimo briciolo di dignità che poteva essere rimasto al nome di Banstead. Ma quando avrò finito—"

"Fate pure," disse David.

Victoria ebbe un sussulto.

"Sono orgoglioso di quello che io e questi uomini siamo riusciti a fare," rispose David. "Dirigeremo una ferrovia prospera, che vi farà parecchia concorrenza."

"Dico sul serio!" esclamò Norton, per poi ricordarsi visibilmente dove si trovava e guardarsi attorno.

"Non volete che i vicini conoscano la verità?" disse David. Alzò la voce. "Non ho alcun problema a rendere noto a tutti ciò che penso di voi. Non vi conviene mettervi contro un visconte che è anche un parlamentare... soprattutto se costui, come voi stesso avete fatto notare, non ha nulla da perdere in quanto a scandali. Se dovessi avere sentore che la signorina Perry sia in pericolo a causa vostra, farò in modo che perdiate fino all'ultimo dei vostri investimenti. Ora, dove sono i poliziotti di pattuglia quando ce n'è bisogno?" chiese David, la voce che si diffondeva ancora di più.

Victoria fissò suo marito come se fosse uno sconosciuto. David aveva appena dichiarato che non gli importava di un nuovo scandalo, che non gli importava di quello che pensava la gente. Poteva essere la verità?

CAPITOLO

VENTIDUE

David si sentiva libero, come se una catena attorno al suo collo si fosse finalmente sciolta. Non gli importava a chi si sarebbe rivolto Norton. Nessuna infamia avrebbe potuto essere peggiore di quella che aveva già conosciuto.

"Silenzio!" sibilò Norton.

"Vostra moglie è in casa?" chiese David in tono cortese. "Forse è il caso di svegliarla."

"Va bene, avete vinto," disse Norton a denti stretti.

"Lascerete in pace i Perry?"

"Sì."

"Se dovessi scoprire che avete minacciato chiunque di loro—"

"A che pro? Per allora, Perry avrà già venduto le sue azioni alla vostra compagnia."

"Siete un uomo intelligente, Norton." David lanciò il tirapiedi attraverso la porta, e l'uomo grugnì quando atterrò sul pavimento. "Riprendetevi questa roba, per cortesia."

I dirigenti si radunarono attorno a David, parlando e

ridendo mentre lo accompagnavano giù per i pochi gradini che portavano in strada. Gli diedero pacche sulle spalle e proposero di offrirgli da bere, ma Victoria lo stava aspettando. David riusciva a vedere la testa di sua moglie attraverso la portiera aperta della carrozza. Ci volle ancora qualche minuto per disperdere la carovana, poi finalmente David poté salire accanto a lei, dopo aver detto al cocchiere di portarli a casa. La portiera si chiuse, la carrozza si allontanò dal marciapiede e loro rimasero soli.

"È stato meraviglioso," disse Victoria.

"Dunque, ti piace vedermi soperchiare gli altri?" David inarcò un sopracciglio.

"Solo se è per una buona causa. Credi davvero che Norton lascerà in pace i Perry?"

"Cos'altro può fare? Vuole continuare a fare affari in questa città. Ha tentato con il ricatto; non ha ottenuto risultati. Credo che passerà al suo prossimo, insignificante progetto."

Victoria esitò.

"Chiedi pure," disse lui.

"Eri sincero quando hai detto che avresti reso pubblico il tuo ruolo nella ferrovia se Norton non avesse allentato la tensione?"

"Sì. Non intendo lasciare che persone innocenti subiscano danni a causa del mio orgoglio." David abbassò la voce. "E comunque, non avrebbe avuto importanza. L'unica cosa importante è quello che pensi tu, Victoria."

David abbassò su di lei uno sguardo molto intenso.

"Non puoi continuare a tenere addosso quei vestiti bagnati," disse.

Victoria lo fissò. "Certo che posso. Il viaggio di ritorno non richiederà molto."

"Ci vorrà almeno mezz'ora. Ora voltati."

"Ma–"

"Victoria, quando un marito desidera togliere i vestiti alla moglie, lei di solito glielo permette."

Victoria gli mostrò la schiena. "Anche in una carrozza?"

"Soprattutto in una carrozza."

David avrebbe voluto strappare via le piume di pavone sulla schiena di Victoria. Non sopportava la presenza di un altro indumento fra sé e il corpo liscio di sua moglie.

Finalmente, le piume se ne andarono, e lui poté sentire la pelle fresca dietro le sue spalle. La baciò lì, passandole la lingua lungo il collo, poi dietro l'orecchio, mentre le dita riuscivano finalmente a sciogliere i bottoncini lungo la schiena. La lanterna dietro di loro ondeggiò, proiettando ombre sulla pelle lattea di Victoria. David le tolse di dosso il vestito bagnato come se fosse la buccia di un frutto e la fece chinare per sfilarle la gonna.

Quando rimase solo la camicia da notte, David sussurrò contro la bocca di Victoria: "Anche le mutande."

Lei emise un piccolo sospiro, che si mescolò al respiro affannoso di David.

"Sbrigati," la incoraggiò lui. "Sono impaziente."

Di nuovo, Victoria si alzò di fronte a lui, chinandosi per evitare di sbattere la testa. Quando la carrozza ebbe uno scossone per via del fondo stradale irregolare, lei si aggrappò alle spalle di David per mantenere l'equilibrio. David vedeva i seni della donna pendolare di fronte a lui, ondeggiando delicatamente per i movimenti della carrozza, e gemette, allungando le mani sotto la sottoveste alla ricerca del laccio delle mutande.

"Ho pensato a questo per tutto il giorno," mormorò Victoria con un filo di voce.

David non credeva di poter diventare ancora più duro, ma lo fece.

"Beh, non avevo immaginato proprio la carrozza," aggiunse Victoria, "ma... di toccarti, come tu hai toccato me."

Una volta liberata dalle mutande, David la attirò in avanti, facendola sedere a cavalcioni delle sue cosce. I pantaloni di David erano troppo stretti e lui cominciò ad allentarseli quando Victoria gli mise le mani sopra.

"Lascia fare a me."

Quelle quattro parole furono eccitanti quasi quanto la sua semi-nudità bagnata. David appoggiò le mani sul sedile, rendendosi a malapena conto che stava stringendo forte la pelle. Victoria non si rendeva conto di che aspetto avesse con quella sottoveste traslucida, i seni in bella vista? Gli piaceva la sensazione di averla sopra e il modo in cui lei lavorava con tanta attenzione per allentare il fazzoletto.

David le posò le mani sui fianchi. "Non abbiamo molto tempo."

"Lo so. Non ho bisogno di toglierti tutti i vestiti; solo una parte."

David rise. E poi, Victoria gli allentò i bottoni della camicia e del gilet, spalancandogli la giacca da sera in modo da potergli sfilare la camicia dai pantaloni. Quando le mani fresche di Victoria gli toccarono il ventre, lui rabbrividì.

"Sei rovente," sussurrò Victoria.

Le sue mani salirono timidamente, e David trattenne il respiro mentre aspettava. "Non fermarti."

Le dita di Victoria gli accarezzarono i capezzoli e lui attirò il bacino della donna contro il suo, inarcandosi verso di lei dal basso.

"Devo togliere più vestiti," disse con voce roca.

Le dita di Victoria sui suoi pantaloni rischiarono di rovinarlo. David non sapeva esattamente se lei sarebbe stata abbastanza coraggiosa da toccare la sua erezione, non ancora, ma il solo pensiero lo fece gemere contro la sua bocca mentre la baciava. Capì che sua moglie aveva fatto progressi con i pantaloni quando si sentì meno costretto. Un'improvvisa ventata d'aria lo informò che poteva attirare Victoria più in alto contro di sé. La calda umidità di sua moglie gli accarezzò la lunghezza, ma lui non poteva prenderla, non ancora. Usando la bocca, le abbassò la scollatura della sottoveste, scoprendo i seni. La pelle di Victoria era fresca e umida, e lui assaporò tutto: dalle punte contratte dei capezzoli alle curve nascoste appena sotto di essi.

Victoria si stava dimenando contro di lui, la testa buttata all'indietro, le mani che gli afferravano le spalle. Quando gridò il suo nome, David affondò dentro di lei, sentendo lo strattone dei muscoli interni, certo che nient'altro potesse essere altrettanto piacevole. Usando le mani, la guidò mentre lei lo cavalcava, le adorò i seni con la bocca, fino a quando non sentì il brivido dell'orgasmo di Victoria tutto attorno a sé. Mollò la presa sull'autocontrollo e si sfregò dentro di lei, la testa gettata all'indietro, inarcandosi verso l'alto per prendere tutto ciò che sua moglie gli offriva.

Mentre il mondo si raddrizzava, David si strinse Victoria al petto e la tenne lì per un momento, accarezzandole i capelli umidi che ricadevano a riccioli lungo la schiena.

Victoria rabbrividì.

"Sono un bastardo egoista," disse bruscamente David, "a usarti senza nemmeno pensare al tuo agio."

"Mi sono accorta solo adesso dal freddo," obiettò Victoria. "Dimentichi che nemmeno tu sei esattamente asciutto."

David la raddrizzò leggermente – cercando di non uscire – e si chinò in avanti per allungarsi dietro la sua schiena. Victoria rise e si aggrappò alle spalle di David. Da sotto il sedile opposto, lui estrasse una coperta e la avvolse attorno a sua moglie. Con un sospiro, Victoria lo abbracciò e si accoccolò contro il suo petto.

David si mosse dentro di lei, godendosi quel collegamento tanto fisico quanto non. Non cercò di pensare, non cercò di comportarsi come pensava di dover fare. Si limitò a... esistere.

Victoria sperimentò un senso di soddisfazione molto profondo. Quello era amore, pensò, quella sensazione meravigliosa di condividere tutto con la persona giusta. Si era sentita una parte di David – lo era ancora – e avrebbe voluto che il viaggio in carrozza proseguisse per sempre. Ogni movimento delle ruote li faceva sobbalzare, in modo tale che si sfregarono piacevolmente l'uno contro l'altro. Era una rarità, quella tenerezza incredibile? David la sentiva? O aveva già sperimentato tutto ciò in passato?

"Dovremmo essere vicino a casa," mormorò il marito di Victoria contro i suoi capelli.

"Casa." Era il sussurro di una promessa, una preghiera di ringraziamento. Finalmente, David scivolò fuori da lei e Victoria avrebbe voluto protestare per il ritorno di quel senso di solitudine.

David ridacchiò e la fece sedere composta. "Uno di noi deve essere vestito decentemente. E dato che ti porterò in braccio, è meglio che quella persona sia io."

"In braccio?" Victoria scivolò via dal grembo di David, stringendosi la coperta attorno alle spalle, e lo guardò allacciarsi rapidamente i vestiti. "Posso indossare il vestito e camminare."

"Siamo riusciti a stento a togliertelo. Ti avvolgerò in quella coperta calda e ti porterò fino a un bagno fumante."

Victoria smise di protestare; si limitò a cercare di tenere per sé il suo sorriso compiaciuto.

"David, e il mio vestito? Tutti capiranno che... me lo sono tolto nella carrozza."

"Lascialo qui. Domani mattina manderemo Anna a prenderlo. E chi se ne accorgerà a quest'ora della notte?"

David portò Victoria su per i gradini dell'ingresso. Smith il maggiordomo aprì la porta nello stesso momento in cui Victoria si sporse dalle braccia di David per raggiungerla.

Victoria gemette per la sorpresa e si ritirò nelle profondità della grande coperta, sentendo una delle braccia di David stretta dietro la sua schiena e l'altra sotto le cosce. Solo le caviglie coperte dalle calze e le scarpe facevano capolino dall'estremità della coperta.

Victoria pensò che forse sarebbero riusciti ad attraversare l'ingresso, ma la luce in biblioteca era accesa e sua madre fece capolino attraverso la soglia, si ritrasse e poi spinse fuori la sedia a rotelle del conte. Entrambi i genitori non fecero altro che fissarli.

"Sta bene," disse David prima che Victoria potesse parlare. "Siamo stati sorpresi dalla pioggia e non voglio che lei prenda freddo."

Suo padre scoppiò a ridere e, a giudicare dall'espressione sorpresa di David, erano anni che quella risata non risuonava in casa.

"Scommetto che ha dato una bella lezione a quei nobili pomposi," disse il conte.

Victoria cercò di nascondere il sorriso di fronte al piacere nella voce dell'anziano. Cosa avrebbe potuto dire? Probabilmente, non la verità.

Diede di gomito a David, che sembrava divertirsi fin troppo a sue spese.

"Mandate a chiamare Anna," disse il conte.

Victoria sentì sua madre ridacchiare. "Non credo che avranno bisogno di lei."

David si guardò alle spalle. "Ditele che Victoria ha bisogno di un bagno caldo."

Nella camera di Victoria, scoprirono che Anna era già pronta. La vasca era circondata da asciugamani e posizionata davanti al caminetto, e la cameriera arrivò poco dopo di loro con il primo di una serie di secchi fumanti.

Giunsero poi i lacchè, che riempirono in fretta la vasca, e

Victoria gemette e affondò il più possibile fra le braccia di David, lasciando solo gli occhi a fuoriuscire dalla coperta.

Anna accese delle candele per la stanza.

"Anna," disse David, "ora puoi andare. Mia moglie comincia a diventare pesante."

"Certo, milord," disse la ragazza, sorridendo. "Devo tornare più tardi a portare via la vasca?"

"No," disse lui, levando gli occhi al soffitto.

"Molto bene, milord."

Una volta che la porta si fu chiusa, Victoria lanciò un grido di stupore quando David la posò con i piedi per terra e cominciò a denudarla.

"Vi suggerisco, *lady Thurlow*, di fare il bagno più veloce possibile, perché non vi perderò d'occhio nemmeno per un istante."

Victoria non pensava che le fosse rimasto del rossore, ma a quanto pareva si sbagliava. Entrò nella vasca, affondò nell'acqua calda e poi fissò affascinata David che cominciava a spogliarsi. L'uomo girò attorno alla vasca, osservando Victoria da tutte le angolazioni. Lei si ritrovò a usare il sapone in modi molto provocanti, che in passato non avrebbe mai immaginato.

David sembrava non riuscire a trovare i bottoni della camicia mentre lei si lavava lentamente i seni.

L'uomo si strappò un bottone dei pantaloni quando Victoria si inarcò per raggiungere la schiena.

Era finalmente nudo e incombeva sopra di lei mentre Victoria si insaponava fra le gambe.

"Hai finito," disse l'uomo, con una voce che un tempo lei avrebbe forse trovato minacciosa. "Alzati."

"Ma c'è ancora del sapone–"

"Alzati."

Victoria obbedì. David aveva un secchio in mano e le versò

dell'acqua pulita sul davanti. Il calore precipitò su di lei, che sospirò.

"Voltati."

Suo marito le versò altra acqua lungo la schiena, poi, all'improvviso, la avvolse da dietro con un grande asciugamano caldo. Dando mostra di una forza sorprendente, la sollevò e all'improvviso Victoria si ritrovò sdraiata di schiena sul letto. David la asciugò come se lei fosse troppo delicata per fare da sola e fece l'amore con lei come se fosse troppo fragile. Più di una volta, Victoria fu costretta ad asciugarsi lacrime di felicità dagli occhi mentre lui non guardava.

Quanto lo amava.

Ma, ancora una volta, David tornò nella propria stanza una volta che ebbero finito. L'avrebbe mai invitata laggiù... o nel proprio cuore?

IL MATTINO DOPO, David si recò all'annuncio della ferrovia, orgoglioso come se avesse partorito. Victoria lo guardò allontanarsi con affetto, poi giocherellò con la colazione mentre i suoi pensieri prendevano forma. Il suo matrimonio stava cominciando ad avere successo, ma non al ritmo che avrebbe voluto. Non era ancora del tutto la Moglie Perfetta. Avrebbe potuto cominciare a conquistare lentamente i pari di David, una visita alla volta, una cena alla volta, oppure avrebbe potuto dare un'altra cena, ma questa volta con membri del *ton*. Non avrebbe cercato di fare nulla di formale come un evento serale, che avrebbe potuto ricordare a troppe persone le feste del conte.

Avrebbe fatto qualcosa di diverso, magari un ricevimento pomeridiano regolare, con un tema come... l'arte. Qualcosa su cui era in grado di sostenere una conversazione intelligente!

Avrebbero potuto incontrarsi ogni qualche giorno. I partecipanti avrebbero potuto discutere delle proprie opere o delle opere di altri artisti e magari le signore avrebbero potuto suonare e cantare.

Non Victoria, naturalmente. In quanto padrona di casa, sarebbe stata troppo impegnata.

La prima volta che menzionò la sua idea a David, lui parve colpito dall'iniziativa, ma non poté prometterle che sarebbe riuscito a partecipare. Victoria capiva: anzi, si chiese se forse sarebbe stato meglio che David *sentisse raccontare* che splendida padrona di casa era sua moglie, invece che vedere di persona i suoi difetti.

Victoria spedì gli inviti il giorno stesso, per un ricevimento che si sarebbe tenuto tre giorni dopo. Trascorse tutti i giorni intermedi in uno stato di nervosa pianificazione, mettendo a frutto le sue doti di scrittrice di liste. Sua madre la osservava attentamente, ma Victoria non intendeva chiedere alla mamma se pensasse che lei stesse facendo la cosa giusta per il matrimonio. Victoria si era data come obiettivo l'aggiustare il passato di David e doveva raggiungerlo.

Le sue notti trascorrevano con David in delizioso abbandono e loro due erano così vigorosi nei loro sforzi che lei sapeva che presto avrebbe avuto un figlio in grembo. Meglio dare la festa ora, finché poteva!

Il pomeriggio del ricevimento, la casa brillava di lucido e sole. Persino la servitù sembrava fischiettare e, nonostante il nervosismo, Victoria aveva il cuore leggero. Le prime ad arrivare furono le Fogge, madre e figlia.

La signorina Fogge si recò al pianoforte del salotto e lo fissò. Voltò la testa verso Victoria. "È questo?"

"Sì, ma dovete promettere di non dirlo a nessuno," disse Victoria, nascondendo il divertimento. "Volete suonarlo? "

"Oh, no, milady, non potrei mai. Ma magari volete farmi voi l'onore?"

Victoria accettò di suonare e presto la signorina Fogge iniziò a cantare. Victoria aveva la sensazione di aver trovato una nuova amica.

Forse l'unica, perché sembrava che nessun altro sarebbe venuto.

Dopo diverse canzoni, Victoria disse: "Dato che lo scopo di questa festa è parlare di arte, vogliamo fare un giro delle stanze? Ci sono delle splendide opere d'arte in biblioteca, raccolte dai Banstead nel corso dei secoli."

Cercò di non sentirsi troppo delusa. In fondo, quello era il suo primo tentativo. Si trovavano per puro caso sulla scalinata sopra l'ingresso quando suonò il campanello. Smith andò ad aprire e lord Wade e diversi uomini si riversarono nella casa sotto di loro, tutti intenti a parlare e a ridere. Portarono con sé aria fresca e profonde voci mascoline, e Victoria capì che il ricevimento era salvo.

La signorina Fogge rimase a bocca aperta, in maniera piuttosto indecorosa. "Mamma," esordì.

"Oh, taci, ragazza mia." L'espressione di lady Fogge si fece speranzosa. "Lady Thurlow, immagino che la maggior parte di quei gentiluomini non sia desiderabile."

"Se conosco lord Wade, sono molto desiderabili." Victoria sapeva esattamente cosa stava facendo l'uomo: aiutando il suo ricevimento nell'unico modo a lui possibile.

Lord Wade sollevò lo sguardo, la vide e sorrise.

Victoria ricambiò con affetto.

Nel giro di mezz'ora, altre persone cominciarono ad arrivare. Victoria era in disparte con lord Wade quando ebbe inizio l'assalto.

"È anche merito vostro, sapete," gli disse.

L'uomo allargò le mani e si strinse nelle spalle con fare

innocente. "Ho portato i miei amici. E forse ho menzionato al mio club che avremmo partecipato al vostro elegante evento. Diversi uomini potrebbero avermi sentito, ma questo è quanto."

"E ne hanno parlato alle mogli e alle figlie" disse Victoria. "Ah, lord Wade, voi non sapete che effetto fate. Un giorno, farete la fortuna di una brava donna."

"Un giorno, forse," disse lord Wade con un ampio sorriso, "ma non nel futuro prossimo."

DAVID AVEVA CERCATO di essere a casa per il ricevimento, ma arrivò solo quando esso era ormai quasi concluso. Degli ospiti stavano uscendo mentre lui entrava e David si compiacque nel sentire i loro complimenti riguardo a sua moglie. Salì in salotto e si fermò sulla soglia quando si rese conto che Victoria stava suonando il pianoforte. C'erano ancora diverse signore e genti-luomini radunati attorno a lei. Simon vide David e lo raggiunse.

"È stato un successo, dunque?" chiese David.

"Naturalmente," rispose Simon. "Credo che tua moglie sappia mettere tanto a loro agio i suoi ospiti perché capisce profondamente quanto si sentono nervose le persone in una situazione nuova."

"Non questa gente incallita," sbuffò David.

Simon si strinse nelle spalle. "Persino questa gente. Può darsi che non sia stato facile entrare in casa tua dopo tutti questi anni. I fantasmi, sai."

David levò gli occhi al soffitto e insieme si voltarono a guardare Victoria che suonava.

"L'ha composta lei, sai?" disse Simon.

David le lanciò un'occhiata penetrante. "Davvero?"

"Non sapevi quanto è dotata?"

"No," disse lentamente David.

"Non l'hai sentita cantare. La sua voce... Ah, come gli angeli."

David parlò a bassa voce. "Non l'ho mai sentita cantare. Non avrei mai pensato che avrebbe fatto una cosa del genere di fronte a degli sconosciuti."

"Ma è più facile di fronte a sconosciuti," disse Victoria mentre li raggiungeva.

David la guardò e non riuscì a trattenere un sorriso. Le baciò la mano. "Simon mi riferisce che hai avuto un enorme successo."

"Solo grazie a lui," rispose Victoria con leggerezza. "Ha portato tutti i suoi amici. Strano come questo possa far sì che delle giovani nubili si affollino in casa."

Simon sogghignava, Victoria sorrideva e David si sentì... escluso. Simon era riuscito ad aiutare Victoria. Avrebbe voluto essere David a farlo.

"Dunque, se canti per gli sconosciuti," disse, trovando difficile parlare con leggerezza, "canterai anche per me."

"Oh, no, non potrei mai. Starai scherzando."

Simon lo stava fissando e David ebbe la sensazione che fosse il suo turno di arrossire. Victoria era disposta a cantare per degli sconosciuti, ma non per suo marito?

Victoria fu chiamata a discutere di un quadro all'estremità opposta della stanza. David la guardò e si sentì addosso lo sguardo di Simon. Non gli piacque che Simon avesse indovinato la sua sofferenza.

Perché Victoria rivelava la propria passione nella camera da letto, ma non gli concedeva qualcosa di semplice come una canzone? Lui sapeva di non conoscere tutto di lei e, per la prima volta, ciò gli diede fastidio.

Per lei era lo stesso? Anche David le stava facendo del male?

Victoria stava sfidando se stessa sotto molti punti di vista, sbocciando in una donna sicura di fronte agli occhi di David. A lui piaceva quell'aspetto di lei, ma... cosa diceva tutto ciò di lui? Era bloccato nello stesso vecchio posto, in fuga da emozioni che per anni non aveva voluto affrontare? Era *davvero* ossessionato dal passato?

Victoria stava creando un nuovo mondo per sé e lui si stava allontanando da esso, tranne che nel buio della notte. Era quello tutto ciò che lui voleva?

Possibile che si stesse innamorando di lei?

Victoria si svegliò da sola la mattina, ma sentiva l'odore di David sulla propria pelle. Giacque immobile nella penombra che precedeva l'alba, con gli occhi chiusi, cercando di dare un senso all'umore da lui mostrato la notte prima. Le era sembrato tanto... urgente, ogni movimento appassionato e intenso. Non aveva voluto parlare, per cui lei non aveva insistito. Victoria non gli aveva detto che lo amava, perché non sapeva se potesse pronunciare quelle parole per prima e rischiare di essere oggetto della pietà di David.

Che vigliacca.

Con il canto, aveva rivelato le sue emozioni di fronte a degli sconosciuti. Ma con David...

Qualcosa si mosse nel letto accanto a lei e Victoria si immobilizzò, per poi aprire lentamente gli occhi.

David aveva trascorso la notte con lei.

Victoria guardò sbalordita mentre l'uomo si metteva seduto e si stiracchiava, i capelli corti arruffati. Sentì le ossa della sua schiena scricchiolare, lo guardò mentre voltava la testa verso di lei. E poi David sorrise e sulla guancia aveva un segno di cuscino che lei sarebbe stata lieta di baciare.

"Torna a dormire," mormorò suo marito, chinandosi a baciarla sulla fronte. "Ho un appuntamento presto."

Victoria lo lasciò andare, ancora troppo sbalordita per esprimere qualunque cosa a parole. Ma era sempre stato quello il suo problema. Era, a conti fatti, una scrittrice.

Ovviamente, non riuscì a dormire. Si alzò, indossò la vestaglia e cercò di distrarsi immaginando cosa potesse significare il fatto che David aveva finalmente dormito con lei per tutta la notte.

Avrebbe dovuto distrarsi pensando alla mossa successiva. Durante il ricevimento, si era resa conto che tutte le paure che doveva affrontare erano gestibili. Doveva organizzare un evento più grande, durante il quale David sarebbe stato al suo fianco, per dimostrare all'intera società che il visconte era tornato per sempre. Victoria avrebbe dato un ballo, un evento che avrebbe messo in ombra qualunque ricordo di uno scandalo.

C'erano tantissimi elenchi da fare! Victoria si sedette alla scrivania e si circondò con i diari; li fissò, ma nel profondo del suo cuore sapeva che quell'entusiasmo non era reale, che avrebbe usato l'organizzazione di un ballo come un'ulteriore scusa per non fare qualcosa riguardo al suo vero problema.

Il matrimonio.

Doveva sapere cosa provava David per lei. Perché aveva così paura di dire *Ti amo*?

Forse perché tante altre cose erano ancora tacite. Sua madre aveva ragione: finché quelle parole proibite fossero rimaste a frapporsi fra di loro, ci sarebbe sempre stata un'ombra di oscurità nel loro matrimonio, un luogo in cui entrambi avrebbero avuto paura di andare.

Victoria aveva la possibilità di vivere il genere di vita che aveva sempre sognato, quando solo la fantasia di Willow Pond lasciava intravedere un futuro luminoso. Da ragazza, la fantasia era tutto quello che le aveva... assieme alla realtà di Tom, lì sulla pagina scritta.

Se non era in grado di pronunciare le parole ad alta voce, magari avrebbe potuto scriverle e raggiungere David come aveva sempre raggiunto Tom. Aprì il loro diario d'infanzia a una pagina bianca e cominciò a scrivere.

Doveva dire la verità a David, anche se alla fine lui l'avesse respinta.

CAPITOLO
VENTITRÉ

David arrivò a casa prima dell'ora di pranzo e ammise a se stesso che lo aveva fatto solo perché voleva stare con sua moglie. La madre di Victoria era in biblioteca con il padre di David – di nuovo! – ed entrambi sollevarono lo sguardo quando lui si sporse all'interno.

"Victoria è qui?" chiese David.

La signora Shelby abbassò il libro che stava leggendo ad alta voce. "Non la vedo dalla colazione. Avete provato nella sala della musica? Mia figlia vi trascorre diverse ore ogni giorno."

David non lo sapeva e si sentì un pessimo marito. "Controllerò. Grazie."

Ma Victoria non era nella sala della musica né in nessun'altra parte della casa. Quando David trovò Anna, che si era appena seduta a pranzare negli alloggi della servitù, la cameriera si alzò in piedi.

"Milord?" chiese la servitrice con voce perplessa mentre lo seguiva in corridoio.

"Sai dov'è la tua padrona?" chiese David.

"Di sicuro è in casa, milord. Non uscirebbe mai senza di me."

Annuendo, David lasciò che Anna tornasse a mangiare. Salì in camera di Victoria e attese con incertezza, sentendo l'ansia che si diffondeva in lui. Dove poteva essere andata sua moglie?

E poi vide il loro vecchio e malridotto diario lasciato sul tavolino accanto alla porta della sua stanza. L'istinto lo spinse a prendere il quaderno e ad aprirlo sull'ultima pagina. Il brano riportava la data odierna; doveva essere stato scritto proprio quella mattina.

"David, ti scrivo perché, come sempre, le parole mi vengono meno. Spero che, quando leggerai queste righe, capirai perché ho fatto quello che ho fatto e mi perdonerai. Il mio unico intento era non recare alcuno scandalo a tuo danno."

Nel cuore di David, l'ansia esplose nella paura, perché il resto della pagina era bianco. Dov'era andata Victoria dopo aver scritto una cosa del genere?

David attraversò di corsa la casa, spaventando servitori a ogni piano. In biblioteca trovò solo suo padre, e stava per andarsene quando il conte lo richiamò.

"Hai trovato Victoria?" chiese il vecchio.

"No."

L'espressione di David doveva aver rivelato qualcosa, perché sul volto del conte comparve un cipiglio.

"Cos'hai fatto?" domandò suo padre.

David si irrigidì, ma non volle nascondere la verità. Da quando suo padre era diventato il campione di Victoria? "Fin dall'inizio, ho posto come condizione al nostro matrimonio che Victoria non provocasse scandali. Di conseguenza, per paura, lei mi ha tenuto nascosto qualcosa."

"Non capisco."

"Padre, non vi rendete conto che ho trascorso l'età adulta cercando di ricostruire il nostro buon nome? Eravamo lo zimbello di tutti, dopo quello che è successo. E quando non sono riuscito a sposare una donna di sangue nobile, ho scelto Victoria, che possiede una grazia e un'intelligenza pari a quelle di qualunque lady. Ma non avevo capito cosa avessi davvero accanto."

Le mani di suo padre tremavano mentre il conte si asciugava il viso. "Non ci sono scuse per il modo in cui mi sono comportato dopo la morte di tua madre, se non una sofferenza troppo a lungo repressa. Non ho mai pensato che fosse il caso di dirtelo, ma ora mi rendo conto che ho sbagliato a non spiegarti tutto, una volta che sei diventato uomo."

"Padre, non è necessario–"

"Sì, invece. Vedi, David, nel corso della breve vita di tua madre, io non ho saputo proteggerla. Lei ti amava così tanto da desiderare altri figli, anche se tutti i medici avevano detto che questo avrebbe potuto ucciderla."

Lentamente, David si lasciò cadere su una poltrona di fronte a suo padre; poi, non fece altro che fissarlo.

"Ho cercato di dissuaderla, di farle capire che io avevo bisogno di lei in salute più di quanto tu avessi bisogno di fratelli. Ma lei non voleva accettarlo, e io... io non riuscivo a negarle nulla."

"Era lei... a volere altri figli?" sussurrò David, sentendo le fondamenta della propria infanzia tremare e deformarsi attorno a sé.

Il conte annuì mestamente. "Non volle ascoltarmi e, alla fine, morì per questo. E poi, come un vecchio imbecille, io ho lasciato che il mio bisogno di felicità superasse il bisogno di stabilità di un bambino. David, perdonami per non aver capito quanto la presenza di Colette ti rendesse infelice."

David poté solo annuire. Aveva trascorso anni a sobbollire sotto il peso della rabbia nei confronti di suo padre, anni a tentare di riscattare il nome della famiglia. E ora sapeva che suo padre era stato quasi distrutto dal dolore e che aveva cercato conforto dove aveva potuto. Colette aveva allontanato David da suo padre e lui glielo aveva permesso.

"Puoi perdonarmi?" chiese il conte.

David si alzò in piedi e si avvicinò, posandogli una mano sulla spalla. "Forse possiamo perdonarci a vicenda, padre."

Il conte distolse lo sguardo e accarezzò la mano di David.

"Non startene qui," disse. "Vai a cercare Victoria."

David parlò con il capo stalliere, ma scoprì che Victoria non aveva richiesto una carrozza. D'altra parte, avrebbe potuto prenderne una a noleggio. Interrogò di nuovo Anna, che gli riferì i nomi di tutte le persone che avevano mostrato amicizia nei confronti di Victoria. Era un elenco breve; quanto era triste che così pochi avessero colto la vera natura di sua moglie.

Perdiana, nemmeno David avrebbe dovuto far parte di quell'elenco, visto il modo in cui si era comportato.

Per prima cosa, cavalcò a rotta di collo fino a casa Fogge, interrompendo il pranzo della famiglia di tre persone.

"Perdonate l'intrusione," disse, "ma avete visto lady Thurlow oggi?"

La risposta fu negativa. L'urgenza di David doveva essere evidente, perché lady Fogge lo accompagnò alla porta con aria preoccupata.

"Milord, di sicuro vostra moglie ha dimenticato di dirvi che oggi sarebbe uscita."

"No. Nemmeno sua madre o la sua cameriera personale sanno dove si trovi."

"Presto tornerà a casa."

"Ma io non posso aspettare."

"È accaduto qualcosa di grave?"

David guardò la porta; avrebbe voluto prendere congedo, ma non voleva offendere quella donna che aveva trattato Victoria con tanta gentilezza. "Temo che tra me e mia moglie ci sia stato un equivoco, lady Fogge. Devo rimediare seduta stante."

La donna gli sorrise, poi gli accarezzò il braccio. "Sono certa che ci riuscirete. Victoria è il tipo che vede e comprende la verità."

"Se solo si potesse dire lo stesso di me," disse David, cupamente. "Vi ringrazio per l'assistenza."

"Fatemi sapere se tutto andrà bene con lady Thurlow."

Poi David andò a casa di Simon, ma Simon non era presente. Accidenti, avrebbe potuto aiutarlo nella ricerca. Ma d'altra parte, David non aveva bisogno di aiuto, non quando l'elenco delle amicizie di Victoria era così breve.

Diversi capifamiglia erano in casa quando lui fece irruzione. Non gli importava cosa pensassero mentre chiedeva di sua moglie. Vide diversi sorrisetti, si rese conto di sembrare un imbecille innamorato—

E se ne fregò. Nulla aveva importanza, se non la necessità di trovare Victoria, di farle capire che era lei l'unica cosa che contava per lui, non ciò che gli altri pensavano di loro.

Ma nessuno l'aveva vista. A Banstead House, la madre di Victoria andò incontro a David nel giardino d'inverno, come se fosse rimasta lì ad attendere, affacciata alla finestra.

"L'avete trovata?" chiese la signora Shelby.

David scosse la testa, cupamente.

"È tutta colpa mia," sussurrò la donna. "Le ho dato dei consigli riguardo al vostro matrimonio, ma non avrei mai pensato che avrebbero avuto quest'effetto."

"Signora Shelby, non incolpatevi. Troverò Victoria," disse con forza David, "e le farò capire—"

"Ma la amate?" lo interruppe la donna.

David si calmò. "Da quando eravamo bambini."

La donna si asciugò gli occhi. "Allora andate a cercarla e sistemate tutto. Perché anche lei, di certo, vi ama da allora."

"Dov'è che dovrei andare a cercarla?"

"C'era un luogo in cui Victoria e le sue sorelle andavano quando volevano stare da sole. Credo pensassero che io non ne sapessi nulla. Lo chiamavano Willow Pond."

"Ma certo. Willow Pond," disse David, disgustato con se stesso per non averci pensato subito. "Victoria ne scriveva spesso. È in un angolo remoto del vostro giardino."

"Le piaceva andarci... a sognare," concluse piano l'anziana.

"Vi prometto," disse con trasporto David, "che vostra figlia non dovrà più sognare la felicità."

La signora Shelby annuì, si coprì la bocca e sbatté le palpebre degli occhi umidi. David la lasciò lì, uscì in giardino e attraversò il prato. C'era un cancelletto da qualche parte, arrugginito e mai usato, nemmeno da lui. Ricordava esattamente dove arrampicarsi per scavalcare l'alto muro di pietra e si lasciò cadere sull'altro lato. Non udì giardinieri accorsi a cacciarlo, così si incamminò lungo i sentieri che un tempo aveva solo intravisto dalla finestra della nursery.

Si chinò sotto i rami bassi del salice e vide subito Victoria. Sua moglie era seduta su una piccola panchina, rivolta verso un laghetto ornamentale da tempo tinto di verde per via della crescita eccessiva delle vegetazione. Aveva le mani in grembo e stava canticchiando.

Non lo sentì avvicinarsi, finché un rametto non si ruppe sotto i piedi di David.

Il canto cessò e gli occhi viola di Victoria si aprirono, fissandolo come se lei avesse sempre saputo della sua presenza. Il sorriso della donna era tinto di tristezza.

"Salve, David. Ero uscita a fare una passeggiata e non ho resistito alla tentazione di venire qui."

"Ero preoccupato per te, soprattutto dopo quelle poche righe che hai scritto nel diario. Confesso che il panico mi ha sopraffatto. Ho cercato dappertutto, compreso in qualunque casa pensavo potessi essere andata."

"Non era mia intenzione farti preoccupare." Un sorriso tenero curvava la bocca di Victoria mentre le abbassava lo sguardo sul suo grembo. "Devi essere stato una visione interessante."

David fece un passo avanti e Victoria si circondò con le braccia, per cui lui si fermò. "Sembravo un colossale imbecille mentre cercavo mia moglie."

"Non avranno riso di te?" disse turbata Victoria.

"E che mi importa? A me importava solo ciò che *tu* pensavi di me, tesoro."

Victoria sussultò nell'udire il vezzeggiativo. Cosa poteva esserci di tanto sbagliato?

"Ma hai visto quello che ho scritto nel diario," disse la donna con voce triste. "Ho tenuto un segreto spaventoso. Sapevo di dovertelo dire e di doverlo fare di persona, non per iscritto. Sarebbe stata una scelta da vigliacchi."

David si sedette accanto a lei sulla panchina. "Allora dimmelo e terremo il segreto insieme."

Victoria sospirò. "Quando ti sei offerto di sposarmi, hai chiesto molto poco in cambio: solo che io non ti recassi scandalo. Ma io l'ho fatto, David. Ti ho tenuto nascosto un fatto importante riguardo alla mia famiglia, per ossequio al dolore di mia madre e alla memoria di mio padre." La sua voce si ridusse a un mormorio. "Vedi, mio padre si è suicidato. Le mie sorelle, mia madre e io lo abbiamo trovato impiccato nelle scuderie."

David la fissò, inorridito al pensiero di ciò che Victoria aveva dovuto sopportare, furioso con un padre capace di infliggere tanto dolore alla propria famiglia. Al confronto, il rapporto col suo genitore sembrava quasi sereno.

"Mia madre era quasi isterica all'idea che qualcuno

scoprisse il gesto di mio padre. Temeva che non sarebbe stato sepolto in terra consacrata."

Ora tutto aveva senso: la terribile tristezza della signora Shelby, le ombre negli occhi di Victoria. Il patriarca stesso della famiglia le aveva tradite, invece di assumersi le proprie responsabilità e sostenerle. E David, che insisteva perché tutto ruotasse attorno a sé e alla propria stirpe, non era stato migliore.

"Victoria—"

"No, devo concludere o non troverò mai il coraggio. Noi quattro avevamo giurato di non rivelare a nessuno ciò che sapevamo. Avrei portato questo peso per sempre, per il bene di mia madre... finché non mi sono innamorata di te."

Victoria aveva pronunciato le parole che David desiderava tanto sentire, ma senza gioia.

"Non potevo permettere che questo segreto continuasse a essere un'ombra tra noi. Ti ho sposato violando l'imperativo dell'onestà che ti è tanto caro, e non ti biasimerei se decidessi di annullare il matrimonio."

"Victoria, basta." David cercò di prenderle le mani, ma lei si ritrasse.

"Oppure, se l'annullamento ti sembrasse troppo scandaloso, sarei felice di ritirarmi in campagna, in modo che il *ton* si dimentichi di me e non scopra la verità."

"Ti ho dato ogni motivo per pensare che avrei reagito malissimo. Mi vergogno profondamente, per essermi dimostrato tanto indegno della tua fiducia... e del tuo amore."

"No, non dire così. Sono stata io a mentirti su una cosa tanto importante! Ho anteposto la mia famiglia a te."

"Credi che ti biasimi?" domandò David. "Cos'ero io per te, all'epoca, in confronto al giuramento che avevi fatto a tua madre e alle tue sorelle? È colpa mia se, in seguito, quando la nostra amicizia è rinata, non ti sei sentita libera di dirmi la verità. Ti ho spinta a pensare di dover essere perfetta, quando Dio sa quanto io non lo fossi. Ho lasciato che gli errori e le tragedie del passato influenzassero la mia vita. E tutto per niente."

Victoria chiese con voce cauta: "Cosa intendi?"

"Ero solo un bambino, e pensavo di sapere tutto. Incolpavo mio padre per la morte dei miei fratelli e, alla fine, anche per quella di mia madre."

"David, eri giovanissimo."

"Non giustificare ciò che ho fatto. Sono stato io a dare inizio alla rovina del nostro rapporto. Quando in realtà era sempre stata mia madre a ignorare la propria salute; mia madre ad avere bisogno di dimostrare qualcosa mettendo al mondo altri figli."

Victoria sospirò e gli posò una mano sul ginocchio. Ma David non riusciva a fermarsi.

"Mio padre può essere stato imprudente a portare la sua amante a vivere con noi, ma ora mi ha chiesto perdono, ed è una vergogna che io non gliel'abbia concesso molto tempo fa. Non gli ho raccontato tutto ciò che ha fatto Colette, naturalmente."

"Ti riferisci a quelle feste scandalose?"

"Anche a quelle... e ad altro."

Victoria vide la lotta sul volto di David, sentì il tirare delle sue emozioni come se fossero sue. Aveva tanta paura di sperare, tanta paura che le parole di lui non fossero vere.

"Dimmelo, David," sussurrò, prendendogli la mano e stringendola. "Che non ci siano più segreti tra noi."

"Fra me e mio padre continueranno a essercene," rispose stancamente David. "A modo suo, lui amava Colette. Come potrei raccontargli di tutto il tempo che lei ha passato a cercare di sedurmi?"

Victoria trattenne bruscamente il respiro. "Quanti anni avevi?"

"Diciassette, all'inizio."

"Avresti potuto scrivermi. Forse io avrei potuto aiutarti."

L'amato volto di David si addolcì in un sorriso divertito. "Mia dolce Victoria, non potevo parlarne con nessuno. Grazie a Dio, mio padre mi concesse finalmente di andare a Oxford. Non so cosa le avrei fatto, se lei avesse continuato a tormentarmi." David rabbrividì. "Pensava che sarei corso da lei, nel letto di mia madre. E mio padre si chiedeva perché non volessi partecipare al funerale di quella donna."

"Sono felice che le cose tra te e il conte siano migliorate," disse Victoria.

"È vero... ed è merito tuo."

David si voltò verso di lei, le ginocchia premute l'una contro l'altra, le mani intrecciate. "Ho trascorso l'età adulta guardando il passato con gli occhi di un bambino, invece di rendermi conto che solo io posso decidere quale effetto abbia su di me lo scandalo. E così facendo, ti ho fatta soffrire."

"David, non sminuirti."

"È ovvio che tu non abbia potuto fidarti di me, quando io non ti ho dato alcun motivo per farlo."

"Ti prego, non pensare che i miei problemi fossero dovuti a te," disse Victoria, distogliendo lo sguardo. "Ho impiegato molto tempo a capire che non mi fidavo davvero di nessuno, se non delle mie sorelle. Osservare il tuo conflitto con tuo padre ha fatto sì che mi rendessi conto di quanto fossi arrabbiata con mia madre, per averci tenuti all'oscuro dei problemi finanziari dei nostri genitori. Era intrappolata in una situazione terribile, che non aveva causato lei, e io gliene davo la colpa. Vedi, David? Tu e io non siamo poi così diversi."

"La situazione tra voi due è migliorata?" chiese piano David.

"Sì."

Lentamente, un sorriso sbocciò sul volto di Victoria.

"Proprio come tra me e mio padre. Dobbiamo proprio continuare a parlare di loro?"

Victoria sorrise, avvertendo un germoglio di speranza sbocciare nel cuore.

"Ah, Victoria, tesoro... mi sei divenuta cara con la tua sola presenza."

Il tono di David era basso e sincero, le parole schiette e vere.

"Quando ti ho sposata," proseguì, "pensavo che fossi la soluzione a molti problemi. Ti vedevo quasi come un oggetto nato per risolvere le mie difficoltà, non come una donna in carne e ossa."

Ora le stringeva entrambe le mani con forza. I suoi occhi, dal colore pallido che un tempo lei aveva creduto freddo come il ghiaccio, ardevano invece di sincerità.

"Ti ho usata," disse.

"Ma David, entrambi—"

"Sì, lo so. Ti ho aiutata a uscire da una situazione difficile, ma non voglio che ti senta in debito con me. Dimmi... pensi di potermi amare per quello che sono davvero?"

Victoria inspirò attraverso una gola stretta dall'emozione. "Oh, David, ti ho sempre amato," sussurrò, mentre cercava invano di trattenere le lacrime. "Da quando eri solo parole, idee e sogni, colmo di un'energia e un entusiasmo che ti invidiavo, fino all'uomo che sei ora: pieno di bontà e coraggio, capace di affezionarti a me e alla mia famiglia nonostante tutto."

David chiuse gli occhi, il volto disteso in un'espressione di sollievo. "Victoria... non ero buono. Ero egoista."

"Avresti potuto limitarti a darmi del denaro, per placare il senso di colpa. Invece, mi hai dato te stesso."

"Perché eri tu," disse David, circondandole il viso con le mani. "Tu, la ragazza che ascoltava ogni mia idea assurda, che mi incoraggiava quando nessun altro lo faceva. L'unica con cui mi sentissi davvero a mio agio. Tu vedi il meglio nelle persone, e ci vuole un coraggio immenso per farlo. Forse all'inizio non lo capivo, ma non ho mai potuto dimenticare cosa fossimo l'uno per l'altra. Ti amo, Victoria. Promettimi che non ti perderò mai."

"Oh, David!"

Victoria gli buttò le braccia al collo e lui se la attirò in grembo, come se nessuno dei due riuscisse mai a stare abbastanza vicino all'altro. Il bacio che seguì non aveva più segreti né paure e traboccava di una fiducia finalmente ritrovata.

Fu Victoria a interrompere il bacio per prima, poggiando la fronte contro quella di David e guardandolo negli occhi.

"Ho un'ulteriore richiesta che non ti avevo fatto all'inizio del nostro matrimonio."

David inarcò un sopracciglio. "Ah sì?"

"Il mio desiderio ultimo e definitivo... è dormire nel tuo letto."

David gemette teatralmente. "E io che tengo tanto alla mia intimità."

"Beh, deve essere davvero così, perché non ho mai nemmeno visto l'interno della tua stanza!"

David scoppiò a ridere e la strinse a sé. "Victoria, tutto ciò che è mio è tuo. Devi solo chiedere."

"E se lo scrivessi?" chiese lei, maliziosa.

"Tesoro, ogni parola scritta che ci siamo scambiati mi è cara, ma fidati: comunicare con le labbra è infinitamente meglio."

E poi, David la baciò finché lei non restò senza fiato e non ebbe più dubbi nel credergli.

EPILOGO

Victoria carissima,

Mentre tu dormi, confesso di aver trascorso un'altra ora a fissare nostro figlio. Continuo a contare le dita delle sue mani e dei suoi piedi, meravigliandomi delle sue minuscole unghie, del suo nasino, dei suoi occhi così pieni della tua curiosità. Non avrei mai pensato che il nostro matrimonio avrebbe potuto regalarmi ancora più gioie, ma il frutto del nostro amore, questo dono prezioso, è più di quanto avrei potuto sperare.

Mentre ti guardavo accrescerti con nostro figlio, non riuscivo a esprimere le mie paure. Ora capisco perché trovavi tanto più facile scrivere. Non mi ero reso conto di come la morte di mia madre mi avrebbe tormentato mentre tu ti sforzavi a dare alla luce la vita. Ma ora ho il respiro più leggero mentre ringrazio Dio per la tua salute e quella di nostro figlio. Forse non dovremmo correre il rischio di nuovo. Forse…

Ma naturalmente, mia insaziabile moglie, ci saranno altri bambini e, a Dio piacendo, entrambi staremo con loro per molti anni.

E ci divertiremo a farne altri.

Il tuo amatissimo marito,
David

~Fine~

Salve, caro lettore!

Grazie per aver letto **Il lord della porta accanto**, il primo volume della trilogia "Le sorelle di Willow Pond". Se ti è piaciuto, per favore, prendi in considerazione di parlarne con i tuoi amici o di pubblicare una breve recensione. Il passaparola è il migliore amico di un autore ed è molto apprezzato.

Vuoi sapere quando uscirà il mio prossimo libro? Puoi iscriverti alla mia newsletter sul mio sito web o seguirmi su Facebook.

Ciò detto, goditi il primo capitolo di **Il duplice duca**, il secondo volume della trilogia "Le sorelle di Willow Pond", in cui scoprirai cosa accade quando Meriel comincia a sospettare che ci sia qualcosa di bizzarro nel duca per cui lavora…

Grazie ancora!
Gayle Callen

ANTEPRIMA DE "IL DUPLICE DUCA"

CAPITOLO
UNO

RAMSGATE, INGHILTERRA, 1844

Meriel Shelby era in piedi sul bordo della scogliera, con il vento che faceva ondeggiare l'erba alta contro la sua gonna, e guardava il luccicante Mare del Nord. Mentre osservava il sole che scintillava sulle creste schiumose delle onde, riusciva a immaginare la curvatura nella costa più a nord, che nascondeva la foce del Tamigi. Si sentiva in pace, sola, lontano da Thanet Court e dagli sconosciuti per cui ora lavorava. Ma sapeva di non poter restare lontana a lungo, per cui si voltò e cominciò a percorrere nuovamente lo stretto sentiero ben battuto. Il piccolo Stephen, futuro duca di Thanet, era con la sua balia, ma era giunto il momento che riprendesse lo studio per il pomeriggio.

Meriel non avrebbe mai immaginato che un giorno sarebbe stata costretta a guadagnarsi da vivere come istitutrice. Era cresciuta negli agi: suo padre aveva raggiunto il successo come banchiere della nobiltà. Non esattamente un gentiluomo, certo, ma lei non aveva notato davvero alcuna differenza. Era stata istruita ed educata come una lady, allo scopo di fare di lei la moglie di un uomo ricco... preferibilmente un pari, stando ai desideri di sua madre.

La pratica Meriel aveva compreso la necessità di un marito e non era contraria all'idea. Aveva sempre avuto in mente di scegliere secondo logica, optando per un uomo con cui avesse molto in comune. Se poi in seguito fosse nato anche l'amore, si sarebbe considerata fortunata.

Ma tutti quei piani si erano dissolti con la morte di suo padre e la rivelazione che l'uomo era morto indigente, e che sua madre era a conoscenza dello stato precario delle loro finanze.

Le emozioni di Meriel oscillavano intensamente, dal dolore alla stretta di una rabbia che non si dissolveva mai, fino alla delusione per la propria ignoranza. Perché non aveva riconosciuto i segni delle tribolazioni imminenti? Il tradimento dei suoi genitori era un'amarezza che ancora velava il suo giudizio e la lasciava con un pesante senso di colpa che non avrebbe dovuto spettare a lei portare.

La sua dimora d'infanzia era stata acquistata da un lontano cugino, che presto sarebbe venuto a prenderne possesso. Meriel e sua sorella Louisa avevano trovato impiego come istitutrice e dama di compagnia, ma i guadagni non erano quelli sperati. Sua sorella Victoria era stata costretta a vendere dei cimeli di famiglia per sfamare la loro madre, che era talmente distrutta dalla sorte da lasciare la propria stanza solo se costretta.

Ma un barlume di speranza era giunto la settimana prima: Victoria stava per sposarsi. Era sconvolgente pensare che la timida sorella di Meriel avesse ricevuto una proposta da parte di un visconte! La loro madre avrebbe avuto un posto dove vivere. Ciò avrebbe alleggerito il carico su Meriel, che negli ultimi mesi aveva inviato a casa quanto più possibile del suo magro stipendio. Prima di allora, il suo cammino era stato lungo e difficile.

Aveva perso il suo primo posto da istitutrice a causa della gelosia di una moglie. Da quel momento in poi, Meriel aveva imparato a nascondere i suoi riccioli d'oro con un'acconciatura severa, a mascherare gli occhi azzurri con degli occhiali e a vestirsi nella maniera più semplice possibile. Per fortuna, nella sua nuova posizione non c'era una duchessa che potesse tenerla d'occhio con sguardo attento. Era uno dei motivi per cui era stata lieta di accettare.

Fino a quel momento, il piccolo Stephen era stato solo, con l'eccezione della servitù. Suo padre, il duca di Thanet, trascorreva la maggior parte della giornata a Londra, al centro di ogni ritrovo, socializzando fino a tarda notte e dormendo fino a metà del giorno. Forse era un bene che Stephen non fosse esposto a tutto ciò, pensò Meriel con sarcasmo.

L'erba che frusciava attorno alle sue gonne cedette il posto a un prato ben curato che dava su Thanet Court, la quale sorgeva più in basso rispetto alle scogliere. La casa si estendeva ampia sul terreno, una cosa viva, alta tre piani, con un torrione che ospitava la scalinata grande e centinaia di ampie finestre che luccicavano al sole. Meriel era cresciuta nella ricchezza, ma Thanet Court le sembrava un palazzo. Durante la prima settimana di lavoro, si era persa quasi tutti i giorni.

Mentre cominciava a scendere dalla collina, le tornò in mente l'ingenuità di quando aveva appena cominciato il suo nuovo incarico. Aveva sempre ammirato la sua istitutrice, che le aveva trasmesso l'amore per lo studio. La matematica aveva dato al mondo un'impressione di logica e Meriel ne aveva apprezzato l'ordine. Voleva trasmettere tutto ciò al suo allievo.

Invece, aveva trovato un ragazzino di sei anni al quale era stato permesso di girovagare per la tenuta come un animale selvatico. Sua madre era morta di parto, lasciandolo con un padre assente e servitori di famiglia di vecchia data che lo viziavano con il loro affetto. Meriel si era aspettata della resistenza – soprattutto quando Stephen l'aveva informata, con una frase che suonava preparata, che il suo titolo era "marchese di Ramsgate" – ma il ragazzino era cortese e curioso, e Meriel aveva l'impressione di aver fatto progressi, nelle ultime settimane, nel conquistare la sua fiducia.

Poi avevano ricevuto la notizia che il duca sarebbe tornato a Thanet Court per un soggiorno prolungato, in convalescenza da una malattia recente. La servitù non parlava apertamente del male che affliggeva il duca, ma nei loro sussurri urgenti si ripeteva la parola "consunzione." Stephen era parso triste e preoccupato, e Meriel aveva provato un istinto materno di proteggerlo come i suoi genitori non avevano protetto lei.

Era a metà strada nel discendere la collina, quasi ai giardini formali, quando vide in lontananza una persona che si avvicinava alla tenuta a cavallo. Schermandosi gli occhi con la mano, li strizzò, ma vide solo un uomo che cavalcava con silenziosa precisione. Il cavaliere evitò il portico che riparava il maestoso ingresso della villa, guidando invece il cavallo lungo il lato dell'edificio, nella direzione dell'ingresso di servizio. E tuttavia, costui non cavalcava come nessun servitore che lei avesse mai visto ed era vestito in maniera decisamente troppo elegante.

Poi, l'uomo fermò il cavallo e lanciò un'occhiata all'edificio. Senza il cappello a schermargli il viso dal sole, Meriel lo riconobbe come il duca in persona, che lei aveva conosciuto al colloquio di lavoro due mesi prima. All'epoca, lo aveva ritenuto un uomo arrogante, ozioso e attraente, poco interessato al figlio. Ma di sicuro un uomo conscio del proprio status elevato.

Non poteva aver cavalcato da solo fin da Londra: il viaggio sarebbe durato giorni, senza un cambio di cavalli. Dov'erano la carrozza, il cocchiere, il valletto e i battitori?

Il duca parve esitare e fece voltare nuovamente il cavallo

verso l'ingresso principale, cavalcando sotto il portico. Prima ancora che potesse smontare, diversi servitori si riversarono fuori dalla porta come se lo stessero aspettando. Dopo che un lacchè gli ebbe preso il cavallo, il maggiordomo lo accompagnò in casa. Meriel rimase a fissare la scena, perplessa dal comportamento del duca.

Messa da parte la curiosità, si affrettò ad attraversare i giardini fino all'ingresso di servizio, consapevole che la balia Weston avrebbe potuto aver bisogno del suo aiuto nel caso il padre di Stephen avesse voluto vedere il figlio. La nursery era posizionata sopra la suite padronale, con una scala privata che collegava i genitori ai figli. Per quanto ne sapeva lei, nessuno era mai salito per quella scala per andare a trovare Stephen. La nursery era composta da un bagno e da diverse camere da letto per la balia e i bambini. L'aula scolastica era in fondo a un breve corridoio all'interno della nursery e accanto a essa si trovava la stanza di Meriel. Non era una stanza grande e ariosa come quella di Londra, ma aveva una splendida vista sul parco, sul frutteto e sul mare blu in lontananza.

Meriel stava per andare alla ricerca di Stephen quando la balia bussò alla sua porta aperta.

"Signorina Shelby?" disse la balia Weston, giungendo le mani paffute sotto il seno con il gesto di una donna esperta.

La donna parlava con quella formalità che Meriel conosceva fin troppo bene. Meriel non era considerata una servitrice, per cui il resto della servitù non sapeva esattamente come interagire con lei.

"Sì, balia Weston?"

"Sua Grazia vi sta aspettando."

"Sta aspettando *me*?" chiese stupita Meriel. Perché mai il duca di Thanet voleva vedere l'istitutrice di suo figlio subito dopo essere tornato a casa da una lunga assenza?

La balia tradì un pizzico di impazienza, che sorprese Meriel.

"Il giovane signore si sta cambiando proprio in questo momento, signorina Shelby. Sua Grazia vorrebbe che voi accompagnaste suo figlio da lui."

"Davo per scontato che lo avreste fatto voi, balia."

Ecco di nuovo un barlume d'impazienza. Meriel si sentì sciocca.

"Il duca non vuole vedere *me*, signorina Shelby, non quando vi ha assunta personalmente. Siete molto gradevole agli occhi del duca, ma forse non molto sveglia in queste cose, eh?"

La riluttante compassione della balia le strinse lo stomaco, e non riuscì a non pensare: *Non di nuovo*. "Non capisco che importanza abbia il mio aspetto. Sono l'istitutrice del figlio del duca."

"Sua Grazia gradisce che la servitù femminile sia di aspetto piacente."

La balia cercò di nascondere un sorrisetto, ma non ci riuscì del tutto.

Meriel le lanciò un'occhiata sospettosa mentre si allontanava, rendendosi conto che la donna, nonostante la rotondità, era decisamente attraente. Non voleva certo attirare l'attenzione del duca, per cui tenne il semplice abito marrone con l'orlo macchiato d'erba. Si sedette al mobile da toeletta e, invece di sistemarsi i capelli scompigliati dal vento, liberò qualche altro ricciolo per lasciarlo disordinato dietro un orecchio. Se proprio doveva andare in battaglia, aveva bisogno che la sua armatura fosse il più possibile ammaccata e poco attraente. Voleva mantenere il proprio incarico... ma non voleva le attenzioni di un duca.

Stephen le venne incontro nel corridoio della nursery, vestito con camicia e pantaloni puliti, trascinandosi dietro il frac. Il ragazzino aveva occhi e capelli scuri, con una ciocca ribelle che si ostinava a stare dritta sulla sommità del capo. Meriel gliela lisciò con affetto e lui si scansò, incapace di contenere l'entusiasmo. Era ancora abbastanza giovane da credere che, stavolta, suo padre gli avrebbe dedicato più attenzione. Meriel capiva benissimo: anche la sua infanzia era stata colma di simili momenti di delusione.

"Signorina Shelby, è arrivato mio padre!" disse Stephen, il viso inclinato verso il suo, gli occhi lucidi.

Meriel sorrise e lo aiutò a indossare il frac. "Vi comporterete bene, vero, milord?"

"Certo!"

Ma Meriel conosceva Stephen. Come tutti i bambini, non riusciva a star fermo a lungo. Ogni volta che gli voltava le spalle per un momento, lo trovava in ginocchio a osservare un insetto o intento a stuzzicarsi una crosticina.

"Da quanto tempo non vedete vostro padre?" chiese mentre percorrevano il lungo corridoio che portava alla scalinata grande.

"Non ricordo," rispose lui, mentre praticamente saltellava accanto a lei e passava un dito lungo un tavolino di passaggio.

"Tenete le mani a posto, milord." Meriel afferrò appena in tempo un vaso traballante.

Quando raggiunsero il pianterreno, lei esitò. "Perché non mi fate strada fino allo studio di vostro padre?"

Stephen si illuminò d'importanza e Meriel fu sollevata che fosse ancora troppo piccolo per rendersi conto che lei non ricordava la strada. Era a Thanet Court da appena cinque settimane e lo studio del duca non era una stanza che frequentava spesso.

Trattenne il ragazzino prima che questi potesse spalancare la porta chiusa. "Per favore, milord, mostrate rispetto e bussate."

"Ma perché?" chiese Stephen. "La signora Theobald non mi fa bussare."

La governante e il resto della servitù stavano, seppure involontariamente, trasformando Stephen nel classico piccolo pari: arrogante, presuntuoso e viziato.

"La signora Theobald vi adora ed è sempre contenta di vedervi," disse Meriel, "ma gli adulti hanno impegni che i bambini non possono conoscere. Bisogna bussare sempre."

"Va bene," brontolò Stephen. Bussò rapidamente e cominciò a saltellare nei piccoli stivali mentre aspettava.

La voce di un uomo disse loro di entrare e Meriel avvertì un'ansia che non le era familiare. Il duca l'aveva assunta; era certa di poter dimostrare il proprio valore. Ma... e se l'uomo si fosse aspettato che lei soddisfacesse *altre* necessità?

Stephen aprì la porta e, con soddisfazione di Meriel, entrò camminando invece che correndo. La stanza era illuminata da una lunga fila di finestre alte. Meriel impiegò un momento a individuare la scrivania del duca in un angolo, circondata da scaffali e vetrine. L'ultima volta che aveva incontrato quell'uomo, le era sembrato piuttosto annoiato all'idea di dover sostenere un colloquio con una semplice istitutrice. Si era mostrato affabile, sì, ma facile a distrarsi con qualunque oggetto si trovasse sulla scrivania o con dettagli irrilevanti della stanza. Quello era l'unico uomo su cui Meriel avesse mai dovuto fare colpo; i titoli non l'avevano mai impressionata. Inoltre, il duca era stato malato di recente. Meriel aveva avvisato Stephen di tenersi pronto.

Ma qualcosa era cambiato. Era evidente che il duca si fosse ristabilito. Anzi, sembrava l'immagine della salute, mentre se ne stava adagiato su un fianco nella poltrona ad ala in pelle, con la testa poggiata allo schienale e la postura più rilassata di quanto lei ricordasse. I capelli neri erano tagliati corti; i favoriti e i baffi, spariti. Il volto dell'uomo sembrava stranamente nudo: zigomi virili sopra una bocca sottile e... sensuale.

Sensuale? Da dove veniva quel pensiero?

Gli occhi scuri dell'uomo sembrarono studiare Stephen con un'intensità che lei non gli avrebbe mai attribuito. Ma quell'intensità svanì un attimo dopo, lasciandola a chiedersi se l'avesse vista davvero.

Perché si sentiva così... destabilizzata? Lo aveva già incontrato. A parte l'assenza di peli sul viso, nulla era cambiato. Eppure, ora era nervosa, lo fissava troppo e aveva un'irrefrenabile voglia di giocherellare con qualcosa. La stanza le sembrava troppo calda.

"Stephen, è bello vederti," disse il duca mentre si alzavab.

Un tempo, Meriel aveva pensato che la grazia dell'uomo fosse pura affettazione; ora, essa sembrava parte di lui.

Che le stava succedendo?

Il duca aggirò la scrivania e si fermò davanti a loro. Meriel dovette alzare lo sguardo per guardarlo in viso. Meriel era bassa di statura, per cui il duca non aveva bisogno di essere particolarmente alto per quello, ma sembrava tale: possente, largo di spalle, robusto di petto. Vestito in modo impeccabile, come la volta precedente, con colori vivaci e motivi elaborati secondo la moda londinese; un uomo palesemente fiero dei vestiti che indossava, come se fossero pennellate su un quadro.

Meriel avrebbe voluto gemere. Da quando era diventata una poetessa segreta? Lei era una donna di numeri: la sua passione era la matematica. Insegnava letteratura solo perché ci si aspettava che lo facesse. Le parole non parlavano alla sua anima.

Eppure, si scoprì vogliosa di... *descrivere* il duca.

Per fortuna, l'attenzione dell'uomo era tutta per il figlio.

Stephen lo stava fissando e Meriel gli posò una mano sulla spalla. Fu allora che il bambino si ricordò di inchinarsi, ma continuò a guardare il padre con curiosità. Quanto tempo era passato dall'ultima volta che si erano visti?

"Buongiorno, padre," disse Stephen, la voce resa più acuta del solito dal nervosismo.

Meriel fu grata di riportare tutta la sua concentrazione sul suo pupillo, dove doveva essere. Il bambino avrebbe avuto bisogno di conforto, una volta che suo padre lo avesse congedato. La signora Theobald l'aveva messa in guardia a riguardo.

Con suo grande stupore, il duca si inginocchiò per guardare il figlio negli occhi.

"Stai bene, Stephen?"

"Certo, padre." Il bambino era teso e aveva smesso di giocherellare.

"Vedo che hai cominciato gli studi. Spero che tu ti comporti bene con la tua istitutrice."

"Sì, padre. Mi piace."

Parlavano di Meriel come se lei non fosse presente. Persino dopo tutti quei mesi, Meriel impiegò comunque un momento a ricordare che ora era quasi una servitrice.

"Le piacciono i numeri, proprio come a me," proseguì Stephen, parlando sempre più in fretta, come se temesse di essere interrotto. "Facciamo lunghe passeggiate e troviamo delle cose nei boschi, come nidi di uccelli e scarabei e fiori. La signorina Shelby sa *tutto*."

Un rossore si diffuse dal petto di Meriel al suo viso quando le lodi di Stephen spinsero il duca a sollevare lo sguardo su di lei. Osservata dall'uomo, Meriel cercò di ricordarsi della pessima reputazione di lui, della sua preferenza per la vista di servitrici attraenti. Ma i suoi occhi neri, contornati da più ciglia di quante un uomo avesse diritto ad avere, la intrappolarono nello sguardo del duca. Meriel non riusciva a distogliere lo sguardo, né a ricordare di sentirsi offesa da quell'osservazione.

"La signorina Shelby è un'insegnante capace," disse a bassa voce il duca.

L'uomo si alzò in piedi e si allontanò, e Meriel trasse un sospiro di sollievo. Il duca guardò fuori dalla finestra con un'irrequietezza che la fece sentire più a suo agio.

Stephen lo seguì e cominciò a parlare dei loro studi, delle sue letture e scritture, e delle basi di storia con cui Meriel aveva cominciato a interessarlo. Il ragazzino aveva una buona testa e lei sapeva che avrebbe potuto insegnargli molto, se solo fosse riuscito a concentrarsi meglio. Stephen aveva trascorso così tanto della sua giovane vita all'aria aperta che Meriel cercava di tenere almeno una lezione all'esterno ogni giorno.

Ma sebbene il padre guardasse fuori dalla finestra come se il parco lo interessasse più del figlio, i due parlarono per diversi minuti, ciascuno abituati a essere lui a parlare. Ciascuno gesticolava abbondantemente. Meriel si ritrovò a indietreggiare per sedersi in un angolo della stanza, non volendo disturbare quel breve momento di Stephen con il padre.

Con suo sconcerto, una parte di lei si accorgeva di quando il duca la guardava. Mai aveva conosciuto un uomo in grado di catturare la sua attenzione, in grado di farle sentire, fin dentro le ossa, quanto fosse virile.

Meriel aveva pensato di aver cominciato a imparare a controllare le proprie emozioni traditrici. Il cuore l'aveva ingannata riguardo ai suoi genitori: non aveva visto la verità prima che fosse troppo tardi. Aveva giurato che solo la logica pura avrebbe governato la sua vita. Ma la sua reazione al duca confermava le sue peggiori paure. Ancora una volta, stava lasciando che le emozioni prendessero il sopravvento sull'intelletto. Era una debolezza che non poteva permettersi. L'avrebbe sconfitta.

Il duplice duca

BOOKS BY GAYLE CALLEN

The Daring Girls of Guernsey: a Novel of World War II

Sons of Scandal

Never Trust a Scoundrel

Never Dare a Duke

Never Marry a Stranger

In Pursuit of a Scandalous Lady

A Most Scandalous Engagement

Every Scandalous Secret

Secrets and Vows Series

You Only Marry Once

On Her Warrior's Secret Mission

The Knight Who Loved Me

The Bodyguard Who Came in from the Cold

The Brides Trilogy

Almost a Bride

Never a Bride

Suddenly a Bride

Spies and Lovers Trilogy

No Ordinary Groom

The Beauty and the Spy

A Woman's Innocence

Sisters of Willow Pond Trilogy

The Lord Next Door

The Duke in Disguise

The Viscount in her Bedroom

Highland Weddings Trilogy

The Wrong Bride

The Groom Wore Plaid

Love with a Scottish Outlaw

Brides of Redemption Trilogy

Return of the Viscount

Surrender to the Earl

Redemption of the Duke

L'AUTRICE

Dopo due parentesi come istruttrice di fitness e programmatrice, GAYLE CALLEN ha trovato la vita che aveva sempre sognato come scrittrice. Autrice di bestseller per *USA Today*, ha scritto più di venticinque romanzi storici e ha vinto l'Holt Medallion, il Laurel Wreath Award, il Booksellers' Best Award, il National Readers' Choice Award, ed è stata nominata al RT Book Reviews Reviewers' Choice Award. I suoi libri sono stati tradotti in undici lingue.

Madre di tre figli adulti, appassionata del fai-da-te, cantante e amante dell'aria aperta, Gayle vive a Central New York con suo marito, Jim l'Eroe Romantico. Scrive anche romanzi rosa contemporanei con lo pseudonimo di Emma Cane.

Visitate il sito di Gayle
Chiacchierate con lei su Facebook
Cercatela su Goodreads
Iscrivetevi alla newsletter di Gayle

9 7989 00 430072